# A CORRENTE

**Obras do autor publicadas pela Editora Record**

*A corrente*
*A ilha*

# ADRIAN McKINTY

# A CORRENTE

Tradução de
**CLÓVIS MARQUES**

12ª edição

Editora Record
RIO DE JANEIRO • SÃO PAULO
2025

CIP-BRASIL. CATALOGAÇÃO NA PUBLICAÇÃO
SINDICATO NACIONAL DOS EDITORES DE LIVROS, RJ

M429c
12ª ed.

Mckinty, Adrian, 1968-
A corrente / Adrian McKinty; tradução de Clóvis Marques. – 12ª ed. –
Rio de Janeiro: Record, 2025.
378 p; 23 cm.

Tradução de: The Chain
ISBN 978-85-01-11765-6

1. Ficção inglesa. I. Marques, Clóvis. II. Título.

19- 57927

CDD: 823
CDU: 82-3(410.1)

Meri Gleice Rodrigues de Souza – Bibliotecária – CRB-7/6439

Título original:
The Chain

Copyright © 2019 by Adrian McKinty

Texto revisado segundo o Acordo Ortográfico da Língua Portuguesa de 1990.

Todos os direitos reservados. Proibida a reprodução, no todo ou em parte, através de quaisquer meios. Os direitos morais do autor foram assegurados.

Este livro é uma obra de ficção e, exceto no caso de fatos históricos, quaisquer semelhanças com pessoas vivas ou mortas é mera coincidência.

Direitos exclusivos de publicação em língua portuguesa somente para o Brasil adquiridos pela
EDITORA RECORD LTDA.
Rua Argentina, 171 – Rio de Janeiro, RJ – 20921-380 – Tel.: (21) 2585-2000, que se reserva a propriedade literária desta tradução.

Impresso no Brasil

ISBN 978-85-01-11765-6

Seja um leitor preferencial Record.
Cadastre-se no site www.record.com.br
e receba informações sobre nossos
lançamentos e nossas promoções.

Atendimento e venda direta ao leitor:
sac@record.com.br

Há alguma sabedoria naquele que, com um olhar
sombrio, considera este mundo como uma
espécie de inferno.

Arthur Schopenhauer, *Parerga e Paralipomena*, 1851

We must never break the chain.

Stevie Nicks, "The Chain" (fita demo), 1976

## PRIMEIRA PARTE

# TODAS AS GAROTAS DESAPARECIDAS

# 1

*Quinta-feira, 7:55*

Ela está sentada no ponto de ônibus, verificando as curtidas no seu Instagram, e só repara no sujeito armado quando ele já está praticamente em cima dela.

Ela poderia ter largado a mochila e saído correndo pelo pântano. É uma garota ágil de 13 anos e conhece bem os brejos e os pontos com areia movediça de Plum Island. No ar da manhã, paira uma leve neblina marítima, e o sujeito é grande e desajeitado. Ficaria nervoso se precisasse sair correndo atrás dela e certamente teria de desistir antes de o ônibus escolar chegar, às oito.

Tudo isso passa pela cabeça dela em um segundo.

O homem agora está de pé bem à sua frente. Está usando uma touca ninja preta e aponta a arma para o peito dela. Ela arqueja e deixa o celular cair. Está bem claro que não é nenhuma pegadinha nem uma piada de mau gosto. Já é novembro. O Halloween foi na semana passada.

— Sabe o que é isso? — pergunta ele.

— É um revólver — responde Kylie.

— É um revólver apontado para o seu coração. Se você gritar, resistir ou sair correndo, eu atiro. Entendeu?

Ela faz que sim com a cabeça.

— Ok. Muito bem. Fica calma. Bota essa venda. O que a sua mãe fizer nas próximas vinte e quatro horas vai determinar se você continua viva ou morre. E quando... se nós libertarmos você, não vamos querer que consiga nos reconhecer.

Tremendo, Kylie cobre os olhos com a venda acolchoada de elástico. Um carro estaciona ao lado dela. A porta se abre.

— Entra. Cuidado com a cabeça — diz o homem.

A menina caminha desajeitada até o carro, e a porta se fecha assim que ela entra. Sua mente está a mil. Ela sabe que não devia ter entrado no carro. É assim que garotas desaparecem. É assim que garotas desaparecem todo dia. Se entrar no carro, já era. Se entrar no carro, nunca mais se aparece de novo. Não se deve entrar no carro de jeito nenhum, tem de se dar meia-volta e sair correndo. E correr muito, muito.

Tarde demais.

— Coloca o cinto nela — diz uma mulher na frente.

Kylie começa a chorar sob a venda.

O sujeito se senta ao seu lado no banco de trás e afivela seu cinto de segurança.

— Por favor, tenta ficar calma, Kylie. A gente não quer te machucar — diz ele.

— Isso só pode ser algum engano — retruca ela. — Minha mãe não tem dinheiro. Ela só vai começar no emprego novo em...

— Diz pra ela parar de falar! — manda a mulher, do banco da frente.

— Isso não tem nada a ver com dinheiro, Kylie — explica o sujeito. — Olha só, fica quieta, tá?

O carro arranca num atoleiro de areia e cascalho. A mulher acelera passando uma marcha seguida da outra.

Pelo barulho, Kylie percebe que estão atravessando a ponte de Plum Island e estremece ao ronco do ônibus escolar que passa por eles.

— Devagar — diz o homem.

As travas elétricas são acionadas, e Kylie se xinga por ter perdido uma oportunidade. Podia ter soltado o cinto, aberto a porta e se jogado do carro. O pânico começa a tomar conta dela.

— Por que vocês estão fazendo isso? — geme.

— O que eu digo pra ela? — pergunta o homem.

— Não diz nada. Só pra ela fechar essa boca — responde a mulher.

— Você precisa ficar quieta, Kylie.

O carro segue em alta velocidade, provavelmente pela Water Street, perto de Newburyport. Kylie se obriga a respirar fundo. Inspirar, expirar, inspirar, expirar, do jeito que aprendeu nas aulas de meditação. Ela sabe que, para continuar viva, precisa obedecer e ter paciência. Ela passou direto do sétimo para o nono ano. Todo mundo diz que é inteligente. Precisa ficar calma, observar o que está acontecendo e aproveitar as oportunidades.

Aquela garota da Áustria sobreviveu, e aquelas outras de Cleveland também. E ela viu no *Good Morning America* a entrevista com a menina mórmon de 14 anos que foi sequestrada. Todas sobreviveram. Tiveram sorte, mas talvez não fosse apenas sorte.

Ela engole mais uma onda de terror, que quase a sufoca.

Kylie percebe que o carro está entrando na ponte da Rota 1 em Newburyport. Eles estão atravessando o rio Merrimack e seguindo para New Hampshire.

— Mais devagar — diz o sujeito, e o carro segue a uma velocidade menor por alguns minutos, mas aos poucos volta a acelerar.

Kylie pensa na mãe. Ela ia para Boston de carro hoje de manhã para uma consulta com a oncologista. Coitada da mamãe, isso vai...

— Ai, meu Deus! — exclama a mulher ao volante, apavorada.

— Que foi? — pergunta o sujeito.

— Acabamos de passar por uma viatura estacionada na fronteira estadual.

— Tudo bem, acho que estamos... não. Jesus! Eles estão vindo de giroflex ligado — diz o sujeito. — Ele vai mandar você encostar. Você está correndo demais! Vai ter que parar....

— Eu sei.

— Mas tudo bem. Ninguém deve ter relatado o roubo do carro ainda. Ele estava naquela ruazinha em Boston havia semanas.

— O problema não é o carro, o problema é *ela*. Me dá o revólver.

— E você vai fazer o quê?

— O que a gente pode fazer?

— Podemos levar na conversa — insiste o homem.

— Com uma garota raptada e vendada no banco de trás?

— Ela não vai falar nada. Não é, Kylie?

— Não. Prometo — choraminga Kylie.

— Manda ela ficar calada. Tira esse negócio da cara dela e manda ela abaixar a cabeça e olhar pro chão — diz a mulher.

— Fica de olhos bem fechados. Nem um pio — manda o homem, tirando a venda de Kylie e forçando a cabeça dela para baixo.

A mulher para no acostamento, e o carro da polícia provavelmente faz o mesmo atrás dela. Está olhando para o policial pelo retrovisor.

— Ele está anotando a placa. Deve ter comunicado pelo rádio também — diz ela.

— Tudo bem. Conversa com ele. Vai dar certo.

— Todos esses policiais rodoviários safados têm câmeras na viatura, não têm?

— Não sei.

— Já devem estar atrás desse carro. De três pessoas. Vamos ter que esconder o carro no celeiro. Talvez por anos.

— Não exagera. Ele só vai te multar por excesso de velocidade.

Kylie ouve os passos do policial que salta da viatura e se aproxima do carro.

Então escuta o vidro da porta do motorista sendo aberto.

— Deus do céu — suspira a mulher enquanto o policial se aproxima.

A bota do policial para de fazer barulho quando ele chega à janela aberta.

— Algum problema, seu guarda? — pergunta ela.

— Senhora, sabe a que velocidade estava?

— Não.

— Registrei oitenta e quatro. Isso aqui é uma zona escolar de quarenta no máximo. Imagino que não tenha visto as placas.

— Não. Eu não sabia que tinha uma escola por aqui.

— Mas tem placas por todo lado, senhora.

— Desculpa. Eu não vi.

— Preciso conferir a sua... — O policial se detém. Kylie sabe que ele está olhando para ela. E ela está tremendo.

— Senhor, é sua filha? — pergunta o policial.

— É — responde o homem.

— Mocinha, quer olhar para mim, por favor?

Kylie levanta a cabeça, mas mantém os olhos bem fechados. Ela continua tremendo. O policial percebe que há algo errado. Numa fração de segundo, o policial, Kylie, a mulher e o homem ficam pensando sobre o que fazer em seguida.

A mulher emite um som gutural e ouve-se um tiro.

# 2

*Quinta-feira, 8:35*

Era para ser uma consulta de rotina com a oncologista. O exame semestral para ver se está tudo bem e se o câncer de mama ainda está em remissão. Rachel disse a Kylie que ela não precisava se preocupar, pois estava se sentindo ótima e certamente estaria tudo sob controle.

Por dentro, é claro, ela sabe que talvez a situação não esteja sob controle. A consulta estava agendada para a terça-feira antes do Dia de Ação de Graças, mas, na semana passada, ela havia feito alguns exames de sangue e, ao ver os resultados, a Dra. Reed pediu a Rachel que fosse ao consultório esta manhã. Logo cedo. Nascida em Nova Escócia, no Canadá, a médica é uma mulher equilibrada, austera, inabalável, nem um pouco dada a reações de pânico ou exageradas.

Rachel tenta não pensar no assunto enquanto dirige, seguindo para o sul pela I-95.

Para que se preocupar? Ela ainda não sabe de nada. Talvez a Dra. Reed tenha antecipado todas as consultas para passar o feriado no Canadá.

Rachel não se sente doente. Na verdade, faz uns dois anos que não se sente assim tão bem. Houve um momento em que chegou a pensar que era a filha preferida do azar. Mas as coisas mudaram. O divórcio agora ficou no passado, e ela anda ocupada preparando as aulas de filosofia para o novo emprego, que começa em janeiro. O cabelo que havia caído com a quimioterapia voltou a crescer quase todo, ela recobrou as energias e está até ganhando peso. Mentalmente, o preço desse último ano já foi pago. Ela voltou a ser a mulher organizada e no controle de tudo que tinha dois empregos para poder mandar Marty para a faculdade de direito e comprar a casa em Plum Island.

Ela tem apenas 35 anos. Uma vida inteira pela frente.

*Bate na madeira*, pensa ela, dando com o nó dos dedos num pedacinho verde do painel que espera que seja de madeira, mas desconfia de que seja de plástico. Na bagunça misteriosa da mala do Volvo 240 até tem uma velha bengala de carvalho, mas não vale a pena arriscar a vida para alcançá-la.

O celular informa que são 8h36 agora. Kylie deve estar saltando do ônibus e passando pelo pátio com Stuart. Ela manda uma mensagem de texto para a filha com a piada boba que passou a manhã inteira guardando para este momento: O que o marceneiro foi fazer na ópera?

Um minuto depois, como Kylie não respondia, Rachel manda a resposta: Ajudar no conserto.

Mas ainda nada.

Não era difícil, escreve Rachel.

Kylie resolveu ignorá-la deliberadamente. *Mas*, pensa Rachel, com um sorrisinho, *aposto que Stuart está rindo*. Ele sempre ri de suas piadas bobas.

Agora são 8h38, e o trânsito está ficando mais pesado.

Ela não quer chegar atrasada. Nunca se atrasa. Quem sabe se sair da interestadual e pegar a Rota 1...

No Canadá, comemora-se o Dia de Ação de Graças numa data diferente, ela se lembra de repente. A Dra. Reed deve ter antecipado a consulta porque não gostou dos resultados dos exames. "Não", diz ela em voz alta, balançando a cabeça. Ela não vai entrar na velha espiral de pensamentos negativos. Ela está progredindo. E, mesmo que ainda tenha um passaporte para o Reino dos Doentes, isso não a define. Isso ficou no passado, junto com o trabalho como garçonete, como motorista de Uber e com o fato de ter caído na conversa de Marty.

Finalmente ela está se valendo de todo o seu potencial. Agora é professora. Está pensando em sua primeira aula. Talvez Schopenhauer seja pesado demais. Talvez deva começar com a piada sobre Sartre e a garçonete no Deux...

O telefone toca e ela se sobressalta.

*Número desconhecido.*

Ela atende pelo viva voz:

— Alô?

— Você tem que se lembrar de duas coisas — diz uma voz distorcida eletronicamente. — Número um: você não é a primeira e certamente não será a última. Número dois: lembre-se, não é pelo dinheiro. É pela Corrente.

*Isso só pode ser uma pegadinha*, diz uma parte de seu cérebro. Mas outras estruturas do cerebelo, mais profundas e antigas, começam a reagir com algo muito parecido com o que só pode ser descrito como puro terror animal.

— Acho que você ligou pra pessoa errada — diz ela.

A voz prossegue, sem se abalar:

— Dentro de cinco minutos, Rachel, você vai receber a ligação mais importante da sua vida. Você terá que parar o carro no acostamento. E precisa ficar bem atenta. Vai receber instruções detalhadas. É melhor deixar o celular carregado e ter caneta e papel em mãos pra anotar essas instruções. Não vou dizer que as coisas serão fáceis pra você. Os próximos dias serão bem difíceis, mas a Corrente vai ajudar você a passar por isso.

Rachel sente frio. Um gosto amargo na boca. A cabeça parece flutuar.

— Vou ter que chamar a polícia ou...

— Nada de polícia. Nem pensar. Você vai se sair bem, Rachel. Você não teria sido escolhida se nós achássemos que não daria conta. O que vamos pedir a você pode parecer impossível no momento, mas está perfeitamente dentro das suas possibilidades.

Um estilhaço de gelo percorre sua espinha. Um vazamento do futuro para dentro do presente. Um futuro aterrorizante que, ao que parece, vai se revelar em poucos minutos.

— Quem está falando? — pergunta ela.

— Reze pra nunca descobrir quem somos e do que somos capazes.

A linha fica muda.

Ela verifica a tela outra vez, mas, de novo, nem sinal do número de quem ligou. Mas aquela voz... Firme e distorcida; segura, arrogante, hostil. O que a pessoa quis dizer com essa história de ligação mais importante da sua vida? Ela olha pelo retrovisor e sai da pista rápida para a intermediária, caso realmente receba outro telefonema.

Puxa, nervosa, um fio de linha que está se soltando do suéter vermelho no exato momento que o iPhone toca de novo.

Outra ligação de número desconhecido.

Ela arrasta o ícone de fone verde para atender.

— Alô?

— É Rachel O'Neill? — pergunta a voz. Uma voz diferente. Uma mulher. Uma mulher que parece muito transtornada.

Rachel tem vontade de responder *Não*, pensando em evitar o desastre que está a caminho, dizendo que na verdade voltou a usar o sobrenome de solteira, Rachel Klein, mas sabe que não vai adiantar. Nada que ela diga ou faça vai impedir essa mulher de falar que o pior aconteceu.

— Sim — responde então.

— Sinto muito, Rachel, tenho péssimas notícias. Você está com caneta e papel pra anotar as instruções?

— O que aconteceu? — pergunta ela, agora de fato apavorada.

— Eu sequestrei a sua filha.

# 3

*Quinta-feira, 8:42*

O mundo vem abaixo. O céu está caindo. Ela não consegue respirar. Nem quer respirar. A sua menina! Não. Não é verdade. Ninguém levou Kylie. Essa mulher não tem voz de sequestradora. É mentira.

— Kylie está na escola — retruca Rachel.

— Não está. Está aqui comigo. Eu sequestrei a sua filha.

— Você não... Isso é uma piada de mau gosto.

— Estou falando sério. Pegamos a Kylie no ponto de ônibus. Vou mandar uma foto dela.

Chega anexada a foto de uma menina vendada no banco de trás de um carro. Ela está usando o mesmo suéter preto e o casaco de lã caramelo que Kylie vestiu ao sair de casa hoje. A garota tem o mesmo narizinho arrebitado e sardento e os cabelos castanhos com reflexos ruivos de sua filha. É ela.

Rachel se sente enjoada. Sua visão fica turva. Ela larga o volante. O Volvo sai da pista, e os outros carros começam a buzinar.

A mulher continua falando.

— Você tem que ficar calma e escutar com atenção tudo o que vou dizer. Você tem que fazer como eu fiz. Anotar todas as instruções e seguir tudo à risca. Se não obedecer ou se chamar a polícia, você vai pagar por isso, e eu também. Sua filha vai morrer e o meu filho também. Então é melhor anotar tudo o que eu vou dizer.

Rachel esfrega os olhos. Dentro da sua cabeça há um estrondo que parece uma onda gigante prestes a quebrar em cima dela e deixá-la em pedacinhos. A pior coisa que podia acontecer no mundo está de fato acontecendo. *Já* aconteceu.

— Quero falar com a Kylie, sua piranha! — grita ela, agarrando o volante para ajeitar o Volvo na pista, desviando de uma carreta por centímetros. E então sai da última pista e para no acostamento. Freia fazendo o carro derrapar e desliga o motor ouvindo buzinas e xingamentos.

— A Kylie está bem, por enquanto.

— Vou chamar a polícia! — berra Rachel.

— Não vai, não. Preciso que você se acalme, Rachel. Eu não teria escolhido você se achasse que é do tipo que perde o controle. Eu me informei. Eu sei sobre Harvard e sobre sua recuperação do câncer. Sei do seu novo emprego. Você é uma pessoa organizada, e tenho certeza de que não vai estragar tudo. Porque, se isso acontecer, o negócio é o seguinte: a Kylie vai morrer e o meu filho também. Então pega logo um pedaço de papel e começa a anotar.

Rachel respira fundo e apanha uma agenda na bolsa.

— Ok — diz.

— Você está na Corrente agora, Rachel. Nós duas estamos. E a Corrente vai se proteger. Portanto, a primeira coisa é: nada de polícia. Se você falar com a polícia, as pessoas que comandam a Corrente vão saber e vão me mandar matar a Kylie e escolher outro alvo, e eu vou fazer isso. Eles não estão preocupados com você nem com a sua família; eles só se preocupam com a segurança da Corrente. Entendeu?

— Nada de polícia — concorda Rachel, atordoada.

— A segunda coisa são os telefones. Você vai comprar celulares descartáveis pra usar uma vez só, como eu estou fazendo agora. Entendeu?

— Entendi.

— Terceiro: vai ter que baixar o navegador Tor pra entrar na dark web. É complicado, mas você consegue. Você vai usar o Tor pra procurar o InfinityProjects. Está anotando?

— Estou.

— InfinityProjects é só um nome. Não quer dizer nada, mas no site você vai encontrar uma carteira de Bitcoin. Você pode comprar Bitcoins pelo Tor em meia dúzia de lugares, com cartão de crédito ou por transferência. O número de transferência pro InfinityProjects é dois--dois-oito-nove-sete-quatro-quatro. Anota aí. O dinheiro transferido é impossível de ser rastreado. O que a Corrente quer de você é a quantia de vinte e cinco mil dólares.

— Vinte e cinco mil dólares? Como é que eu...

— Não estou nem aí, Rachel. Procura um agiota, pega um empréstimo, mata alguém pra conseguir o dinheiro... Não importa. Arruma um jeito. Você paga e aí passou pela primeira parte. A segunda é pior.

— O que é a segunda parte? — pergunta Rachel, alarmada.

— Você não é a primeira nem será a última. Você está na Corrente, um processo que existe há muito tempo. Eu sequestrei a sua filha pra que o meu filho seja libertado. Ele foi sequestrado e está em poder de um homem e de uma mulher que eu não conheço. Você terá que escolher um alvo e sequestrar um ente querido dessa pessoa pra que a Corrente continue.

— O quê?! Você é doi...

— Escuta. Isso é importante. Você vai sequestrar alguém pra substituir a sua filha na Corrente.

— Que história é essa?

— Você precisa escolher um alvo e manter um ente querido dessa pessoa sob seu poder até que o alvo pague o resgate e também sequestre alguém. Você vai fazer uma ligação igualzinha a essa à pessoa que escolher. O que eu estou fazendo com você é exatamente o que você vai fazer com o seu alvo. Assim que você sequestrar alguém e transferir o dinheiro, meu filho será libertado. Assim que o seu alvo sequestrar alguém e pagar o resgate, a sua filha será libertada. Simples assim. É assim que a Corrente funciona e vai ser assim pra sempre.

— O quê? Quem eu escolho? — pergunta Rachel, horrorizada.

— Alguém que não vá desobedecer às regras. Nada de policiais, políticos, jornalistas... esses estão fora de questão. Escolha uma pessoa que vá executar o sequestro, pagar o resgate, ficar de boca fechada e dar continuidade à Corrente.

— Como você sabe que eu vou fazer tudo isso?

— Se não fizer, eu mato a Kylie e começo de novo com outra pessoa. Se eu fizer merda, eles matam o meu filho e depois me matam. Não temos mais nada a perder mesmo. Presta atenção, Rachel: eu mato a Kylie mesmo. Agora sei que sou capaz disso.

— Por favor, não faz isso. Por favor, solta ela, estou implorando. De mãe pra mãe, por favor. Ela é uma menina incrível. Ela é tudo o que eu tenho nesse mundo. Eu amo demais a minha filha.

— Estou contando com isso mesmo. Você entendeu o que eu disse até agora?

— Entendi.

— Tchau, Rachel.

— Não! Espera! — grita Rachel, mas a mulher já havia desligado.

# 4

*Quinta-feira, 8:56*

Rachel começa a tremer. Está tonta, enjoada, sem rumo. Como na época do tratamento, quando deixava que a envenenassem e a queimassem na esperança de curá-la.

O barulho do tráfego não cessa à sua esquerda, e ela permanece sentada no carro, paralisada, parecendo um astronauta morto há muito tempo após a queda de sua espaçonave em um planeta alienígena. Quarenta e cinco segundos se passaram desde que a mulher desligou. Parecem quarenta e cinco anos.

O celular toca, e ela se assusta.

— Alô?

— Rachel?

— Sim.

— É a Dra. Reed. Nossa consulta é às nove horas, mas não há registro da sua chegada na recepção do prédio.

— Estou atrasada. O trânsito está ruim — diz ela.

— Tudo bem. É sempre um horror a essa hora. A que horas mais ou menos você deve chegar?

— O quê? Ah... não posso ir hoje. Não dá.

— Mesmo? Puxa vida... Amanhã é melhor pra você?

— Não. Essa semana, não.

— Rachel, a gente precisa conversar sobre os seus exames.

— Preciso desligar — diz Rachel.

— Veja bem, não gosto de falar sobre essas coisas por telefone, mas o seu último exame apontou níveis muito altos de CA 15-3. Precisamos mesmo conversar...

— Não posso ir. Tchau, Dra. Reed — diz Rachel, desligando o celular e vendo o brilho de um farol refletido no retrovisor.

Um agente da Polícia Estadual de Massachusetts, moreno e grandão, desce da viatura e se aproxima do Volvo 240.

E ela ali, completamente perdida, com lágrimas escorrendo pelo rosto.

O policial bate no vidro e, depois de hesitar por um instante, ela o abre.

— Senhora — começa ele, vendo que Rachel está chorando. — Humm, senhora, algum problema com o seu carro?

— Não. Desculpa.

— Bem, é que esse acostamento é só para casos de emergência.

*Conte para ele*, ela pensa. *Conte tudo para ele. Não, não posso, eles vão matá-la, vão mesmo. Aquela mulher é capaz disso.*

— Eu sei que não devia ter parado aqui. Estava ao telefone com a minha oncologista. É que... parece que o meu câncer voltou.

O policial entende. Assente lentamente com a cabeça.

— Senhora, acha que está em condições de dirigir?

— Estou.

— Não vou multar a senhora, mas peço que volte pra estrada, por favor. Vou parar o trânsito até a senhora voltar à pista.

— Obrigada.

Ela vira a chave na ignição, e o velho Volvo volta à vida resmungando. O policial interrompe o tráfego na pista de baixa velocidade e ela segue em frente sem dificuldade. Dirige por um quilômetro e meio e pega a saída seguinte. O hospital onde talvez pudesse se tratar fica ao sul dali, mas Rachel não está nem aí para isso agora. Nada é tão importante quanto trazer Kylie de volta. Kylie é o sol e as estrelas e o universo inteiro dela.

Ela pega a I-95, seguindo para o norte, forçando o Volvo como ele jamais foi forçado.

Pista de baixa velocidade, pista central, pista rápida.

Noventa por hora, cem quilômetros por hora, cento e doze, cento e vinte, cento e vinte e oito, cento e trinta.

O motor reclama, mas Rachel só consegue pensar: *Vai, vai, vai.*

O negócio agora é ir para o norte. Pegar um empréstimo. Comprar os celulares descartáveis. Conseguir uma arma e tudo o que for preciso para ter Kylie de volta.

# 5

*Quinta-feira, 9:01*

Tudo aconteceu muito rápido. Um tiro, e eles arrancaram com o carro. Dirigiram por quanto tempo? Kylie já não sabia mais. Talvez sete ou oito minutos até que, enfim, pegaram uma estrada secundária, seguiram por um longo caminho e pararam. A mulher tirou uma foto dela e saltou para fazer uma ligação. Provavelmente para sua mãe ou para seu pai.

Kylie está no banco de trás do carro com o homem. A respiração dele é pesada, ele xinga baixinho, soltando estranhos gemidos meio animalescos.

Atirar no policial claramente não estava nos planos deles, e o sujeito não está lidando bem com isso.

Kylie ouve a mulher voltando para o carro.

— Pronto. Está feito. Ela entendeu tudo e sabe o que tem que fazer — diz a mulher. — Leva essa garota pro porão que eu vou esconder o carro.

— Ok — responde o homem de forma subserviente. — Você vai ter que sair do carro, Kylie. Vou abrir a porta pra você.

— Pra onde a gente vai? — pergunta ela.

— Preparamos um quartinho pra você. Não se preocupe — responde o homem. — Você se saiu muito bem até agora.

Kylie sente o homem se debruçar sobre ela para desafivelar seu cinto. O hálito dele é azedo, nojento. A porta do seu lado se abre.

— Não tira a venda. Estou apontando uma arma pra você — diz a mulher.

Kylie faz que sim com a cabeça.

— Então, o que está esperando? Anda! — grita a mulher com voz histérica.

Kylie bota as pernas para fora do carro e começa a se levantar.

— Cuidado com a cabeça — murmura o homem.

Devagar, ela se põe de pé. Aguça os ouvidos para tentar identificar algum barulho de trânsito ou qualquer outro ruído, mas não ouve nada. Nem carros, nem pássaros, nem as ondas do Atlântico. Estão bem longe do mar.

— Por aqui — orienta o sujeito. — Vou segurar o seu braço e levar você lá pra baixo. Não faça nenhuma besteira. Você não vai conseguir chegar a lugar nenhum, e nós dois estamos preparados pra te dar um tiro, ok?

Ela faz que sim com a cabeça.

— Responde — insiste a mulher.

— Não vou fazer nenhuma besteira — garante a menina.

Ela ouve uma tranca sendo desaferrolhada e uma porta sendo aberta.

— Cuidado, essa escada é velha e meio íngreme — avisa o homem.

Kylie desce a escada de madeira lentamente, enquanto o homem a segura pelo cotovelo. Quando ela chega ao fim da escada, sente que está pisando em concreto. Seu coração dá um salto. Se fosse um porão como o de sua casa, o piso seria de terra e areia. Daria para cavar e tentar sair dali, ao contrário daquele lugar.

— Aqui — diz o homem, conduzindo-a pelo cômodo. É um porão, obviamente. O porão de uma casa de campo, que fica muito longe de qualquer outro ser humano.

Kylie pensa na mãe e sente um nó na garganta. Pobre mamãe! Ela vai começar num novo emprego em breve. Mal começou a dar a volta por cima depois do câncer e do divórcio. Isso não é justo.

— Senta aqui — diz o sujeito. — Abaixa mesmo. É um colchão no chão.

Kylie faz o que o homem manda. Parece que o colchão está coberto com um lençol e um saco de dormir.

Ela ouve o clique da mulher tirando uma foto.

— Ok, vou subir pra mandar isso e checar o Wickr. Deus queira que eles não estejam furiosos com a gente — diz ela.

— Não fala que deu nada errado, não. Diz que saiu tudo conforme o plano — sugere o homem.

— Eu sei! — solta ela.

— Vai dar tudo certo — insiste ele, sem muita convicção.

Kylie escuta a mulher subir a escada de madeira e fechar a porta do porão. Ela está sozinha com o homem agora, o que a deixa assustada. Ele poderia fazer qualquer coisa com ela ali.

— Está tudo bem — fala ele. — Pode tirar a venda agora.

— Eu não quero ver o seu rosto — responde Kylie.

— Não tem problema, eu cobri a cabeça de novo.

Kylie tira a venda. Ele está de pé próximo a ela, ainda com a arma em punho. Ele havia tirado o casaco. Está usando calça jeans, um suéter preto e mocassins cobertos de barro e lama. É um sujeito grandalhão que aparenta ter entre 40 e 50 anos.

O porão é retangular, mais ou menos seis metros por nove. Há duas janelinhas quadradas cobertas com plantas do lado de fora. Piso de concreto, há um colchão no chão e um abajur ao lado. Deram para ela um saco de dormir, um balde, papel higiênico, uma caixa de papelão e duas garrafas de água grandes. O resto do porão está vazio, à exceção de um velho fogão de ferro encostado em uma das paredes e de um boiler no canto oposto.

— Você vai ficar aqui por alguns dias, até sua mãe pagar o resgate e fazer uma outra coisa. Vamos tentar deixar você o mais confortável possível. Você deve estar apavorada. Nem consigo imaginar... — Ele fica com a voz embargada. — A gente não é de fazer essas coisas, Kylie. Não somos esse tipo de gente. Estamos sendo obrigados a fazer isso. Você precisa entender.

— Por que me pegaram?

— Sua mãe vai te explicar tudo quando você voltar pra casa. Minha mulher não quer que eu converse com você sobre isso.

— Você parece mais legal que ela. Será que não poderia dar um jeito de...

— Não. A gente... nossa... a gente te mata se você tentar fugir. Estou falando sério. Você sabe que a gente é ca... capaz disso. Você viu. Ouviu. Aquele pobre sujeito... meu Deus do céu! Bota isso no punho esquerdo — manda ele, entregando-lhe um par de algemas. — De um jeito que você não consiga fugir, mas não tão apertado que possa te machucar... assim. Um pouco mais apertado. Deixa eu ver.

Ele toma seu punho, o examina e aperta mais a algema. Pega então a outra algema, prende-a a uma pesada corrente de metal, que por sua vez é presa, com cadeado, ao fogão.

— São quase três metros de corrente, então você vai conseguir se movimentar um pouco. Está vendo aquilo ali, perto da escada? É uma câmera. Vamos estar de olho em você mesmo quando não estivermos aqui. A luz fluorescente estará sempre ligada pra que a gente possa ver o que você está fazendo. Então não tente fazer nenhuma besteira, tá?

— Tá.

— Tem um saco de dormir e um travesseiro pra você aí. Nessa caixa tem produtos de higiene pessoal e mais papel higiênico, biscoito salgado e livros. Gosta de Harry Potter?

— Gosto.

— Tem a série inteira aí. E mais umas velharias. Coisas pra meninas da sua idade. Eu sei do que estou falando. Sou prof... só coisa boa — diz ele.

*Sou professor? Era o que ele ia dizer?*, fica imaginando Kylie.

— Obrigada — diz então.

*Seja gentil, Kylie*, pensa ela com seus botões. *É melhor bancar a menina boazinha e assustada que não vai criar problema para eles.*

O homem se agacha ao seu lado, sem abaixar a arma.

— Estamos no meio da mata. No fim de uma estrada de terra. Se você começar a gritar, ninguém vai ouvir. Estamos num terreno enorme, cercado de vegetação. Mas, se começar a gritar, vou ver e ouvir pela câmera, e não vai ficar por isso mesmo. Se for o caso, terei que amordaçar você. E pra que você não tire a mordaça vamos ter que te algemar com as mãos pra trás. Está entendendo?

Kylie faz que sim.

— Agora bota os bolsos para fora e me dá seus sapatos.

Ela expõe os bolsos. Só tem dinheiro neles mesmo. Nada de canivete ou celular, que ficou caído na estrada, em Plum Island.

O homem se levanta e quase perde o equilíbrio.

— Jesus Cristo — diz para si mesmo, engolindo em seco. Sobe a escada balançando a cabeça, aparentemente perplexo e sem conseguir acreditar no que se meteu.

Quando a porta se fecha, Kylie se deita no colchão e suspira.

E começa a chorar de novo. Chora até não poder mais, volta a se sentar e olha para as duas garrafas de água. E se estiverem envenenadas? Estão lacradas ainda e são da Poland Spring. Ela bebe com avidez e de repente para.

E se ele não voltar? E se ela tiver de fazer essa água durar vários dias ou semanas?

Ela dá uma olhada na caixa de papelão. Dois pacotes de biscoito salgado, uma barra de Snickers e uma lata de Pringles. Escova de dentes, creme dental, papel higiênico, lenços de papel e cerca de quinze livros. Há também um bloco de anotações, dois lápis e um baralho. De costas para a câmera, ela tenta abrir a tranca da algema com o lápis, mas logo desiste. Precisaria de um clipe ou alguma coisa do tipo. Então examina os livros. Harry Potter, J. D. Salinger, Harper Lee, Herman Melville, Jane Austen. Realmente, ele deve ser professor. E de inglês.

Ela bebe outro gole de água, pega um pedaço de papel higiênico e enxuga as lágrimas.

Deita-se no colchão. Está frio. Então se enfia no saco de dormir de um jeito que a câmera não consiga captar sua imagem.

Assim se sente mais segura.

Se não puderem vê-la, já é alguma coisa. O truque do Patolino. Se não te veem, você não existe.

E se estiverem mentindo com esse papo de não quererem machucá-la? A gente acredita nas pessoas até ver quem elas são de verdade.

E eles já mostraram quem são, não?

Aquele policial provavelmente está morto ou moribundo. Deus do céu!

Ao se lembrar do tiro, ela tem vontade de gritar. Gritar para que alguém venha ajudá-la.

*Socorro, socorro, socorro!* Ela move os lábios, mas não emite nenhum som.

*Meu Deus, Kylie, como isso foi acontecer? Todo mundo avisou: nunca entre no carro de um estranho. Nunca entre no carro com um estranho.* Garotas desaparecem por aí o tempo todo e, uma vez desaparecidas, quase nunca voltam.

Mas houve casos em que *voltaram*. Muitas desapareceram para sempre, mas algumas reapareceram. Às vezes elas voltam para casa.

Elizabeth Smart... era o nome da garota mórmon. Na entrevista, ela estava composta e tranquila. Disse que nessas situações sempre há esperança. Ela manteve a fé, o que lhe deu esperança.

Mas Kylie não tem fé nenhuma, o que, obviamente, é culpa dos imbecis dos seus pais.

Muito claustrofóbico aqui.

Ela se desvencilha do saco de dormir, com a respiração curta e acelerada, e olha em volta do cômodo de novo.

Será que estão mesmo vigiando-a?

Certamente no começo estavam. Mas às três da manhã? Quem sabe se ela arrastar o fogão talvez encontre um prego velho para destrancar a algema. O negócio é esperar. Manter a calma e esperar. Então pega o bloco de papel na caixa.

*Socorro, estou presa nesse porão*, escreve, mas não tem ninguém para quem ela possa entregar o bilhete.

Ela arranca a folha e a amassa.

Então resolve desenhar. Desenha o teto da tumba de Senemute, do seu livro sobre o Egito. E isso começa a acalmá-la. Desenha a lua e estrelas. Para os egípcios, a vida após a morte era nas estrelas. Mas não existe vida após a morte, certo? Vovó acredita nisso, mas só ela. Isso não faz sentido, não é? Se alguém te mata, você está morto e pronto. E daqui a cem anos pode ser que encontrem seu corpo na floresta, e ninguém nem vai lembrar quem você era ou que havia desaparecido.

Você vai ter sido apagado da história, como um desenho no Traço Mágico que a gente sacode.

— Mamãe — sussurra ela. — Me ajuda. Por favor, me ajuda, mamãe!

Mas sabe que ninguém virá socorrê-la.

# 6

*Quinta-feira, 9:16*

Ao voltar para casa em Plum Island, Rachel entra na cozinha e cai no chão. Não é um desfalecimento. Ela não desmaiou, só não consegue mais se manter em pé. E fica ali estendida no chão frio, feito um ponto de interrogação retorcido. Seus batimentos estão disparados, a garganta, apertada. Parece estar sofrendo um ataque cardíaco.

Mas ela não pode ter um ataque cardíaco. Precisa salvar a filha.

Rachel se senta e tenta respirar e pensar.

Eles disseram para não chamar a polícia. Provavelmente porque têm medo.

A polícia vai saber o que fazer, certo?

Estende o braço para pegar o telefone, mas se detém. Não. Não vai arriscar.

Não chame a polícia. Nunca chame a polícia. Se eles descobrirem que ela chamou a polícia, matam Kylie na mesma hora. Havia algo na voz daquela mulher. Um desespero. Uma determinação. Ela vai fazer o que eles mandarem e dar continuidade à Corrente escolhendo outra vítima. Essa história toda é inacreditável, uma loucura, mas, mesmo assim... a voz daquela mulher... parecia bem real. Era evidente que ela estava apavorada com a Corrente e seu poder e que acreditava naquilo.

*E eu também acredito*, pensa Rachel.

Mas Rachel não precisa passar por isso sozinha. Precisa de ajuda. Marty. Ele vai saber o que fazer.

Ela aciona a discagem rápida do número de Marty, mas cai na caixa postal. Tenta de novo, mas acontece a mesma coisa. Passa os olhos pela lista de contatos e liga para o número da nova casa dele em Brookline.

— Alôôô — atende Tammy com aquela sua vozinha cantada.

— Tammy? — pergunta Rachel.

— Oi, quem é?

— É a Rachel. Estou tentando falar com o Marty.

— Ele viajou.

— Ah?... Pra onde?

— Foi pra, humm, ééé... Qual é mesmo o lugar?

— A trabalho?

— Não. Você sabe... aquele lugar onde eles jogam golfe.

— Escócia?

— Não! Pra onde todo mundo vai. Estava todo empolgado.

— Golfe?... Desde quando?... Ah, esquece. Olha só, Tammy, preciso falar com ele com urgência e não estou conseguindo no celular.

— Ele foi com o pessoal da empresa. É um retiro, eles não estão com celular.

— Mas onde é, Tammy? Por favor, tenta lembrar.

— Augusta! Ele foi pra Augusta. Acho que tenho um número de contato aqui, se você precisar.

— Preciso, sim.

— Tá, calma aí, xô ver aqui. Pronto, achei.

Ela diz o número.

— Obrigada, Tammy. Preciso ligar pra ele.

— Espera. Qual é a emergência?

— Ah, não é nada. É um problema no telhado, está com uma infiltração. Só isso. Nada grave. Obrigada — diz ela e desliga.

Então disca o número que Tammy lhe deu.

— Gleneagle Augusta Hotel — atende a recepcionista.

— Eu gostaria de falar com Marty O'Neill, por favor. Sou a... é... esposa dele e não lembro em que quarto ele está.

— Humm, um momentinho... Setenta e quatro. Vou passar a ligação.

A ligação é transferida para o quarto, mas ele não está lá. Ela liga outra vez para a recepção e deixa recado para que Marty retorne o contato assim que puder.

Ela desliga e volta a se sentar no chão.

Está atônita, pasma, horrorizada.

Com tanta gente má nesse mundo com carma negativo, como isso foi acontecer justo com ela, principalmente depois do que passou nos últimos dois anos? Não é justo. E a pobrezinha da Kylie, uma menininha apenas, ela...

O celular ao seu lado toca. Ela o apanha e olha para a identificação: número desconhecido mais uma vez.

Ah, não!

— Ligando pro seu ex-marido? — pergunta a voz distorcida e assustadora. — É isso mesmo que vai fazer agora? Será que dá pra confiar nele? Entregar nas mãos dele a sua vida e a vida da sua filha? Espero que ele seja digno de confiança mesmo, porque, se ele disser alguma coisa a alguém, Kylie morre, e acho que teremos que matar você também. A Corrente sempre dá um jeito de se proteger. Melhor pensar um pouco mais antes da próxima ligação.

— Desculpa. Eu... eu não consegui falar com ele. Deixei uma mensagem. É só que... não sei se consigo fazer isso sozinha, eu...

— Talvez você seja autorizada a ter ajuda mais pra frente. Vamos informar um jeito de entrar em contato com a gente, e aí você vai poder pedir permissão. Por enquanto, se não quiser ter problemas, não fale com ninguém. Só arrume o dinheiro e comece a pensar num alvo. Você consegue, Rachel. Você se livrou muito bem daquele policial na estrada. Sim, a gente viu. E nós vamos ficar de olho em você até que isso tudo acabe. Então anda logo — diz a voz.

— Não consigo — protesta Rachel timidamente.

A voz suspira.

— Nós nunca escolhemos pessoas que precisam de acompanhamento constante. É muito exaustivo pra nós. Selecionamos pessoas proativas, autossuficientes. É o seu caso, Rachel. Agora, levanta desse maldito chão e vai à luta!

A ligação fica muda.

Rachel olha horrorizada para o telefone. Está *mesmo* sendo observada. Eles sabem para quem ela está ligando e tudo que está fazendo.

Ela deixa o telefone de lado, se levanta e vai tropeçando até o banheiro, como se estivesse saindo de um acidente de carro.

Abre a torneira e joga água no rosto. Não há espelho ali nem em nenhum outro lugar da casa, exceto no quarto de Kylie. Ela se livrou de todos eles por causa da visão terrível gerada por sua queda de cabelo. Claro que ninguém em sua família permitiu que ela cogitasse a ideia de que ia morrer. Sua mãe, a enfermeira, havia explicado desde o início que era um câncer de mama tratável em estágio 2A, que responderia bem a uma cirurgia de precisão, seguida de rádio e quimioterapia. Mas naquelas primeiras semanas, olhando-se no espelho do banheiro, ela se via diminuindo, definhando.

Dar um fim nos espelhos tinha sido um passo importante na recuperação. Ela não precisava se obrigar a acompanhar sua transformação naquela terrível e esquelética aranha pálida dos piores dias da químio. Não se pode dizer que a recuperação foi exatamente um milagre: o índice de sobrevivência do estágio 2A em cinco anos era de noventa por cento, mas, de qualquer forma, você sempre pode cair nos dez por cento, não pode?

Ela fecha a torneira.

Que bom que não tem nenhuma droga de espelho aqui, pois o Reflexo Rachel a encararia com um olhar mortal e acusador. Deixar uma menina de 13 anos esperando sozinha num ponto de ônibus? Você acha que por acaso isso teria acontecido se Kylie estivesse com Marty?

*Não, não teria. Não no turno dele. Isso aconteceu quando ela estava sob sua responsabilidade, Rachel. Pois, vamos reconhecer: você é um fracasso. Eles estão totalmente enganados a seu respeito. Tragicamente equivocados.*

*Começar no primeiro emprego de verdade aos 35? O que você andou fazendo até agora? Quanto potencial jogado fora! Corpo da Paz? Quem entra para o Corpo da Paz? Aqueles anos todos sem rumo com Marty, depois da Guatemala. Você indo trabalhar depois que ele finalmente decidiu que queria entrar para a faculdade de direito?*

*Você estava fingindo esse tempo todo. Mas não passa de uma fracassada, e agora a coitada da sua filha foi tragada para sua espiral de fracasso.*

Rachel aponta para o lugar onde o espelho costumava ficar. *Sua piranha burra. Eu queria que você tivesse morrido. Queria que estivesse nos dez por cento que morreram!*

Ela fecha os olhos, respira, conta de dez a um e volta a abri-los. Corre até o quarto e se troca, vestindo a saia preta e a blusa branca que comprou para dar aula. Coloca a jaqueta cara de couro, escolhe um par de saltos altos respetáveis, passa a mão pelos cabelos e pega a bolsa a tiracolo. Junta os documentos financeiros, o laptop e o contrato de emprego do Newburyport Community College. Pega o estoque de cigarros que Marty separou para fumar durante o exame da Ordem dos Advogados e o embrulho fechado com o dinheiro da indenização pelas inundações. Vai até a cozinha, calça os sapatos e quase dá de cara com o exaustor. Então se ajeita, pega o celular e vai correndo para o carro.

# 7

*Quinta-feira, 9:26*

O First National Bank da State Street no centro de Newburyport abre às nove e meia. Rachel anda de um lado para o outro na calçada em frente ao banco, fumando seu Marlboro.

A State Street está vazia, a não ser por um idoso agitado e muito pálido, com um casacão pesado e um boné do Red Sox, caminhando em sua direção.

Seus olhares se encontram quando ele para à sua frente.

— Você é Rachel O'Neill? — pergunta.

— Sou — responde ela.

O homem engole em seco e ajeita o boné.

— Mandaram eu dizer pra você que eu saí da Corrente há um ano. Mandaram dizer que a minha família está salva porque eu fiz o que foi pedido. Mandaram dizer que centenas de pessoas como eu podem ser recrutadas pra te trazer uma mensagem se a Corrente achar que você ou qualquer pessoa da sua família precisa receber um recado.

— Entendi.

— Você... você não está grávida, está? — pergunta o homem, hesitante, parecendo sair do script por um momento.

— Não.

— Então a mensagem é essa — retruca ele e, sem mais nem menos, lhe dá um soco na barriga.

Rachel fica sem ar, recurvada no chão. Ele tem uma força surpreendente, e a dor é terrível. Ela leva dez segundos para recobrar o fôlego. Então olha para ele sem entender nada. Agora está com medo.

— Mandaram dizer que, se você ainda precisar de alguma prova do nosso poder, pode procurar no Google a família Williams, de Dover, New Hampshire. Você não vai me ver de novo, mas tem muitos como eu por aí. E não tenta me seguir — avisa o homem, com lágrimas de vergonha rolando pelo rosto, virando-se para voltar rapidamente pelo caminho de onde veio.

Nesse momento, as portas do banco se abrem e o segurança a vê no chão. O guarda olha para o sujeito que se afasta apressado e fecha os punhos. Está claro que ele percebeu que alguma coisa havia acabado de acontecer.

— Posso ajudá-la, senhora? — pergunta ele.

Rachel tosse, se recompondo.

— Estou bem, eu acho. Eu... escorreguei.

O guarda estende a mão para ajudá-la a se levantar.

— Obrigada — agradece-lhe Rachel, contraindo-se de dor.

— Tem certeza de que está bem, senhora? — pergunta ele.

— Tenho, está tudo bem!

O guarda a observa intrigado por um instante e novamente olha para o homem que se afasta às pressas. Dá para ver que ele está se perguntando se ela não seria a isca de uma tentativa de assalto. A mão dele está preparada para sacar a arma.

— Muito obrigada — diz ela. E, baixando a voz a um sussurro: — Não estou acostumada com esses saltos. Só quero causar uma boa impressão!

O guarda relaxa.

— Ninguém viu que a senhora caiu, só eu. Não sei como vocês conseguem andar com esse tipo de sapato.

— Tem uma piada que eu conto sempre pra minha filha: "Como se chama um dinossauro de salto alto?"

— Como?

— "De-pés-machucado-sauros." Ela nunca acha graça. Nunca ri das minhas piadas bobas.

O guarda sorri.

— Bom, eu achei engraçado.

— Obrigada de novo.

Ela ajeita o cabelo, entra no banco e pede para falar com o gerente, Colin Temple.

Colin é um cara mais velho que morava na ilha antes de se mudar para a cidade. Ele e Rachel frequentavam os churrascos na casa um do outro, e Marty pescava com ele em seu barco. Ela atrasou o pagamento da prestação da casa por duas vezes, depois do divórcio, mas Colin não a pressionou.

— Rachel O'Neill! Quem está vivo sempre aparece! — diz ele, sorrindo. — Meu Deus, Rachel, por que será que os pássaros começam a cantar toda vez que você está por perto?

*Porque eles na verdade são corvos, e eu sou uma maldita morta-viva*, pensa ela, mas não diz nada.

— Bom dia, Colin. Como vai?

— Tudo certinho. Em que posso ajudar?

Ela engole a dor do soco no estômago e força um meio sorriso.

— Estou com um probleminha e gostaria de saber se podemos conversar.

Eles seguem para a sala da gerência, decorada com imagens de iates e minúsculos e intrincados modelos de embarcações feitos pelo próprio Colin. Há também fotos de um king-charles-spaniel de focinho empinado cujo nome ela não consegue se lembrar de jeito nenhum. Colin deixa a porta entreaberta e se senta à sua mesa. Rachel se acomoda de frente para ele, tentando estampar uma expressão simpática no rosto.

— Então, como posso ajudar? — pergunta ele, ainda bem animado, mas já com certa desconfiança se insinuando no olhar.

— É a casa, Colin. O teto da cozinha está cheio de goteiras. Ontem eu chamei um mestre de obras pra dar uma olhada e ele disse que tenho que trocar tudo antes que comece a nevar, senão pode vir abaixo.

— É mesmo? Parecia tudo bem quando estive lá da última vez.

— Eu sei. Mas o teto ainda é original. Década de 1930. E todo inverno tem uma goteira. E agora está ficando perigoso. Pra nós, claro. Pra mim e pra Kylie. E também, como você sabe, pra casa. Como ela ainda pertence ao banco até a gente quitar todas as prestações, se a casa vier abaixo, esse bem de vocês perderá o valor — diz ela, chegando a fingir uma risadinha.

— Qual foi o orçamento que ele passou?

Rachel chegou a pensar em pedir os vinte e cinco mil, mas seria um valor absurdo para consertar um telhado. Sua poupança está zerada, mas ela pode sacar dez mil no Visa. E, quando Kylie estiver sã e salva em casa, ela pensa em como vai pagar a dívida.

— Quinze mil. Mas está tudo bem, Colin, eu posso pagar. Vou começar num emprego novo em janeiro — diz ela.

— Ah?...

— Fui contratada pra dar aulas no Newburyport Community College. Introdução à filosofia moderna. Existencialismo, Schopenhauer, Wittgenstein, todas essas coisas boas.

— Finalmente se valendo do diploma, hein?

— Pois é. Olha só, trouxe aqui o contrato de emprego e o salário detalhado. Não é muito, mas é certo, e é mais do que eu estava ganhando como Uber. As coisas agora realmente melhoraram muito pra nós, Colin... a não ser pelo telhado, é claro — fala ela, entregando-lhe os documentos.

Colin examina a papelada, então lança um olhar avaliador para Rachel. Ele sabe que tem alguma coisa errada. Ela provavelmente está com uma cara péssima. Murcha, magra, preocupada. Parecendo alguém em recidiva de câncer de mama e nos estágios finais de uma espiral mortal de metanfetamina.

Ele estreita os olhos. Muda de ares. Balança a cabeça.

— Não vai dar pra estender os prazos de pagamento de novo, nem podemos acrescentar mais nada ao empréstimo original. Eu não teria permissão pra fazer isso. Meu poder de decisão nesses casos é muito limitado.

— Um empréstimo dando a casa como garantia, então? — arrisca ela. Ele balança a cabeça de novo.

— Sinto muito, Rachel, mas a sua casa não oferece segurança pra isso. Pra ser totalmente honesto, é apenas um chalé de praia melhorado, certo? E não é nem na praia.

— É na bacia das marés. Considerada orla marítima, Colin.

— Sinto muito mesmo. Sei que você e o Marty pensaram durante muitos anos em fazer uma reforma, mas acabaram não fazendo, confere? A casa não é adaptada pro inverno, não tem aquecimento central.

— E o terreno? Os preços por aqui têm subido nos últimos tempos.

— Vocês moram na área menos concorrida do oeste de Plum Island, não é o lado do Atlântico. De frente pro pântano, numa área propensa a inundações. Sinto muito, Rachel, não tem nada que eu possa fazer por você.

— Mas... mas... eu estou nesse emprego novo.

— Seu contrato lá é de apenas um semestre. Você é um risco pro banco. Consegue entender isso, não consegue?

— Você sabe que eu dou conta — insiste ela. — Você me conhece, Colin. Pago quase sempre no prazo. Saldo minhas dívidas. Trabalho muito.

— Sim. Mas não é esse o ponto.

— E o Marty? Ele agora é sócio minoritário. Ultimamente eu faço vista grossa quando ele não paga a pensão alimentícia, porque a Tammy está falida, mas...

— Tammy?

— A namorada nova dele.

— Ela está falida?

*Droga*, pensa Rachel. Ela sabe que esse tipo de informação não vai ajudar em nada, então tenta encerrar esse assunto rápido.

— Não é nada, não. Ela tinha uma loja de chocolate na Harvard Square, que faliu. Não é nenhuma empresária. Acho que tem só 25 ou...

— Como alguém perde dinheiro vendendo chocolate na capital das bocas nervosas da Nova Inglaterra?

— Não sei. Puxa, Colin. Somos velhos amigos. E eu... estou precisando desse dinheiro pra ontem. É uma emergência.

Colin se recosta na cadeira.

Rachel percebe que ele está considerando tudo o que ela disse. Provavelmente Colin sabe muito bem identificar um mentiroso...

— Sinto muito, Rachel, sinto muito mesmo. Se precisar de um empreiteiro, posso indicar o Abe Foley. Ele é honesto e trabalha bem e rápido. É o máximo que eu posso fazer.

Ela faz que sim com a cabeça.

— Obrigada — diz, sem convicção, e sai da sala, completamente derrotada.

# 8

*Quinta-feira, 9:38*

Humm, desta vez parece diferente.

É claro que nada indica que seja *mesmo* diferente. Não teria por que ser diferente. Eles sempre dizem as mesmas coisas, se comportam do mesmo jeito e acabam entrando na linha. O ser humano é previsível demais. Por isso as tábuas atuariais funcionam tão bem.

E é só uma sensação, nada mais. Ela pode perfeitamente esquecer isso e pensar em outra coisa. Mas ela não quer fazer isso hoje. Quer mesmo é ficar com essa impressão ruim e internalizá-la até entender por que está sentindo isso. Se aquela sensação significar realmente alguma coisa, tem quase certeza de que tem a ver com a pessoa que está atualmente na Corrente.

Talvez seja melhor fazer um levantamento da situação. Ela abre o arquivo criptografado em seu computador e examina os protagonistas do momento. Tudo parece em seu devido lugar. O link negativo dois é Hank Callaghan, dentista e professor da escola dominical de Nashua, que fez tudo direitinho. O link negativo um é Heather Porter, administradora escolar, também de New Hampshire, que fez exatamente o que foi mandado. O link zero é Rachel O'Neill, ou, como se apresenta agora, Rachel Klein. Ex-garçonete e motorista de Uber que em breve estará dando aulas numa faculdade comunitária.

Será que Rachel por acaso é a maçã podre?

Não tem a menor importância se for. Como Olly sempre diz, a Corrente é essencialmente um mecanismo autorregulador que conserta o próprio DNA avariado com apenas um empurrãozinho vindo de fora.

"Não se preocupe. Tudo sempre acaba em seu devido lugar", era o que sua madrasta costumava dizer. E ela tinha razão. Em geral as coisas realmente acabavam em seu devido lugar. E ela também, no final, claro, acabou em seu devido lugar.

Não, Rachel não vai causar nenhum problema. Nenhum deles, por sinal. Rachel vai acabar entrando na linha, assim como todo os outros; caso contrário, morre, junto com a filha. E terá uma morte horrível, para servir de exemplo aos outros.

# 9

*Quinta-feira, 9:42*

Na rua, do lado de fora do banco, Rachel tenta conter as lágrimas e a onda de pânico. O que vai fazer agora? Ela não pode fazer nada. Fracassou logo no início. *Meu Deus do céu, pobrezinha da minha Kylie.*

Olha a hora no celular: 9h43.

Funga, enxuga o rosto, respira fundo e entra de novo no banco.

— Senhorita, não pode entrar... — diz alguém no momento que ela entra novamente na sala de Colin.

Ele levanta o olhar do computador, parecendo surpreso e culpado ao mesmo tempo, como se estivesse procurando pornografia no Google.

— Rachel, eu disse...

Ela se senta, resistindo à vontade de pular do outro lado da mesa, botar uma faca no pescoço dele e berrar para os caixas entregarem a ela o maldito dinheiro em cédulas não sequenciadas.

— Aceito qualquer empréstimo que esse banco puder me dar a qualquer taxa de juros, por mais abusiva que seja. Eu preciso do dinheiro, Colin, e não vou sair dessa maldita sala enquanto não conseguir isso.

Ela sabe que tem um brilho perigoso no olhar, de assaltante de banco. *Olhe bem para mim,* parece dizer, *sou capaz de qualquer coisa agora. Você vai mesmo querer começar o dia vendo os guardas me arrastarem aos gritos e pontapés?*

Colin respira fundo.

— Bem, ééé... A gente tem um financiamento familiar de emergência de noven...

— Consigo quanto? — Rachel o interrompe.

— Quinze mil dólares dariam para o... o seu telhado?

— Dariam.

— A taxa de juros seria bem acima do nosso...

Ela desliga completamente e deixa Colin desenrolar o blá-blá-blá todo. Não está nem aí para taxa de juros, taxas de serviço... Só quer o dinheiro. Quando ele acaba de falar, ela sorri e diz que aceita as condições.

— Preciso providenciar toda a papelada — diz ele.

— Vocês podem transferir o dinheiro direto pra minha conta?

— Prefere transferência e não cheque?

— Prefiro.

— Podemos fazer isso, sim.

— Volto pra assinar a papelada daqui a uma hora — diz ela, agradecendo-lhe e se retirando.

Dá então uma olhada rápida na lista de tarefas altamente comprometedoras que rabiscou às pressas.

1. Resgate
2. Celulares descartáveis
3. Pesquisar alvo/vítima
4. Comprar revólver, corda, fita adesiva etc.
5. Pesquisar lugar para esconder vítima

Ela está perto da biblioteca de Newburyport. Quem sabe poderia aproveitar esse tempo para fazer a pesquisa sobre o alvo/vítima... *Claro, isso mesmo, se mexa, Rachel, se mexa.*

Ela segue a State Street até a biblioteca, sobe correndo os degraus e encontra uma mesa desocupada na Ala Lovecraft. A primeira coisa que faz é pesquisar no Google a família Williams, de Dover, New Hampshire. Um assalto pavoroso. Uma invasão de domicílio que deu errado, na avaliação da polícia. A mãe, os dois filhos e o novo namorado dela foram amarrados e abatidos com um tiro na cabeça. As crianças foram mortas horas antes da mãe, de modo que ela teve bastante tempo para sofrer e pensar naquilo.

Com o coração na mão, Rachel começa a pesquisar possíveis alvos.

Como eles a tinham encontrado? Ela era um alfinete num mapa?! Teria sido pelos arquivos da associação de pais e mestres? Pelo perfil no Uber?

Facebook. O maldito Facebook.

Ela liga o MacBook Air, abre o Facebook e passa os quarenta e cinco minutos seguintes percorrendo nomes e rostos de amigos de amigos.

É inacreditável a quantidade de pessoas com postagens e perfis públicos, que podem ser vistos por qualquer um. *George Orwell estava errado*, pensa. *No futuro, não é o Estado que vai controlar todo mundo com vigilância maciça, e sim as próprias pessoas. Elas farão o trabalho do Estado por ele, postando constantemente sua localização, seus interesses, suas preferências alimentares, seus restaurantes favoritos, suas orientações políticas e hobbies — no Facebook, no Twitter, no Instagram e em outras redes sociais. Somos nossa própria polícia secreta.*

Ela se dá conta de que certas pessoas atualizam seus *feeds* no Facebook e no Instagram em intervalos de poucos minutos, e assim acabam fornecendo a possíveis sequestradores e assaltantes informações geográficas e temporais sobre seu paradeiro.

Informações úteis, e Rachel decide ir atrás de alvos nas regiões da Grande Boston e de North Shore. Homens e mulheres bem-sucedidos, sem nenhuma ligação com as forças da lei, que moram em mansões e que têm famílias pequenas e toda a pinta de poderem pagar um resgate e dar continuidade à Corrente.

Ela apanha a agenda e faz uma lista preliminar de candidatos.

Fecha então o laptop, pega a jaqueta de couro, põe a lista no bolso com zíper e volta ao banco.

Colin está à sua espera. Ela assina os formulários e, quando acabam as formalidades, diz que vai esperar enquanto ele transfere o dinheiro. Coisa de um minuto.

Ela lhe agradece e vai para o Panera Bread na Storey Avenue. Pede um café e se senta a uma mesa no canto. Então se conecta ao Wi-Fi, liga o Mac e baixa o navegador Tor, que não parece nada confiável. Mesmo assim, clica no ícone e, num piscar de olhos, está na dark web. Ela já havia ouvido falar da dark web e sabe que é onde você consegue comprar armas, remédios de tarja preta sem receita e narcóticos.

Encontra onde comprar Bitcoins, lê as normas e os procedimentos, cria uma conta e compra o equivalente a dez mil dólares com o Visa. Em seguida, compra mais quinze mil, usando o dinheiro que havia acabado de ser depositado em sua conta no First National.

Procura a carteira de Bitcoin no InfinityProjects e transfere o dinheiro. A transação leva menos de um segundo.

E, assim, num estalar de dedos, o resgate foi pago. Jesus!

Então, o que vai acontecer agora? Eles vão telefonar? Ela olha para o celular e espera. Toma um gole de seu café observando os outros clientes no Panera. Essas pessoas não têm a menor ideia de que estão vivendo um sonho. Elas não têm noção de como as coisas podem ficar ruins do outro lado do espelho.

Ela puxa um fio solto na blusa.

O celular faz plim ao receber outra foto de Kylie, agora sentada num colchão num porão, com uma mensagem enviada por um número desconhecido: Novas instruções em breve. Lembre-se: Não é pelo dinheiro, é pela Corrente. Seguir para a parte 2.

Seguir para a parte 2? Isso significa que eles receberam o dinheiro? Rachel torce para que não tenha estragado tudo.

Mas claro que essa foi a parte fácil.

Ela fecha o Mac e caminha para o carro.

E agora? Volta para casa? Não, ela não vai voltar para casa. Agora precisa de celulares descartáveis e de uma arma, e é melhor fazer isso longe dos vizinhos, dos olhares curiosos e das leis de controle de armas de Massachusetts, atravessando a divisa para New Hampshire.

Ela corre para o Volvo, entra no carro, liga o motor e, forçando a embreagem e cantando pneus, segue em direção ao norte.

# 10

*Quinta-feira, 10:57*

Todas as rádios estão falando do policial que foi morto com um tiro perto de Plaistow. Em New Hampshire, não há mais do que quatro ou cinco assassinatos por ano, de modo que essa é uma notícia e tanto, e isso está sendo muito comentado.

Ela fica irritada ouvindo aquilo e desliga o rádio.

Logo depois de passar pela divisa em Hampton, New Hampshire, encontra o lugar que estava procurando: o Clube de Tiro Tático do Fred. Já havia passado por ali milhares de vezes, mas nunca pensou em entrar.

Até hoje. Ela estaciona o Volvo e entra no clube. A barriga ainda dói do soco que levou, e Rachel faz uma ligeira careta enquanto avança.

Fred é um sessentão alto e corpulento, de ar simpático, está usando um boné John Deere, camisa e calça jeans. Tem o rosto cheio de cicatrizes de acne, mas, apesar de tudo, ainda é um coroa bonitão. Mas provavelmente o que mais chama atenção é o cinturão para armas que lhe enlaça a cintura baixa. Nos coldres, há duas automáticas, que Rachel deduz serem para dissuadir possíveis ladrões.

— Dia, moça — diz ele. — Em que posso ajudar?

— Preciso de uma arma. Pra ter em casa, sabe como é... pra defesa pessoal. Ficamos sabendo de assaltos no bairro.

— Você é de Boston? — pergunta ele, com um olhar que parece acrescentar: *Aquela cidade de Noam Chomsky, do clube de debates de Harvard e de Ted Kennedy?*

— Newburyport — responde ela, para logo depois se perguntar se não deveria ter dado uma origem fictícia.

— Está procurando uma pistola? Uma trinta e oito, ou alguma coisa do tipo? Algo simples?

— É, isso mesmo. Trouxe minha carteira de motorista.

— Vou botar seu nome no sistema. São dois dias pra fazer a checagem.

— O quê? Não, preciso que seja mais rápido — diz ela, tentando não levantar suspeita.

— Bem, hoje posso te vender um fuzil ou uma espingarda, qualquer um desses — diz Fred, apontando para um mostruário. Rachel tem um metro e setenta e cinco, mas qualquer uma daquelas armas parece grande demais para ela e completamente fora de propósito, pois teria de escondê-la debaixo do casaco para render uma pobre criança.

— Você não tem algo mais compacto?

Fred coça o queixo e lhe lança um olhar intrigado e penetrante. Ela gostaria de se sentir mais bonita. Uma mulher atraente não recebe um olhar daqueles... pelo menos não daquele jeito. Quando tinha lá seus 20 e poucos anos, Rachel parecia com Jennifer Connelly em *Hulk*, de Ang Lee, segundo Marty, mas aquilo foi antes, é claro. Agora vivia com olheiras, e o rosto carecia permanentemente de viço.

— Por lei o período é mais curto pra armas de cano longo, mas que tal uma dessas? — pergunta Fred, pegando sob o balcão uma escopeta Remington 870 Express Sintética com ação de bomba, enquanto explica.

— Isso serve — responde ela.

— É usada. De 2015. Pode levar por trezentos e cinquenta.

— Vou levar.

Fred estranha. Evidentemente, esperava que ela barganhasse, mas Rachel está tão desesperada que parece disposta a pagar o preço que for. Ela percebe que ele olha para o estacionamento e vê que seu carro é um Volvo 240 laranja bem castigado.

— Então — prossegue ele. — Vou incluir uma caixa de cartuchos e uma aulinha. Quer que eu mostre como usar?

— Quero, por favor.

Fred a conduz a um estande de tiro fechado.

— Já atirou alguma vez? — pergunta.

— Não. Já empunhei uma arma. Um fuzil, na Guatemala. Mas não disparei.

— Guatemala?

— Corpo da Paz. Fomos cavar poços. Eu e Marty, meu marido na época, nos formamos em artes liberais, e claro que nos mandaram pra floresta pra trabalhar num projeto de irrigação. Nós éramos completamente sem noção. E levamos nossa bebezinha, Kylie, com a gente. Uma loucura, pensando nisso agora. Marty disse que viu uma onça-pintada rondando o acampamento. Ninguém acreditou nele. Ele machucou o braço ao disparar.

— Bom, vou te ensinar a fazer direito — diz Fred, entregando a Rachel protetores de ouvido e mostrando-lhe como carregar a arma. — Prende bem firme no ombro. Vai dar um tranco, é uma calibre vinte. Não, não, com mais força. Você tem que encaixá-la ao corpo. Se sobrar um espaço, a arma dá um coice na sua clavícula. Basta lembrar a Terceira Lei de Newton. Toda ação gera uma reação oposta equivalente.

Fred aperta um botão e um alvo de papel aparece num transportador no teto, parando a cerca de oito metros deles. O ambiente tem um cheiro claustrofóbico de graxa e pólvora. O alvo é um sujeito mal-encarado portando uma arma; não é uma criancinha apavorada.

— Puxa o gatilho, só isso. Vai com calma.

Ela aperta o gatilho e ouve-se um enorme *bang*. Fred tinha razão sobre a Terceira Lei de Newton. O cano bate forte em seu ombro. Ao abrir os olhos e observar o alvo de papel, ela vê que foi destruído.

— Oito metros ou menos, nenhum problema pra você. Mas se o alvo estiver longe ou correndo, deixa correr. Sacou?

— Deixar o alvo correr na minha direção pra eu poder matá-lo ou deixar o alvo correr pra longe e eu chamar a polícia?

Ele dá uma piscadela.

— Você é rápida no gatilho.

Ela pega os cartuchos e paga com o dinheiro de indenização das inundações. Agradece a Fred, volta para o carro e coloca a escopeta no banco do carona. Se está sendo monitorada de alguma forma pelo celular, espera que eles vejam que ela está levando isso a sério e fazendo o que deve ser feito.

# 11

*Quinta-feira, 11:18*

O Hampton Mall é o lugar perfeito para comprar celulares descartáveis. Ela para o carro no estacionamento, abre a mala e começa a procurar o boné do Red Sox da Kylie. Seu boné dos Yankees às vezes chama atenção, mas ninguém olha duas vezes para um boné dos Sox ou dos Patriots. Ela encontra o boné, põe na cabeça e abaixa bem a aba sobre o rosto.

O celular toca, seu estômago se contrai.

— Alô? — diz automaticamente, sem ver quem é.

— Oi, Rachel. Aqui é Jenny Montcrief, professora da Kylie.

— Oi, Jenny, ééé... Oi!

— A gente estava querendo saber onde a Kylie está.

— Ela não está passando bem. Eu ia ligar pra vocês.

— Mas você tem que ligar antes das nove horas.

— Da próxima vez eu ligo, prometo. Me desculpa. Ela não vai hoje, não está se sentindo bem.

— O que houve? Alguma coisa séria?

— Só um resfriado. Espero. E também... ela vomitou.

— Ah! Que chato. Tomara que ela possa vir amanhã. Estão dizendo que ela fez um trabalho muito bom sobre Tutancâmon, e a apresentação é amanhã.

— Amanhã... não sei. Vamos ver. Essas coisas são imprevisíveis. Desculpa, vou ter que desligar, estou justamente comprando remédio pra ela agora.

— Quanto tempo ela vai se ausentar?

— Não sei. Preciso desligar. — Rachel recebe outra chamada, de um número desconhecido. — Tchau, Jenny. Filha doente, tenho que correr — diz Rachel, atendendo a outra chamada.

— Espero que esteja fazendo o melhor que você pode, Rachel. Estou contando com você. Meu menino só vai ser libertado quando você achar alguém pro lugar dele — diz a mulher que está mantendo Kylie como refém.

— Estou fazendo o melhor que posso — responde Rachel.

— Eles disseram que mandaram uma mensagem falando da família Williams.

— Mandaram.

— Se você sair dessa, vai ter que ficar de boca fechada, caso contrário, vai receber o troco, que nem eles.

— Pode deixar. Não vou falar nada. Estou fazendo o melhor que posso.

— Isso mesmo, Rachel. E não esqueça: se eles falarem que você está criando problemas, não vou hesitar em matar a Kylie!

— Por favor, não diz isso. Eu...

Mas a mulher já havia desligado.

Rachel olha para o telefone. Suas mãos estão tremendo. A mulher está com os nervos à flor da pele. Kylie está nas mãos de uma pessoa que parece à beira de um colapso nervoso.

Um rapaz salta do carro na fileira oposta à de Rachel no estacionamento, olha para ela de um jeito estranho e a cumprimenta com a cabeça, fechando a cara.

Seria outro agente da Corrente?

Será que eles estão em toda parte?

Reprimindo um gemido, ela põe o celular na bolsa e se apressa em direção às portas duplas do shopping.

O supermercado Safeway já está aberto e cheio de gente. Ela pega um cesto de compras, passa pelos mostruários do Dia de Ação de Graças e encontra as prateleiras dos celulares baratos. Pega um que parece bom, um baratinho da AT&T que ainda faz fotos e vídeos. Quatorze dólares e noventa e cinco. Bota uma dúzia deles no cesto e depois ainda acrescenta mais dois. Quatorze. Será que basta? Restam apenas seis celulares na prateleira. Quer saber? Ela os pega também.

Ao se virar, ela vê Veronica Hart, a vizinha excêntrica que mora a cinco casas da dela em Plum Island. Deus do céu. Ela veio até aqui exatamente para não esbarrar em nenhum conhecido. Se Veronica vir os celulares, vai perguntar se ela está se preparando para o fim do mundo e lembrar que, no apocalipse, os zumbis vão derrubar as torres de transmissão de qualquer maneira. Vai ser bem complicado. Rachel se esconde atrás das mercadorias encalhadas de Halloween até ver a outra mulher pagar e sair.

Leva então os celulares para pagar nas máquinas de autoatendimento. Em seguida, vai para a seção de ferramentas e compra uma corda, correntes, um cadeado e dois rolos de fita adesiva.

O caixa é um hipster com longas costeletas estilo Elvis e óculos de sol.

— Trinta e sete e cinquenta — anuncia.

Ela lhe entrega duas notas de vinte.

— Você devia dizer "Não é o que você está pensando" — comenta o caixa.

Rachel não entende nada.

— O quê?

— Isso tudo — continua ele, botando as compras em dois sacos plásticos. — Parece um kit iniciante de *Cinquenta tons de cinza*, mas com certeza você deve ter alguma explicação mais inocente.

A verdadeira explicação é muito mais aterrorizante.

— Não, é exatamente isso — diz Rachel, saindo apressada da loja.

# 12

*Quinta-feira, 11:59*

Kylie está sem celular, então não tem a menor ideia da hora, mas acha que ainda pode ser de manhã. Ela não escuta nada, mas consegue ver que há luz pela janela do porão.

Ela se senta dentro do saco de dormir. Está tão frio que já se forma gelo nas beiradas das janelas. Quem sabe se ela correr de um lado para o outro ali dentro não consegue se aquecer?

Kylie se arrasta para fora do saco de dormir e se põe de pé no piso frio de concreto. Então vai até onde a corrente permite, o que não é muito longe. Um pequeno círculo em torno da cama e de volta ao velho fogão de ferro fundido. Será que esse negócio é tão pesado quanto parece? Ela se aproxima do fogão e, de costas para a câmera, o empurra com força. Ele não se move. Nem um centímetro. Ela corre de volta para o saco de dormir, se enfia lá dentro e espera sob as cobertas, tentando ouvir se a porta do porão é aberta, mas ninguém aparece.

Eles estão ocupados. Não a estão observando pela câmera. Ou pelo menos não o tempo todo. Provavelmente a conectaram a um laptop e de vez em quando dão uma olhada para ver o que ela está fazendo. De que ia adiantar se ela conseguisse mover o fogão? Continuaria acorrentada àquela droga, plantada ali ao pé da escada, sem poder sair.

Sob o saco de dormir, ela examina a algema em seu pulso. Pratica-mente não há espaço entre o metal e a pele. Talvez uns dois milímetros só. Será que ela conseguiria deslizar o punho pelo aro com tão pouco espaço? Provavelmente, não. Como Houdini conseguia? Seu amigo Stuart adorava a minissérie sobre Houdini e insistiu para que ela também visse. Kylie certamente não se lembra de ter visto Houdini se livrar de uma algema fazendo-a deslizar pelo punho em nenhuma de suas fugas. Ele sempre abria as trancas com uma chave escondida. Se ela conseguir sair dessa, terá de aprender certas técnicas de sobrevi-vência. Autodefesa, arrombamento de cadeado. Ela examina a algema bem de perto. Lê as palavras COMPANHIA ALGEMAS INIGUALÁVEIS inscritas no metal logo abaixo de uma pequena fechadura. É só colocar a chave na fechadura e virar para a direita ou para a esquerda que a algema se abre. Ela precisa de algo que faça o papel da chave e acione o mecanismo. O zíper do saco de dormir não serve. O lápis que lhe deram para desenhar também não. Nada naquela caixa de papelão serviria, exceto talvez...

Ela olha para o tubo de pasta de dentes. De que será feito? Metal? Plástico? Ela sabe que as tintas a óleo para pintura são acondicionadas em tubos de metal, mas pasta de dentes? Mesmo examinando atenta-mente, não consegue chegar a uma conclusão. Proteção anticárie da Colgate. Parece um tubo velho que eles tinham no banheiro de hóspedes havia anos. Seria possível usar a extremidade pontuda inferior para abrir o fecho da algema?

Ela força a ponta no buraco da fechadura e acha que pode dar certo. Ela terá de rasgar cuidadosamente a base do tubo e tentar moldar uma chave. A mulher vai matá-la se a apanhar tentando fugir. Tentar fugir é um tiro no escuro bem arriscado, mas é melhor do que não tentar nada.

# 13

*Quinta-feira, 12:15*

Tem um sujeito baixinho em frente à casa dela. A escopeta está no banco do carona. Ao estacionar, Rachel estende o braço para apanhá-la. Baixa o vidro da janela e coloca a arma no colo.

— Oi? — diz ela, perscrutando o sujeito.

O homem se vira. É o velho Dr. Havercamp, que mora duas casas mais à frente na bacia das marés.

— Oi, Rachel — responde ele todo animado, com seu sotaque do interior do Maine.

Rachel pousa a escopeta no banco do carona novamente e salta do carro. O Dr. Havercamp está segurando alguma coisa.

— Acho que isso é da Kylie — diz ele. — O nome dela está escrito na capa.

O coração de Rachel dispara. Sim, é o iPhone da Kylie, o que talvez lhe dê alguma pista de onde ela esteja. Ela arranca o celular da mão dele e o liga, mas a única coisa que aparece é a tela bloqueada: uma foto de Ed Sheeran tocando violão e o espaço para a senha de quatro dígitos. Rachel não sabe a senha e tem certeza de que não vai conseguir adivinhar. Depois de várias tentativas erradas, o celular é automaticamente bloqueado por vinte e quatro horas.

— É o celular da Kylie. Onde estava? — pergunta Rachel, tentando parecer casual.

— No ponto de ônibus. Eu estava passeando com o Chester quando vi isso no chão e pensei: *É um celular*. Aí peguei e vi o nome da Kylie atrás. Ela deve ter deixado cair quando estava esperando o ônibus da escola.

— Puxa, ela vai ficar aliviada. Obrigada.

Rachel não o convida para entrar nem lhe oferece um cafezinho. Nesta região de Massachusetts, isso é quase um crime passível de pena de morte, mas ela não tem tempo para isso.

— Bom, é melhor eu ir andando. Tenho que bombear água. Até mais — diz ele. E ela o vê se afastar pelo matagal, na direção de seu barco.

Quando ele vai embora, Rachel leva a escopeta e as outras coisas que comprou para casa, bebe um copo de água e liga seu Mac. O computador ganha vida e ela olha para ele desconfiada por um momento. Será que eles a estão espionando pela câmera do Mac e do iPhone? Ela leu em algum lugar que Mark Zuckerberg cola um pedaço de fita adesiva sobre a câmera de todos os seus dispositivos eletrônicos, como medida de segurança. Ela pega uma fita na gaveta da cozinha e faz exatamente a mesma coisa, cobrindo a câmera do celular, a do Mac e a do iPad.

Ela se senta então à mesa da sala de estar.

Agora, mãos à obra.

Rachel vai ter de sequestrar uma criança? Ela dá uma risada amarga. Como seria possível fazer uma coisa dessas? Isso é loucura. Completa loucura.

Como ela seria capaz de fazer algo assim?

Mais uma vez ela se pergunta por que foi escolhida. O que aquelas pessoas teriam visto nela que as levou a acreditar que ela seria capaz de fazer uma coisa tão perversa como sequestrar uma criança? Ela sempre foi a boazinha. Aluna nota dez no Hunter College High School. Gabaritou o SAT e se saiu muito bem na entrevista em Harvard. Ela nunca ultrapassa o limite de velocidade; paga seus impostos; nunca se atrasa para nada; fica para morrer quando é multada por estacionar em lugar proibido. E agora querem que ela faça uma das piores coisas que alguém pode fazer com uma família?

Rachel olha pela janela. Faz um dia lindo e claro de outono. A bacia das marés está rodeada de pássaros e há alguns pescadores catando isca no lodo. Esta área de Plum Island é um microcosmo desta região de Massachusetts. Do lado de cá da bacia das marés estão as menores casas do pântano; do lado leste, as mansões vazias de veraneio que dão para os vagalhões do oceano Atlântico. O lado oeste da bacia é dos trabalhadores: bombeiros, professores e vendedores de caranguejos que vivem aqui o ano inteiro. E o lado leste começa a ser tomado por veranistas ricos em maio e junho. Ela e Marty achavam que ali estariam seguros. Mais seguros do que em Boston. Seguros. Que piada! Ninguém está seguro. Como eles foram tão ingênuos de achar que se pode viver em segurança em alguma parte dos Estados Unidos?

Marty. Por que não retornou a ligação? Que diabos ele está fazendo em Augusta?

Ela pega a lista de nomes selecionados no Facebook e começa a percorrê-los de novo.

Todos aqueles rostos felizes e risonhos.

Um menininho ou uma menininha sorridente que ela vai arrastar para o carro, na mira de uma arma. Pelo amor de Deus! Onde é que ela vai esconder essa pobre alma? Em casa, nem pensar. As paredes são de madeira, não há isolamento acústico. Se alguém começar a gritar, meia dúzia de vizinhos vai ouvir. E ela não tem porão nem sótão propriamente dito. Como disse Colin Temple, a casa não passa de um chalé de praia melhorado. E se ela se hospedar num motel? Não. Isso seria loucura. Teria muitas perguntas a responder.

Pela janela, ela observa os casarões do outro lado da bacia, e de repente lhe ocorre um plano muito melhor.

# 14

*Quinta-feira, 12:41*

Ela corre até o banheiro, tira a saia, coloca uma calça jeans e um par de tênis. Veste o suéter vermelho, coloca o boné do Red Sox da Kylie e um moletom com capuz e fecha o zíper; abre as portas de vidro e sai para o deque.

Caminha em meio à vegetação até a passagem arenosa que margeia a bacia.

Vento frio, algas em putrefação. O som de televisões e rádios ligados nas casas próximas.

Ela permanece junto à margem até estar a meio caminho da bacia, na direção do mar. Chega então ao Northern Boulevard, e, tentando passar despercebida, começa a explorar os casarões que dão para o Atlântico.

Todos os veranistas já foram embora, mas como saber quais são as casas das pessoas que só aparecem de vez em quando e quais são as das que moram de fato aqui? Agora que a ilha dispõe de água encanada e esgoto, a população permanente aumentou, mas os ricos de famílias tradicionais têm hábitos certeiros: chegam sempre no Memorial Day e vão embora no Dia do Trabalho, como aves migratórias.

Descobrir se uma casa está ocupada é simples: luzes acesas, carro na garagem, vozes. Saber se uma casa está vazia, mas apenas temporariamente, também é bem fácil: luzes apagadas, nenhum carro, correspondência se acumulando na caixa de correio, mas o gás ainda ligado.

Já saber se uma casa está vazia e se vai ficar assim por algum tempo é mais complicado, mas não tanto quanto se poderia imaginar. Luzes apagadas, energia desligada, Wi-Fi, idem, nenhuma correspondência na caixa de correio, tubulação de gás desativada. Mas ainda assim pode ser que essas residências sejam usadas nos fins de semana por pessoas que trabalham em Boston ou em Nova York de segunda a sexta, e que resolvam aparecer ali no sábado de manhã com suas botas e seus casacos L. L. Bean, dando de cara com uma estranha na cozinha junto a uma criança amarrada numa cadeira.

O que ela procura é uma casa adaptada para o inverno. Os "ciclones bomba" são particularmente severos nessa época do ano e, embora a maioria das casas à beira-mar tenha sido construída sobre dunas, em caso de maré alta e tempestade forte as ondas podem chegar aos deques e quebrar as caríssimas portas de vidro. Então, quando os donos não pretendem voltar antes do Natal ou da primavera, certamente se preocupam em proteger com tapumes as portas e janelas voltadas para leste.

Exatamente o que havia sido feito em vários dos casarões maiores. E um deles, perto do pontal, chama sua atenção. É uma construção de tijolos, algo raro por ali; quase todas as outras casas da ilha são de madeira. Melhor ainda que as paredes de tijolo é o fato de haver um porão. O que significa que a propriedade foi construída antes de 1990, quando se tornou obrigatório em Plum Island que todas as casas fossem à prova de inundação — ou seja, sobre pilotis.

Rachel dá a volta na promissora propriedade, analisando-a. As janelas que dão para o mar estão vedadas com tapumes, e as laterais, também. Ela pula a cerca e checa a chave geral e as tubulações. Gás e energia estão desligados, e a caixa de correio, vazia; é evidente que as correspondências estão sendo encaminhadas para outro endereço ou ficando nos correios. Na caixa, há a indicação de que a casa pertence aos Appenzellers. Ela conhece os dois de vista. Um casal de mais idade. Ele tem quase 70 anos, é de Boston, professor de química aposentado da Universidade Emory. A mulher, Elaine, é um pouco mais nova, 50 e tantos. Os dois estão no segundo casamento. Se Rachel não está enganada, passam o inverno em Tampa.

Ela se dirige então ao deque da parte de trás, que dá para leste. O deque é ladeado por paredes, o que significa que é possível ficar ali sentado sem ser visto, a não ser por quem passa bem na sua frente caminhando pela praia. Nesta época do ano, não há muito movimento naquela região.

A entrada dos fundos dá direto na cozinha. A porta de tela se abre com um puxão forte. E a porta da cozinha propriamente dita tem uma maçaneta comum.

Ela examina a maçaneta de perto e tira uma foto dela com o celular. Passa dez minutos investigando a imagem no Google e descobre que se trata de uma maçaneta Schlage F40 imitando o estilo georgiano, e que, segundo vários sites de trancas, pode ser arrombada com um martelo e um cinzel batendo diretamente no mecanismo.

Mas o que a preocupa é o adesivo na janela da cozinha avisando que a casa é protegida pela Atomic Alarms. Se ela abrir a porta dos fundos, talvez tenha apenas trinta segundos para achar o alarme, e, se não for rápida em digitar o código, vai ser aquele inferno, certo? Só que o adesivo parece bem antigo. Já foi azul vivo um dia, mas agora está reduzida a um cinza desbotado. Será que o alarme ainda funciona mesmo com a casa sem luz?

A casa tem outro problema sério. Fica bem ao lado de um dos vários caminhos que atravessam as dunas até a praia de Plum Island. A esta hora do dia, ninguém costuma passar por ali, mas, na parte da manhã, ela supõe que não falte gente passeando com seus cães ou fazendo caminhadas. Se uma criança começar a berrar a plenos pulmões, certamente será ouvida, a menos que ela consiga isolar acusticamente o porão. Um tapume sobre a janela do porão pode abafar o som, mas não será infalível. Humm... Vem à lembrança a advertência de Voltaire de que o ótimo é inimigo do bom. Ela poderia passar uma semana procurando a casa vazia mais adequada, uma semana durante a qual Kylie estaria sofrendo num cárcere improvisado. A não ser pelo aviso sobre o sistema de alarme e pelo atalho pelas dunas, a casa dos Appenzellers é ideal. Relativamente afastada das outras mansões da região e parcialmente isolada pelas dunas. Fica a cerca de quinze metros da rua, e há ciprestes, plantados pelos Appenzellers, para proteger a casa do pôr do sol a oeste.

Ela se senta numa das cadeiras de madeira da varanda dos fundos dos Appenzellers e digita no celular o número da Secretaria de Segurança de Newbury.

— Secretaria de Segurança, Jackson falando. Em que posso ser útil? — atende uma voz masculina, com um sotaque de Revere tão forte que seria capaz de descascar a tinta de uma pintura.

— Oi! Você poderia esclarecer uma dúvida sobre alarmes?

— Posso tentar.

— Meu nome é Peggy Monroe. Eu moro na ilha. Minha filha ficou de passear com o mastim napolitano da Elsie Tanner na ausência dela, e a Elsie deixou as chaves, mas tem um adesivo da Atomic Alarms na janela, e a minha filha está com medo de que o alarme dispare quando ela abrir a porta. Você acha que pode ter algum problema?

Rachel não está acostumada a mentir. Não tem certeza se é melhor falar o mínimo possível ou bater papo, dando nomes e detalhes para não levantar suspeita. Adotou a última opção, e agora está com medo de ter estragado tudo.

Jackson boceja.

— Olha só, senhora... Posso dar um pulo aí pra olhar, mas saio por cinquenta dólares no mínimo.

— Cinquenta dólares? É mais do que ela ganha pra passear com o cachorro!

— É, imaginei isso. Olha, acho que a sua filha não vai ter problema. A Atomic Alarms saiu do mercado na década de 1990. Quase todos os clientes deles passaram pra Breeze Security, que fez questão de tirar todos os adesivos da Atomic Alarms das janelas das casas, então, se ainda tem algum por aí, provavelmente esse alarme não está conectado a nenhuma central. Por acaso ela viu algum adesivo novo?

— Não.

— Então provavelmente não tem problema. Se acontecer alguma coisa, é só ligar pra cá que eu vejo se posso fazer algo.

— Muito obrigada.

Ela volta para casa, do outro lado de Plum Island, e pega um cinzel e um martelo na velha caixa de ferramentas de Marty, que por sinal ele nunca usou. O irmão dele, Pete, é que era engenheiro, entendia de mecânica, o verdadeiro faz-tudo. Quando eles se mudaram para lá, Pete é que havia tornado a casa habitável, quando voltara de uma de suas viagens.

De repente um desânimo toma conta dela. Se acontecer alguma coisa com Kylie, Pete vai morrer. Tio e sobrinha se idolatram. Rachel sente os olhos se enchendo de lágrimas, mas se contém. Não é o choro que vai trazer Kylie de volta.

Ela põe o martelo e o cinzel numa bolsa de ginástica e pega uma lanterna. Se acontecer algum problema, tem a escopeta também, que cabe direitinho na bolsa.

Começa a chuviscar quando ela está andando pela trilha da bacia das marés. O céu está cinzento, e pesadas nuvens negras se acumulam a oeste. Seria bom se chovesse. Espantaria passeadores de cães e bisbilhoteiros.

Ela se pergunta se os sequestradores estão mantendo Kylie num lugar aquecido e seguro. Ela é uma menina sensível. Precisa de cuidados. Rachel cerra o punho e dá um soco na própria coxa. *Estou indo, Kylie, estou indo, estou indo.* Põe o capuz do casaco na cabeça e caminha pelo Northern Boulevard em direção à casa dos Appenzellers. Aqueles ciprestes na frente vão ajudar bastante ocultando as atividades abomináveis que vão acontecer lá dentro. Ela passa pelo trecho arenoso e pula a cerca de novo. Examina a janela retangular do porão, uns quinze centímetros acima do solo. Um metro de largura por trinta centímetros de altura. Bate no vidro: não parece muito espesso, mas, se for coberto com uma chapa de acrílico ou uma tábua grossa, talvez dê para abafar os sons.

Ela vai para a varanda dos fundos e abre a porta de tela. Seu coração está acelerado. Parece loucura fazer uma coisa dessas em plena luz do dia, mas ela precisa agir.

Pega o cinzel na bolsa e o posiciona bem no buraco da fechadura. Então levanta o martelo e bate forte com ele no cinzel. Ouve um baque metálico, mas, quando tenta girar a maçaneta, não consegue. Posiciona então o cinzel mais uma vez e bate com muito mais força. Desta vez erra feio, e o martelo bate na madeira da porta.

*Meu Deus, Rachel!*

Ela prepara de novo o martelo e bate pela terceira vez. O mecanismo todo se desintegra, lançando pedacinhos em sua direção. Rachel coloca o cinzel e o martelo no chão e, com todo cuidado, tenta abrir a porta.

A maçaneta gira, e, quando ela a empurra, a porta se abre rangendo.

Ela pega a escopeta e a lanterna e, se tremendo toda, entra na casa.

# 15

*Quinta-feira, 13:24*

Lá está ela dentro da casa que acabou de arrombar. Trinta segundos de medo.

Nenhum cachorro. Nem alarme. Ninguém grita.

Não é apenas sorte. Ela fez um bom trabalho de reconhecimento.

A casa está vazia e com cheiro de mofo. Uma fina camada de poeira cobre as superfícies na cozinha. Ninguém vem aqui desde o início de setembro. Ela fecha a porta da cozinha, pela qual entrara, e começa a explorar a casa.

Três andares desinteressantes e um porão bastante interessante de paredes de tijolos e piso de concreto, com apenas uma máquina de lavar, uma secadora e um boiler. A casa é sustentada por uma série de pilares de concreto, e ela pensa, horrorizada, que poderia acorrentar alguém a um deles. Dá então uma olhada na janelinha acima da secadora. Vai cobri-la com um tapume que pode comprar na loja de ferragens da cidade.

Rachel treme, num misto de fascínio e repulsa. Como pode pensar numa coisa dessa com tanta naturalidade? É assim que a gente fica depois de sofrer um trauma?

É.

Ela se lembra de repente da época da quimioterapia. Aquele entorpecimento. A sensação de estar mergulhando num abismo e caindo, caindo, caindo sem parar.

Ela sobe a escada e sai pela porta dos fundos, fechando-a. Fecha também a porta de tela e verifica se realmente não há ninguém na costa para só então descer os degraus em direção ao mar.

Então volta para casa debaixo do chuvisco e dos salpicos das ondas do mar.

Abre o MacBook na mesa da sala e começa a checar no Facebook as atualizações dos perfis da lista de possíveis alvos.

Escolher o alvo certo é muito importante. É preciso selecionar a vítima certa, na família certa, gente que não vai despirocar completamente e chamar a polícia, e que, além disso, tenha dinheiro para pagar o resgate e controle emocional para orquestrar um sequestro e assim ter o filho de volta.

Rachel se pergunta mais uma vez por que foi escolhida. Ela mesma não teria se escolhido. De jeito nenhum. Escolheria uma pessoa muito mais equilibrada. Um casal, talvez, com dinheiro.

Pega o bloco de anotações e escreve alguns pré-requisitos para reduzir a longa lista de vítimas em potencial. Ninguém que a conheça e que possa reconhecer sua voz. Ninguém de Newburyport, nem de Newbury ou de Plum Island. Mas também ninguém que seja de um lugar muito distante. Ninguém de Vermont, do Maine ou do sul de Boston. Gente com grana. Gente estável. Nada de policiais, jornalistas ou políticos.

Ao percorrer todos aqueles nomes e rostos, mais uma vez ela fica pasma com o fato de as pessoas simplesmente jogarem seus segredos mais íntimos na internet para qualquer um ver. Endereços, números de telefone, profissão, quantos filhos têm, onde estudam, seus hobbies, as atividades que praticam.

Uma criança provavelmente seria a melhor opção. A mais maleável. Menos chance de resistir ou de tentar fugir e com mais chance de mexer com os sentimentos da família. Mas hoje em dia as crianças são muito vigiadas. Pode ser bem complicado sequestrar uma criança sem ser vista.

— Menos a minha filha. Qualquer um consegue sequestrar a minha filha — diz Rachel, fungando.

Pensando nos pré-requisitos, ela analisa o Facebook, o Instagram e o Twitter. Reduz a longa lista a apenas cinco crianças. E as organiza por ordem de preferência.

1. Denny Patterson, de Rowley, Massachusetts.
2. Toby Dunleavy, de Beverly, Massachusetts.
3. Belinda Watson, de Cambridge, Massachusetts.
4. Chandra Singh, de Cambridge, Massachusetts.
5. Jack Fenton, de Gloucester, Massachusetts.

*Não acredito que estou fazendo isso*, pensa Rachel. Muito embora, é claro, ela não *tenha* de fazer nada. Ela poderia procurar a polícia ou o FBI.

Então pensa nessa possibilidade. Avalia de fato essa opção. Os agentes do FBI são profissionais, mas a mulher que está com sua filha não tem medo da justiça; ela tem medo é da Corrente, isso sim. A pessoa que se encontra acima dela na Corrente está com seu filho. E, se Rachel for considerada uma desertora, as instruções que essa mulher tem são de matar Kylie e procurar outro alvo. A mulher parece à beira de um ataque de nervos. Rachel não tem a menor dúvida de que ela seria capaz de fazer qualquer coisa para ter o filho de volta...

Não, nada de FBI. Além do mais, quando tiver de fazer a mesma ligação que recebeu dessa mulher, precisa parecer igualmente determinada e ameaçadora.

Ela passa os olhos pelas anotações que fez a respeito dos vários alvos. Sua primeira escolha parece de fato boa: Denny Patterson. Doze anos. Mora com a mãe, Wendy, em Rowley. Mãe solteira, pai fora de cena. E a mulher não é nenhuma pobretona. Na verdade, parece ter uma excelente condição financeira.

Rachel para e pensa. O que os agentes da Corrente querem? O mais importante é que a Corrente tenha prosseguimento. Alguns envolvidos podem ser mais ricos que outros, porém, mais crucial que a riqueza é o fato de que eles precisam ser inteligentes e discretos para acrescentar mais um elo e fazer com que as coisas continuem se desenrolando. Cada elo da Corrente é valioso. Os alvos precisam ter dinheiro, mas também é fundamental que sejam competentes, maleáveis e que tenham medo. Como ela agora. Um elo forte com algumas centenas de dólares no banco é melhor que um milionário fracote.

Kierkegaard dizia que o tédio e o medo estão na origem de todo mal. As pessoas perversas por trás da Corrente querem o dinheiro coletado e temem o indivíduo que seja capaz de fazer tudo desmoronar.

Rachel não será essa pessoa.

Voltando a Denny. A mãe dele tinha uma empresa que foi comprada pela AOL há um tempo. Ela adora o filho e se vangloria dele o tempo todo. Parece durona, dificilmente vai desmoronar. Quarenta e cinco anos. Participou duas vezes da Maratona de Boston, em 2013 e no ano passado. E foi mais rápida no ano passado. Quatro horas e dois minutos.

Denny gosta de videogames, da Selena Gomez e de cinema. E o melhor — para Rachel — é que ele é louco por futebol. Joga três vezes por semana depois das aulas e quase sempre volta para casa a pé.

Ele volta para casa a pé.

Um garoto normal, simpático, de cabelos encaracolados. Não tem nenhuma alergia, nem problemas de saúde, não é grande para a idade. Na verdade, parece até um pouco mais baixo que a média. Certamente não é o goleiro do time.

A mãe tem uma irmã que mora no Arizona. O pai não é muito presente. Mora na Carolina do Sul. Casou-se de novo.

Não há parentes policiais nem com conexões políticas.

Wendy abraçou mesmo a causa do futuro digital, ela posta no Instagram ou no Twitter sua localização e o que está fazendo praticamente a cada minuto do dia e da noite, exceto quando está dormindo! Então, se

Rachel estiver espionando o menino no jogo de futebol, poderá saber onde Wendy se encontra.

O garoto 1 parece bem promissor. Ela agora dá uma olhada no garoto 2: Toby Dunleavy, também 12 anos, de Beverly. Tem uma irmãzinha. A mãe posta o tempo todo no Facebook tudo o que eles fazem.

Ela abre a página de Helen Dunleavy no Facebook. Uma loira atraente e simpática de seus 35 anos. *Não sou neurótica. Sou muito ocupada para ser neurótica*, diz a legenda da foto. Helen mora em Beverly com o marido, Mike, e os dois filhos, Toby e Amelia. Mike é consultor de gestão no banco Standard Chartered em Boston. Helen tem um emprego de meio expediente. É professora de jardim de infância na North Salem Elementary School.

Amelia tem 8 anos, quatro a menos que Toby. Rachel percorre o feed de notícias da mãe das crianças. Helen dá aulas duas vezes na semana pela manhã e parece dedicar o restante de seu tempo a manter os amigos sempre atualizados no Facebook sobre o que a família faz ou deixa de fazer. Mike Dunleavy aparentemente vive fazendo horas extras em Boston e quase sempre volta para casa tarde da noite. Rachel sabe disso porque Helen posta sobre o trem que Mike pega para voltar para casa e se vai deixar as crianças esperando pelo pai acordadas ou não.

Rachel encontra o perfil de Mike no LinkedIn. Ele tem 39 anos, nasceu em Londres e recentemente morou em Nova York. Não tem nenhum histórico policial ou político e parece ser uma pessoa estável. Gosta de futebol e trabalhou como leiloeiro antes de virar consultor de gestão. Sua única incursão pelo mundo da fama se deve ao fato de uma vez ter vendido uma lata de *Merda d'artista*, de Piero Manzoni.

Helen tem duas irmãs. Ela é a filha do meio. Suas irmãs são donas de casa. Uma delas é casada com um advogado; a outra, divorciada, e seu ex-marido é cientista de alimentos.

Alguém busca as crianças na escola todos os dias, sem falta, mas o que torna Toby interessante é o fato de ele ter começado a praticar tiro com arco. Duas vezes por semana ele vai ao Clube de Tiro com Arco de Salem.

Essa é a nova grande paixão de Toby. Em sua página no Facebook tem um link para um vídeo encantador do YouTube, no qual ele atira em vários alvos com arco e flecha, ao som de "Here Comes the Hotstepper", de Ini Kamoze. E o melhor é que ele volta do clube para casa a pé. Sozinho. Ele é um bom menino. *As crianças deviam fazer mais coisas assim*, pensa Rachel, mas logo se lembra de que ela é exatamente o motivo pelo qual existem pais superprotetores e pais helicópteros.

Os garotos 1 e 2 parecem promissores, e ela ainda tem três alternativas sólidas como reserva.

Fecha então o computador, pega o casaco e vai de carro para a loja de ferragens no centro. No carro, o celular começa a tocar.

— Alô?

— Oi. Eu poderia falar com a Rachel O'Neill, por favor?

— É ela.

— Oi, Rachel. Aqui é a Melanie do departamento antifraude do banco Chase. É para avisar sobre uma movimentação suspeita no seu cartão Visa hoje de manhã.

— Ok.

Melanie faz algumas perguntas para confirmar se está falando mesmo com Rachel e vai direto ao ponto:

— Aparentemente, alguém usou seu cartão para comprar dez mil dólares em Bitcoin. Está sabendo de alguma coisa a esse respeito?

— Vocês não impediram a transação, certo?

— Não, não impedimos. Humm, mas ficamos pensando...

— Fui eu, sim. Eu fiz a compra. Está tudo bem. É um investimento que estou fazendo com o meu marido. Desculpe, mas estou superocupada no momento, preciso desligar.

— Então não houve nenhuma atividade suspeita?

— Não. Nada. Está tudo certo. Mas obrigada de qualquer forma. Preciso desligar. Tchau — diz Rachel, desligando.

Na loja de ferragens, ela compra um tapume para a janela do porão dos Appenzellers, e, quando está voltando para casa, Marty liga. Finalmente!

Ela se esforça por não cair no choro ao ouvir aquele sempre afável e animado "E aí, querida, como vão as coisas?".

Por alguma razão, é impossível odiar Marty, por mais que se queira. Deve ter alguma coisa a ver com aqueles olhos verdes e os cabelos escuros ondulados. A mãe de Rachel bem que avisou que ele era um cafajeste, mas esse tipo de conversa de mãe nunca surte efeito.

— Tammy comentou alguma coisa sobre o telhado estar com goteira... — diz Marty.

— O quê?

— O telhado. Tammy disse que a casa está com goteiras.

— Onde você está, Marty? — pergunta ela, quase acrescentando *Preciso de você.*

— Em Augusta. Num retiro.

— Quando você volta?

— Volto na sexta à noite pra pegar a Kylie pro fim de semana. Não precisa se preocupar.

Rachel reprime um soluço.

— Ah, Marty... — sussurra ela.

— Sexta-feira é amanhã, benzinho. Aguenta firme.

— Pode deixar.

— O problema não é o telhado, né? O que houve? Tem alguma coisa errada. Pode falar.

*Além do fato de eu provavelmente estar morrendo e de nossa filha ter sido sequestrada?*, ela quase diz, mas se contém. Rachel se contém porque Marty não entenderia e iria direto à polícia.

— Algum problema relacionado a dinheiro? Eu sei que não tenho ajudado muito, mas vou melhorar. Prometo. Já conseguiu um empreiteiro?

— Não. Não consegui ajuda nenhuma — diz ela em voz monocórdia.

— O estrago foi muito grande?

— Não sei.

— Olha só, querida, eu vi a previsão do tempo. Ninguém vai querer consertar o telhado essa noite com chuva. Quem sabe o Pete não pode ajudar?

— Pete? Onde ele está?

— Em Worcester. Eu acho.

— Vou mandar uma mensagem pra ele. Acho que isso eu posso fazer...

— Como assim isso você pode fazer?...

— Nada. Não é nada. Isso mesmo, talvez eu peça ajuda ao Pete. Vou pensar.

— Tudo bem então. Vou ter que desligar, tá?

— Tá bom, Marty — fala ela, meio triste.

— Tchauzinho — diz ele, desligando.

Sem aquela voz grave que a acalma, o carro fica gelado e silencioso de novo.

# 16

*Quinta-feira, 14:44*

A menos que você cace com arco, seja paraplégico, um colecionador de armas de fogo antigas ou menor de 18 anos, a temporada de caça a veado em Massachusetts só começa em 27 de novembro.

Mas Pete nunca deu muita bola para as datas oficiais da temporada de caça no estado. Aliás, nunca foi de dar muita trela para a maioria das leis, normas e regulamentações.

Ele sabe que, se for flagrado pelos guardas-florestais ou por um xerife, pode ser multado ou estar sujeito a coisa pior. Mas os guardas não conseguem pegá-lo. Pete conhece esses bosques a oeste de Worcester como outras pessoas conhecem os bares nas redondezas de Fenway ou o rodízio das strippers no Hurricane Betty's. Ele caça nessas matas desde que era criança. Tudo bem que seus sentidos estão meio embotados por causa dos problemas recentes, mas mesmo assim ele não vai ser surpreendido por nenhum subordinado do xerife, muito menos por um guardinha com um colete de alta visibilidade.

De vez em quando ele pensa em se mudar para o Alasca, onde o número de guardas e policiais seria ainda menor, mas pretende ficar no estado pelo menos até Kylie entrar para a faculdade. Kylie é sua única sobrinha, e ele é louco por ela. Os dois trocam mensagens de texto quase todos os dias, e ele sempre a leva para ver os filmes aos quais a mãe não aguenta assistir.

Pete entra pela floresta de bétulas atrás do grande cervo. O bicho não faz ideia de que está sendo seguido. Pete anda contra o vento, caminhando em meio às árvores no mais profundo silêncio. Ele é muito bom nisso. Nos Fuzileiros Navais, era engenheiro, mas, depois de alguns anos construindo pontes sob tiros de morteiros, tirara um período sabático para fazer o curso de patrulha de reconhecimento em Camp Pendleton. Terminou como um dos primeiros da turma. O comando queria transferi-lo para um batalhão de reconhecimento, mas o objetivo de Pete fora apenas testar a própria capacidade.

Pete observa o velho cervo pela mira do fuzil, apontando abaixo do coração, mas, quando está prestes a puxar o gatilho, seu celular vibra no bolso. *Eu devia ter desligado isso*, pensa. *Não imaginava que aqui teria sinal*.

Ele olha para o telefone. Duas novas mensagens, uma de Rachel e outra de Marty. Os dois haviam feito a mesma pergunta: *Onde você está?*

Tenta mandar uma resposta para Rachel, mas a mensagem não é enviada. E ignora a mensagem de Marty. Ele não odeia o irmão, mas os dois têm muito pouco em comum. A diferença entre eles é de seis anos, e, na época em que Marty já andava, falava e começava a ficar mais interessante, Pete só pensava em sair da casa. E saiu mesmo. Aos 12 anos, pegou "emprestado" o Chevrolet Impala de um vizinho e fugiu para East Franklin, Vermont. Queria ir para Montreal, vejam só, mas foi detido na fronteira com o Canadá.

E não aconteceu nada. Absolutamente nada. O juiz lhe passou um sermão, com o dedo em riste. Depois daquele episódio, ele roubou outros carros, mas passou a tomar mais cuidado. Nada de querer atravessar a fronteira, nem de correr muito. Pete começou a andar com uma galera barra-pesada no ensino médio, mas ninguém dava a mínima, desde que ele mantivesse as notas acima da média, o que Pete fazia. Para ele, estudar era um tédio, mas, de alguma forma, conseguiu entrar para a Universidade de Boston, no curso de engenharia civil. Lá, mal conseguiu manter a média. Passava a maior parte do tempo brincando com o novo software

CAD, de projeto e desenho auxiliados por computador, inventando pontes suspensas extravagantes que jamais poderiam ser construídas e pontes cantiléver antiquadas que ninguém queria. Formou-se em maio de 2000 sem nenhum plano ou ideia do que faria com seu futuro.

Pete se mudou para Nova York e tentou ganhar a vida como especialista em segurança cibernética no promissor mundo da rede mundial de computadores. Todo mundo dizia que a internet era a nova corrida do ouro, mas ele provavelmente estava garimpando nos rios virtuais errados. Mal conseguia ganhar dinheiro para pagar os juros dos financiamentos de seus estudos.

Até que, um ano depois: o 11 de Setembro.

Na manhã seguinte, ele foi à Times Square. Ninguém que estava em Nova York será capaz de esquecer o dia seguinte. O mundo era outro. No estande de alistamento, a fila ia até a rua 34. O avô de Pete tinha sido da Marinha. Com o diploma de engenheiro e seu conhecimento na área, a equipe de recrutamento recomendou a Marinha ou os Fuzileiros Navais. Pete escolheu os Fuzileiros. E foi tudo o que ele fez nos 13 anos seguintes. Escola de Oficiais, engenheiros de combate, sete viagens ao exterior, cinco delas em teatros de operações. Depois dos Fuzileiros, ele ainda fez algumas viagens e acabou voltando para Worcester.

Mas aquele capítulo da sua vida estava encerrado. Agora ele é apenas mais um desempregado de 41 anos que precisa de um pouco de carne de caça de graça para sobreviver ao inverno.

O cervo baixa sua grande cabeça para matar a sede num regato. No flanco esquerdo, nota-se uma longa cicatriz. Os dois já estiveram em guerras.

Pete está com o alvo na mira, mas algo lhe diz que o cervo vai ter de esperar. Ele tem um pressentimento ruim: está rolando alguma coisa. Algo está errado.

Então lê de novo as mensagens: *Onde você está?*

Será que Rach está com algum problema? Ele pousa o fuzil no ombro e procura um lugar mais alto, em busca de sinal, mas agora o celular está com um por cento de bateria.

Ele sobe a pequena colina que dá para a queda-d'água e tenta mandar uma mensagem de lá, mas, nos dois minutos que leva para fazer isso, é claro que seu telefone morre. Então o grande cervo se vira e olha para ele, e os dois se encaram por três segundos.

Assustado, o bicho se esgueira entre as árvores. Pete o vê fugir, arrependido. Lá se foi sua refeição. Ele trava o fuzil e volta à caminhonete.

E agora começa a sentir um certo desconforto. Já está na hora? Ele olha para o céu. Será que já são três horas? Mas é claro que são. Ele caminha pela mata outonal e encontra a caminhonete na clareira onde a deixou. Infelizmente, não trouxe o carregador, então terá de esperar até chegar ao seu apartamento em Worcester para saber o que Rachel quer.

# 17

*Quinta-feira, 15:27*

Kylie está sentada no saco de dormir. Ela segura o tubo de pasta de dentes em uma das mãos, os punhos doendo do esforço de tentar abrir a tranca da algema. Ela se lembra de um vídeo do YouTube que Stuart queria lhe mostrar, sobre três maneiras de se livrar de algemas. Stuart adora essas coisas: Houdini, mágica, fugas. Ela não viu o vídeo; ficou no celular procurando um outro vídeo sobre uma nova câmara secreta que alguém descobriu na Grande Pirâmide.

Da próxima vez ela vai prestar atenção.

*Se houver próxima vez*, pensa ela, com um arrepio de pavor.

Respira fundo e fecha os olhos.

Kylie também gosta de mágica.

Os egípcios viviam num mundo infestado de deuses e demônios.

Aqui também há demônios, mas eles são seres humanos.

Ela se pergunta se sua mãe está fazendo o que os sequestradores mandaram. E se eles não a teriam confundido com outra pessoa. Alguém com acesso a alguma caixa-forte ou a segredos do governo...

Ela respira fundo, solta o ar lentamente, e repete aquela respiração.

Está mais calma agora. Não totalmente calma, porém mais calma.

Está ouvindo o nada.

Não, não é exatamente o nada. Sempre tem alguma coisa. Grilos. Um avião. Um rio bem distante. Segundos passam, depois minutos. Ela quer que o rio a leve dali, para longe daquela gente, daquela história toda. Não importa para onde. Ela só quer se deixar levar pelas águas, boiando, cruzando pântanos até chegar ao Atlântico.

Não. Isso é pura mentira. Um sonho. *Isto aqui* é real. Este porão. Estas algemas. *Esteja no agora*, costumava dizer o orientador nas aulas de meditação, das quais eles tanto zombavam. *Esteja presente e veja* tudo *que há para ver no agora.*

Ela abre os olhos.

E olha, olha *de verdade.*

Vê tudo o que há para ser visto.

# 18

*Quinta-feira, 15:31*

Wendy Patterson pega Denny na Rowley Elementary School e o leva para o futebol na Rowley High School, depois segue para Ipswich, onde toma um *chai latte* de soja no Starbucks. Posta uma foto da bebida no Instagram, junto com um biscoito do Dia de Ação de Graças que comprou para o filho.

Denny vestiu o uniforme do futebol e está treinando drible com o time. Rachel o observa de seu Volvo 240 estacionado do outro lado da rua e, pelo celular, acompanha os tweets de Wendy, assim como as postagens dela no Facebook e no Instagram. Enquanto observa o menino, sente uma onda de náusea misturada a dúvidas. Como ela vai fazer uma coisa dessas? É a maior crueldade que se pode fazer com uma mãe, com uma família. Mas aí pensa em Kylie trancada no porão de alguma louca. É a maior crueldade que se pode fazer, mas que precisa ser feita.

Então fica ali acompanhando o treino de Denny e, quando a aula acaba, constata que, sim, Wendy ainda está no Starbucks de Ipswich. A garoa parou e, ao que tudo indica, Denny vai voltar para casa a pé. Wendy não dá nenhuma indicação no Facebook de que virá buscá-lo.

Será que Rachel o pega agora?

Ela havia planejado fazer apenas uma sondagem, e não embarcar em uma missão de captura. Ainda não tinha preparado a casa dos

Appenzellers. Não havia pregado o tapume na janela do porão; nem arrumado um colchão. Mas e se a oportunidade surgisse?

De carro, ela segue o garotinho, que volta para casa com um amigo. É claro que não pode sequestrar duas crianças, então terá de esperar até que eles se separem.

Ela sabe que sua atitude pode parecer muito suspeita, dirigindo a dez quilômetros por hora na cola de duas crianças.

Não havia pensado direito naquilo. Não tem a menor ideia de onde fica a casa de Denny em Rowley. Na rua principal? Numa sem saída? Ela se xinga mentalmente por não ter visto no Google Maps o caminho do colégio até a casa do menino.

O amigo acompanha Denny por alguns quarteirões, mas depois se despede e segue por outro caminho, então o menino fica sozinho.

O pequeno Denny está sozinho.

O coração de Rachel bate acelerado. Ela olha para o banco do carona. Arma, touca ninja, algemas, venda.

Abaixa o vidro e verifica os espelhos retrovisores.

Há testemunhas. Um senhor com um cachorro. Uma adolescente correndo. Rowley é uma comunidade pequena e pacata, mas nem parece tão pacata hoje. E de repente, do nada, Denny vira na direção de uma das casas, pega a chave no bolso e entra.

Rachel estaciona o Volvo do outro lado da rua, entra no perfil de Wendy no Facebook e descobre que agora ela *está* vindo para casa.

Rachel tem oito ou nove minutos com Denny lá dentro sozinho. Mas será que ele está sozinho mesmo? E se tiver um cachorro, uma empregada ou algo assim?

Será que ela simplesmente coloca a touca ninja, atravessa a rua e toca a campainha? Como ela vai colocá-lo no carro se tem de sair dirigindo rápido? Nos filmes, os sequestradores que agem sozinhos usam um pano embebido em clorofórmio para raptar suas vítimas. Será que ela consegue comprar clorofórmio na farmácia? E se exagerar na dose e a porra da criança tiver uma parada cardíaca?

Rachel cobre o rosto com as mãos.

Como isso foi acontecer com ela? Quando vai acordar desse pesadelo?

Rachel fica remoendo esses pensamentos até que já é tarde demais. O SUV Volkswagen branco de Wendy para em frente a casa e ela salta do carro.

Rachel se xinga.

Ela estragou tudo. Quase de propósito. Por pura covardia.

Mas assim que a mãe aparece, Denny sai da casa e vai jogar basquete no quintal do vizinho, que também está do lado de fora de casa.

Ela fica olhando para os dois com avidez. Como um predador observando sua presa.

Qualquer um dos dois serviria. Se ela conseguisse pegar um deles sozinho...

Ela olha para o relógio. Ainda não são cinco horas. Ao acordar hoje de manhã, ela era uma pessoa completamente diferente. Como disse J. G. Ballard, a civilização não passa de uma fina e frágil camada de verniz que recobre a lei da selva: *Antes você do que eu. Antes seu filho que o meu.*

Quando os dois meninos encerram o jogo de basquete, Denny entra novamente em casa. Momentos depois, uma viatura da delegacia de Lowell para em frente à casa dos Pattersons e um policial fardado de um metro e noventa salta do carro.

Rachel afunda no banco, mas o policial nem nota sua presença. Ele está com uma caixa gigante de Lego. Toca a campainha dos Pattersons, e Wendy vem atender a porta. Ela o beija, e Rachel o vê entrar na casa. Pela janela da sala de estar, ela o observa afagar os cabelos do pequeno Denny e lhe entregar a caixa de Lego.

*Parece que Wendy não publica tudo no Facebook e no Instagram*, pensa Rachel. E lá se vai o garoto 1. Nada de envolvimento com a lei. As regras são bem claras. Ela pega o bloco de anotações e o celular. O garoto 2 passou a ser o garoto 1.

Toby Dunleavy.

Rachel entra no perfil de Helen Dunleavy no Facebook. Havia escolhido Helen por ser outra dessas mulheres que sentem necessidade de compartilhar tudo o que acontece na vida delas a cada meia hora. Mas ela parece uma boa pessoa e uma boa mãe. O perfil de que precisa: uma boa mãe será capaz de fazer qualquer coisa para ter o filho de volta.

Ela então mergulha fundo em Mike, o marido de Helen. O Standard Chartered lhe proporciona um emprego bem seguro e é um lugar bem entediante para se trabalhar. Ele provavelmente está acostumado a lidar com estresse, e a família terá dinheiro para pagar o resgate. Mike é inglês, mas morou muitos anos em Manhattan. Tem um blog sobre comida e escreveu um post bem divertido cujo título é "O que veio primeiro: a Zabar's ou o Upper West Side?". Um cara legal também. Um cara que não merece passar por um inferno.

Mas, por outro lado, ninguém devia passar pelo que ela está passando.

Ela para e tenta mais uma vez pensar em outra maneira de sair daquela situação, mas nada lhe ocorre. Dar continuidade à Corrente. E pronto. Se seguir a Corrente, sua filha volta para casa. Caso contrário...

Seu iPhone começa a tocar quando ela está lendo as publicações de Toby no Tumblr. Na tela aparece *número desconhecido*.

— Alô? — atende Rachel, hesitante.

— Como vão as coisas, Rachel? — pergunta uma voz. A pessoa está usando um dispositivo que distorce a voz. É a mesma pessoa que fez o contato inicial com ela hoje de manhã, quando estava na I-95.

— Quem é você? — pergunta Rachel.

— Uma pessoa amiga, Rachel. Uma pessoa que vai te dizer a verdade, por mais amarga que ela seja. Você é filósofa, não é?

— Acho que sou...

— Como se costuma dizer, os vivos não passam de uma espécie dos mortos, certo? E uma espécie bem rara. O berço balançando acima do abismo. Sua filha se chama Kylie, não é isso?

— Isso. Ela é uma menina maravilhosa. É tudo o que eu tenho.

— Se quiser que ela continue no mundo dos vivos, se quiser ter a sua filha de volta sã e salva, vai ter que sujar as mãos.

— Eu sei. Estou pesquisando alvos nesse exato momento.

— Ótimo. É isso que a gente quer. Você tem papel à mão?

— Tenho.

— Então anota isso: 2-3-4-8-3-8-3-h-u-d-y-k-d-y-2. Repete pra mim.

Rachel repete.

— É o nome da conta dessa parte da Corrente no Wickr. Vou soletrar: W-i-c-k-r. Você vai ter que baixar o aplicativo no seu celular. Manda pra essa conta as informações sobre os alvos que você está estudando. Alguém aqui vai checar essa lista. Podemos vetar alguns nomes. Às vezes vetamos todos os candidatos, mas podemos também sugerir alguns dos que você escolheu. Entendeu?

— Acho que sim.

— Entendeu ou não?

— Entendi. Olha só, talvez eu precise de ajuda nessa parte, mas não sei se dá pra envolver meu ex-marido, Marty, nisso. Ele pode querer ir direto pra polícia.

— Então é melhor deixar seu ex-marido de fora — retruca a voz distorcida no mesmo instante.

— O irmão dele, Pete, foi fuzileiro naval, mas não é nenhum fã da lei e da ordem. Teve problemas com a polícia quando era mais novo, e acho que foi preso em Boston no ano passado.

— O que não quer dizer muita coisa. Pelo que eu sei, a polícia de Boston é capaz de prender alguém por qualquer motivo.

Rachel vislumbra ali uma pequena oportunidade. Uma sementinha de algo que talvez nunca venha a crescer, mas que não deixa de ser uma semente.

— Pois é — diz ela, acrescentando, com ar de indiferença. — É capaz de prender alguém até por atravessar a rua fora da faixa, por fazer uma bandalha com o carro...

A voz distorcida reprime uma risadinha.

— É verdade. — Mas a pessoa logo trata de voltar ao que interessa. — Talvez a gente autorize esse seu ex-cunhado. Manda algumas informações sobre ele pelo Wickr.

— Vou mandar.

— Ótimo. Estamos progredindo. É assim que tem funcionado há muitos e muitos anos. A Corrente vai te ajudar a passar por isso, Rachel — diz a voz, e a linha fica muda.

O policial de Lowell sai da casa dos Pattersons e caminha até a viatura. Wendy vai até a porta e acena para ele.

Está na hora de sair desta rua e desta cidade.

Rachel põe a chave do carro na ignição. O Volvo dá um tranco, e o policial se vira para olhar na direção do barulho. Ela não tem alternativa a não ser acenar para ele. Mais uma pessoa que a viu fazendo algo estranho ou suspeito hoje.

Ela pega a Rota 1A em direção a Rolfes Lane, passa pelo pedágio e atravessa a ponte para Plum Island.

A meio quarteirão de casa, vê o amigo nerd de Kylie, Stuart, se aproximando. Droga!

Ela abaixa o vidro e para o carro.

— Oi, Stu! — diz, em tom casual.

— Sra. O'Neill, humm, quer dizer... Sra. Klein, ééé... Será que... O que houve com a Kylie? Não recebi mais mensagem dela hoje. A Sra. M. falou que ela está doente.

— É, a Kylie não está se sentindo bem — responde Rachel.

— Ah, é? O que aconteceu?

— Ela está mal do estômago, essas coisas...

— Sério? É mesmo? Ela parecia bem ontem.

— Foi de repente.

— Deve ter sido mesmo. Ela me mandou mensagem hoje de manhã e não comentou nada. Achei que ela estava querendo se livrar da apresentação do trabalho de egiptologia, o que não faz muito sentido, porque... A senhora sabe...

— Se tem alguém que manja do assunto é ela, eu sei. Mas, como eu disse, foi mesmo muito... ééé... repentino.

Stuart parece meio intrigado, não totalmente convencido.

— Bom, todo mundo mandou mensagem pra ela, mas nada dela responder.

Rachel tenta pensar numa explicação convincente.

— Ficamos sem Wi-Fi em casa, por isso ela não respondeu. Ela não está podendo mandar mensagem, nem entrar no Instagram, nem nada disso...

— Achei que ela ainda tinha uns minutos no celular...

— Não tem.

— A senhora quer que eu dê uma olhadinha no Wi-Fi? Pode ser o roteador...

— Não, melhor não. Eu também já estou pegando esse vírus. É contagioso. Não quero que você fique doente. Pode deixar que eu digo à Kylie que você perguntou por ela.

— Então tá. Até mais — diz Stuart, e Rachel o encara até que, intimidado, ele dá meia-volta, acena para ela e retorna pelo mesmo caminho.

Ela avança com o carro pelos cinquenta metros restantes até sua casa. Não tinha pensado nisso. Os colegas de Kylie mandam mensagens o tempo todo. Se ela fica sem responder por mais de uma hora, surge um enorme vazio na vida deles. Daqui a pouco Rachel não terá mais desculpas plausíveis. Mais uma coisa com que se preocupar, como se já não bastasse tudo o que está acontecendo!

# 19

*Quinta-feira, 17:11*

Pete ainda não está em casa, mas não aguenta mais. Passou o dia inteiro na mata.

Ele está subindo pelas paredes; seu corpo está pegando fogo. Como dizia o velho De Quincey, é a coceira que não pode ser coçada.

Ele sai com o Dodge Ram da Rota 2 e entra na Reserva Estadual Wachusett Mountain, onde há uma lagoa em que nunca tem ninguém.

Ele pega a mochila no banco de trás.

Olha para um lado e depois para o outro na estrada e vê que não há ninguém por perto. Então tira da mochila um saquinho plástico com heroína mexicana de primeira. A nova política de repressão federal aos opioides legais atingiu todos os pacientes que obtinham medicação pelos órgãos de assistência a veteranos de guerra. Por um tempo, ele conseguiu se suprir recorrendo à dark web, mas a repressão acabou chegando lá também. Na verdade, agora é mais fácil conseguir heroína do que Oxycontin; além disso, a heroína é muito mais eficaz, principalmente as amostras novas de Guerrero e a que vem do Triângulo Dourado.

Ele pega uma colher, o Zippo, uma seringa e uma borracha para amarrar no braço. Queima a heroína, prende bem o braço fazendo uma veia saltar, enche a seringa com a droga e dá petelecos na agulha para tirar as bolhas de ar.

Aplica a injeção e rapidamente guarda a parafernália toda no porta-luvas, para o caso de acabar desmaiando e um palhaço do Serviço Nacional de Parques vir meter o bedelho.

Pelo para-brisa, contempla a folhagem de outono e o azul-celeste das águas da lagoa. As árvores não estão mais frondosas, mas ainda assim são lindas. Vermelhos e laranjas ardentes e amarelos queimados sinistros. Ele relaxa e deixa a heroína se dissolver na corrente sanguínea.

Nunca se interessou pelas estatísticas, então não tem ideia de quantos veteranos são viciados em algum tipo de opioide, mas imagina que o número seja grande. Especialmente entre aqueles que participaram de combates. Na campanha de 2008, literalmente todos os integrantes da sua unidade foram feridos. Depois de certo tempo, o pessoal já não procurava mais os médicos. Para quê? Não havia nada que eles pudessem fazer em relação a uma concussão, uma costela quebrada, uma distensão nas costas. Você estaria apenas ocupando uma cama, enquanto os companheiros lá fora abriam estradas e removiam explosivos das pontes.

O que esses opioides e a heroína fazem é acabar temporariamente com a dor. A dor acumulada ao longo de todas aquelas décadas percorrendo o planeta. Dor de osso esmagando osso, dor das quedas, dor das vigas derrubadas em cima de você, dor do manuseio incompetente de máquinas, dor de cair num riacho dez metros abaixo, dor da onda de choque de um explosivo improvisado detonado dez metros atrás de você.

E isso é só dor física.

Ele reclina o encosto do banco e deixa a heroína aliviar seu fardo de um jeito que nem o sono é capaz. Os receptores opioides μ do cérebro ativam uma cascata que leva à liberação de dopamina e a uma onda de bem-estar.

Suas pálpebras tremem e ele enxerga numa espécie de ilusão de ótica os galhos das árvores do outro lado da lagoa, as folhas caídas e os pássaros de pernas finas caminhando na superfície de mercúrio da água. Lembranças e imagens inundam sua mente sempre que ele se droga. Em geral lembranças ruins. Em geral a guerra. Às vezes o 11 de Setembro. Ele pensa em Cara e em Blair. Pete mal passou dos 40, mas já casou e se divorciou duas vezes. Praticamente todos os seus conhecidos estão no mesmo barco, claro, e a coisa é pior entre os que se alistaram. O sargento McGrath, um sujeito que estava em sua última missão, se divorciou *quatro* vezes.

Cara não passou de um erro da juventude... eles ficaram casados apenas treze meses. Mas Blair... meu Deus, Blair era como uma canção de Townes Van Zandt. Ela levou um pedação do seu coração, da sua vida e do seu dinheiro.

Dinheiro. Outro problema. Mais sete anos nos Fuzileiros Navais e ele poderia ter se aposentado. Mas a verdade é que quase tinha acabado na corte marcial pelo que aconteceu em Bastion em setembro de 2012.

*Mulheres, dinheiro e a droga da guerra... que se dane tudo isso*, pensa ele, fechando os olhos e deixando a heroína dar um jeito nele.

Ela realmente dá um jeito.

Dá um jeito em tudo.

Ele dorme uns vinte minutos, acorda e dirige até uma 7-Eleven para comprar um maço de Marlboro e um Gatorade. Esqueceu-se momentaneamente de Rachel.

Entra de novo no carro e liga o rádio. Está tocando Springsteen. Coisa nova do Springsteen, que ele não conhece, mas tudo bem. Acende um cigarro, toma um gole do Gatorade e segue para Holden, pegando a 122A até o centro.

Já são dois meses desde que voltou para Worcester. Não que tenha qualquer apego ao lugar. Não tem mais família ali, apenas alguns amigos dos velhos tempos.

O apartamento fica num antigo moinho convertido em condomínio. É só um lugar para dormir e receber correspondência.

Ele estaciona o carro e entra.

Pega uma garrafa de Sam Adams na geladeira e coloca o iPhone para carregar. Quando o aparelho volta à vida, Pete vê que recebeu uma segunda mensagem de Rachel.

Eles falaram que tudo bem se eu envolver você nisso. Por favor, me liga!

Ele digita o número dela, e Rachel imediatamente atende.

— Pete? — pergunta.

— Eu. O que aconteceu?

— Você está em casa?

— Estou. O que foi?

— Vou te ligar então — diz ela.

O telefone toca. Aparece *número desconhecido* na tela.

— Rachel?

— Estou ligando de um celular descartável. Ah, Pete... Eu precisava falar com alguém. Tentei falar com o Marty, mas ele está na Geórgia. Meu Deus — começa ela, chorando.

— Aconteceu algum acidente? O que houve? — pergunta ele.

— É a Kylie. Levaram a Kylie. Ela foi sequestrada.

— O quê? Tem certeza de que não é...

— Pegaram ela, Pete!

— Você chamou a polícia?

— Não posso, Pete. Não posso falar com ninguém.

— Chama a polícia, Rachel. Chama a polícia agora!

— Não posso, Pete. É complicado. É muito pior do que você imagina.

# 20

*Quinta-feira, 18:00*

Passa pela cabeça de Pete o mesmo pensamento que não sai da mente de Rachel: se arrancarem um fio de cabelo de Kylie, ele é capaz de jogar todos eles no fogo e pisotear as cinzas ainda fumegando. Vai passar o resto da vida atrás de todos eles até matar todo mundo.

Ninguém vai encostar um dedo em Kylie, e ela vai voltar para casa.

Pete chega em seu Dodge Ram ao portão de entrada do guarda-móveis na Rota 9. Estaciona em frente ao box 33. É o maior disponível e equivale a duas garagens. Ele havia passado do box pequeno para o médio, e agora fazia uso da "instalação de estocagem de luxo". Abre o cadeado, rola a porta de metal para cima, acende a luz e se fecha lá dentro.

Quando sua mãe vendeu a casa e se mudou para aquele lugar perto de Scottsdale, Pete simplesmente pegou todas as suas tralhas e as jogou ali, trazendo mais coisas ao longo dos anos. Até comprar o apartamento onde mora atualmente, nunca havia tido uma casa de verdade. Tinha morado num dos quartos de casal de Camp Lejeune e numa sucessão de alojamentos no Iraque, no Catar, em Okinawa e no Afeganistão. Esse guarda-móveis pouco conhecido que fica entre a estrada e a ferrovia de carga é a única coisa que ele pode chamar de residência permanente.

Pete é capaz de passar horas aqui revirando coisas velhas, mas hoje ignora as caixas de nostalgia e vai direto ao armário de armas que fica na parede dos fundos. Rachel estava confusa ao telefone, não conseguiu ser clara. Kylie foi sequestrada, e ela por enquanto não quer dar queixa na polícia. Quer cooperar com os sequestradores e fazer o que eles estão mandando. Se ele não conseguir convencê-la a recorrer ao FBI, os dois precisarão estar muito bem armados. Ele destranca o armário e pega suas duas pistolas — a .45 ACP da Marinha que pertencia ao avô e sua Glock 19 —, e por fim a Winchester calibre 12. O fuzil já está no carro.

Ele pega munição sobressalente para todas as armas e mais duas granadas de atordoamento que havia surrupiado. Se a coisa evoluir para uma missão de resgate, de que mais vai precisar? Ele pega o kit de arrombamento — gazua, marreta, bloqueador eletromagnético de alarme, luvas de látex, lanterna — e os equipamentos de escuta e bloqueio de escuta que comprou para o novo emprego quando deixou os Fuzileiros Navais.

Leva tudo para o Dodge Ram e se pergunta: *O que mais?*

Ele pega no porta-luvas o saco plástico com a heroína.

Seria este o momento de parar completamente. O fim da linha. Deixar esse negócio aqui e se mandar.

Agora ele tem outras prioridades.

Nunca mais vai aparecer uma oportunidade como esta.

Tocar fogo. Aguentar firme. Trazer Kylie de volta.

Encruzilhada. Recomeçar. Aquele papo todo...

E ele ali.

Hesitando.

Pensando.

Até que balança a cabeça, guarda o saco plástico no bolso do casaco, fecha o armário, sai do box e pega a estrada.

# 21

*Quinta-feira, 20:30*

Rachel pesquisou sobre a família Dunleavy até ficar com os olhos ardendo e a cabeça girando. Agora os conhece melhor do que eles mesmos.

Não deixou passar nenhum blog nem postagem no Facebook e no Instagram. Cada tuíte e retuíte. Sabe que Toby começou a fazer aulas de tiro com arco por causa de um arqueiro dinamarquês que viu no YouTube, e não porque seu pai gosta de caçar. Sabe que Amelia Dunleavy tem alergia a amendoim e que, por isso, ele foi proibido na escola dela.

Leu o blog todo sobre caça com arco recém-criado por Mike e todas as postagens de seu blog sobre comida desde a primeiríssima delas, em 2012, uma receita de Bundt de chocolate.

Sabe que Helen queria voltar a trabalhar em tempo integral, mas não tinha certeza se teria a energia necessária para uma professora do sexto ano. E mais toneladas de coisas do tipo. Algumas úteis a Rachel; a maioria, não.

Ela fecha os arquivos do computador e passa os olhos pelas anotações. Imprimiu um mapa de Beverly e traçou as possíveis rotas do Clube de Tiro com Arco até a casa dos Dunleavys. Terá de fazer pesquisa in loco. Preparou terreno para um alvo B e um alvo C, mas sabe que o pequeno Toby Dunleavy é o certo.

No momento, está completamente escuro na bacia das marés. Os barcos estão amarrados para a noite.

Há roupas espalhadas por toda parte, a areia do gato está suja, a louça do café da manhã ficou por lavar: a casa parece a porra de uma instalação de arte contemporânea da Tracey Emin, celebrando uma época de inocência que nunca mais vai voltar.

Rachel examina o seio esquerdo. Não nota nada de diferente, mas provavelmente sua médica tem motivos para estar preocupada: pode muito bem ter algo maligno crescendo ali de novo. Se ela não fizer nada, a entidade maligna acabará por matá-la, findando com sua existência. Como isso seria bom!

Ela olha pela janela. A claridade da luz do dia desapareceu, e o céu revolto ficou azul-escuro e preto.

A garoa virou chuva.

Ela ouve o som de uma caminhonete se aproximando na rua.

Corre para fora de casa.

Pete salta do carro e ela corre para ele, que a abraça. Então os dois ficam ali, debaixo da chuva, sem falar nada por uns quinze segundos. Pete a conduz de volta para casa e os dois se sentam à mesa da sala.

— Me conta a história toda desde o início — pede ele.

Rachel relata a Pete tudo que aconteceu desde a primeira ligação que recebeu, inclusive tudo que ela fez: pagou o resgate, comprou os celulares descartáveis, uma arma, arrombou a casa dos Appenzellers, pesquisou possíveis vítimas. Mas não diz nada sobre a preocupação da oncologista: isso fica entre ela e a morte.

Pete escuta sem dizer nada. Ele a deixa falar.

Está tentando absorver tudo.

É inacreditável.

Ele viu o mal de perto no Afeganistão e no Iraque, mas não esperava nada assim tão frio e diabólico em seu próprio país. Nem em seus sonhos mais delirantes seria capaz de imaginar uma força maligna como esta atingindo sua família. Isso só pode ser coisa do crime organizado ou de um cartel.

— O que você acha? — pergunta ela ao terminar de relatar toda a história.

— Acho que precisamos chamar a polícia, Rachel — responde ele, com toda calma.

Ela já esperava essa resposta. Mostra então em seu laptop a história da família Williams, e, enquanto Pete lê a matéria, ela conta sobre o homem que apareceu em frente ao banco. Rachel pega a mão dele.

— Você não falou com eles, Pete. Eu falei. Essa mulher que está com a Kylie está apavorada por causa do filho. Se mandarem ela matar a Kylie, ela vai matar. Eu sei que vai. Ela vai matar a Kylie e escolher outra vítima pra ficar na boa com eles. Nossa única alternativa é dar continuidade à Corrente.

Rachel sabe que parece a integrante de uma seita, e é mais ou menos isso do que se trata. Agora ela está totalmente dentro, acredita neles e quer que Pete faça o mesmo.

— Quer dizer que vamos ter que sequestrar alguém pra ter a Kylie de volta? — pergunta ele balançando a cabeça, horrorizado.

— Sim, Pete. Se não fizermos isso, eles matam a Kylie. Se a gente chamar a polícia, ela está morta. Se contarmos qualquer coisa pra alguém, acabou.

Pete se lembra da aula de ética que fora obrigado a assistir em Quantico. O militar israelense convidado a falar explicara por que era ético desobedecer a uma ordem ilegal. Mesmo na vida militar, a moral entra nessa equação. E o que Rachel pretende fazer agora não só é ilegal como é também absolutamente errado do ponto de vista moral. E de todos os ângulos possíveis e imagináveis. Do ponto de vista ético, o certo seria procurar o FBI imediatamente. Encontrar o escritório mais próximo e contar a história toda para eles.

Mas isso fará com que Kylie morra. É o que Rachel acha, e ele acredita nela. E a segurança de Kylie é a única coisa que importa para ele.

A decisão foi tomada. Se tiverem de sequestrar alguém para ter Kylie de volta, é isso que ele vai fazer. Se Pete tiver de matar alguém para que isso aconteça, é o que ele vai fazer. Se conseguir trazer a sobrinha de volta e for mandado para uma cela por cinquenta anos, não está nem aí. Não está nem aí porque isso significaria que Kylie foi salva.

— Hoje de manhã eles me mandaram uma foto da Kylie pra mostrar que ela está bem — conta Rachel, trêmula, entregando-lhe o celular.

Pete olha para a foto da pequena Kylie vendada, sentada no colchão em um porão. Há pouquíssimas pistas ali do local onde ela se encontra. Eles deram para ela garrafas de água mineral Poland Spring, biscoito salgado, coisas que encontramos em qualquer lugar. Não há indicações de que Kylie tenha sido maltratada fisicamente, mas é claro que não dá nem para imaginar como ela deve estar apavorada.

Ele vai à cozinha se servir de uma xícara de café. Precisa de um momento para avaliar a situação.

— Vamos deixar a polícia de fora disso? Definitivamente? — pergunta Pete.

— A pessoa da Corrente e a mulher que está com a Kylie foram bem claras. Elas falaram que, se eu descumprir alguma regra, terão que matar a Kylie e escolher outro alvo.

— E como elas vão saber se você descumpriu alguma regra?

— Não sei.

— Grampearam a sua casa? Houve algum arrombamento aqui? Você recebeu algum desconhecido nos últimos tempos?

— Não, nada. Mas acho que hackearam meu celular hoje. Eles sabiam que tinha um carro da polícia atrás de mim na estrada. E eles sabem pra quem estou ligando e o que ando falando. Parece que eles sabem onde estou o tempo todo. Acho que podem estar espionando pela câmera do celular. Isso é possível?

Pete assente com a cabeça, desliga o iPhone de Rachel e o guarda numa gaveta. Fecha o MacBook dela e o coloca junto ao celular.

— Claro. Você disse que comprou celulares descartáveis, não foi?

— Comprei.

— A partir de agora, ligue apenas deles. E não use mais o seu computador. Eu trouxe o meu. Provavelmente eles invadiram a câmera do seu celular e a do computador e desativaram a lâmpada das câmeras, pra poderem ver você sem que você saiba que elas estão ligadas. Você nem imagina as coisas que podem ser feitas na espionagem da dark web.

— Eu cobri a câmera com fita adesiva.

— Boa ideia, mas eles também podem estar escutando. Vou dar uma olhada na casa pra ver se encontro grampos. Você disse que não houve nenhum arrombamento... Mas recebeu alguma visita não solicitada pra conserto de TV, encanamento, essas coisas?...

— Não, nada.

— Ótimo. Pode ser mesmo só um programa espião de computador e celular. E o que você contou pro Marty?

— Até agora nada. Ele está em Augusta jogando golfe.

— Marty é meu irmãozinho, adoro ele, mas é meio linguarudo, e, se você está preocupada com a segurança e querendo evitar que o FBI fique sabendo...

— Nada que ponha a Kylie em risco — diz ela.

Pete pega a mão fria e trêmula de Rachel e diz:

— Vai dar tudo certo.

Ela faz que sim com a cabeça e olha bem naqueles olhos escuros e seguros.

— Tem certeza?

— Tenho. Vamos trazer a Kylie de volta.

— E por que eu? Por que você acha que eles me escolheram? Por que a minha família?

— Não sei.

— Ela falou que pesquisou a minha vida na internet. Viu que Marty e eu participamos daquele projeto do Corpo da Paz na Guatemala. Sabe sobre Harvard, que sobrevivi a um câncer e leu sobre todos os meus empregos. Achou que eu parecia capaz de segurar as pontas. Mas eu não sou. Eu sou um fracasso, Pete. Sou fraca.

— Não é não, você...

— Eu estraguei a minha vida. Investi tudo no Marty. Não sou nem capaz de cuidar da minha filha!

— Para com isso, Rach.

— Eu não tinha nem uma arma. Tive que comprar. Hoje.

— Fez bem.

— Atirei pela primeira vez na vida hoje.

Agora Pete toma as mãos dela.

— Confia em mim, Rachel. Você está se saindo bem. E agora eu estou aqui pra te ajudar.

— Sei que você era engenheiro nos Fuzileiros Navais, mas alguma vez, por acaso, alguma vez você...

— Sim — responde ele, simplesmente.

— Mais de uma vez?

— Sim.

Ela faz que sim com a cabeça e respira fundo.

— Fui até New Hampshire pra comprar a arma e algumas outras coisas. Quase dei de cara com uma pessoa da ilha, mas acho que ela não me viu.

— Perfeito.

— Como é que alguém consegue cometer um crime na Nova Inglaterra se todo mundo se conhece?

Pete sorri.

— A gente vai descobrir, Rach. E o que mais você fez?

— Meus alvos são esses — diz ela, entregando-lhe a lista de crianças vulneráveis que atendem aos critérios.

— Você está atrás de pais estáveis capazes de resistir à tentação de procurar a polícia e de quebra orquestrar o sequestro de uma criança? — pergunta Pete.

— Não pode ser gente sem grana, nem ninguém que tenha ligação com policiais, jornalistas nem políticos. E que tenham filhos de uma certa idade. Nada de crianças com necessidades especiais. Nem diabéticos ou nada do tipo.

— E que tal sequestrar um cônjuge em vez de um filho? — pergunta ele.

— Não dá pra saber como uma pessoa vai reagir em relação a um cônjuge. Olha só o nosso caso. Três divórcios, somando nós dois. Mas todos os pais amam seus filhos, não é?

— É. Bom, parece tudo ok. Toby Dunleavy então é o seu alvo número um?

— É. Era outro, mas a mãe dele estava namorando um policial.

— Você já foi até a casa dos Dunleavys?

— Não. Vou fazer isso à noite. Mas primeiro você tem que me ajudar com o colchão e com o tapume na casa dos Appenzellers.

— Onde fica essa casa?

— Do outro lado da bacia das marés. Vamos, eu te levo.

Eles saem na chuva e seguem pela trilha até a bacia.

— Muitos desses casarões ficam vazios nessa época do ano — explica Rachel.

— E você arrombou um deles sozinha? — pergunta Pete.

— Aham. Eu sabia que os Appenzellers não estavam aqui. Fiquei meio preocupada com a possibilidade de ter um alarme na casa, mas não tinha.

— Muito bem. Já arrombei algumas casas e achei assustador.

— Podemos entrar pelos fundos — diz Rachel quando eles alcançam a passagem junto à casa dos Appenzellers.

— Escolheu bem o lugar, Rach. Gostei dos tijolos. Como destrancou a fechadura?

— Não destranquei. Arrebentei com um cinzel.

— E como você aprendeu a fazer isso?

— Google.

Eles entram e, no primeiro andar, pegam um colchão e roupa de cama no quarto de hóspedes e levam tudo para o porão. Rachel trouxe o tapume para cobrir a janela.

— Vamos prender isso na janela com a furadeira elétrica velha do Marty. Acho que faz menos barulho do que um martelo — diz Pete.

Eles prendem o tapume e tentam tornar o porão o mais habitável possível, com lençóis, cobertores, alguns brinquedos e jogos que a Rachel já havia levado para lá. É um horror pensar que, se o plano funcionar e se eles não forem mortos nem presos, em pouco tempo um garotinho apavorado estará aqui. Rachel prendeu uma corrente pesada a um pilar de concreto perto do colchão, e só de ver aquilo Pete sente um frio na espinha.

Eles fecham a porta dos fundos da casa dos Appenzellers e voltam para a casa de Rachel.

— E agora? — pergunta Pete.

— Precisamos ver se tem grampos aqui em casa. Odeio a sensação de que eles conseguem acompanhar tudo o que eu faço.

Pete concorda.

— Eu posso fazer isso.

Ele tira de sua bolsa o detector sem fio. Nos velhos tempos dos equipamentos analógicos de grampo, era necessário um radiorreceptor e um complexo equipamento, mas agora qualquer detector sem fio de cinquenta dólares faz o serviço. Ele dá uma olhada na casa e começa a vasculhar o celular e o computador.

— Basicamente negativo — diz, por fim. — Fiz uma varredura completa na casa toda, de cima a baixo. Olhei até o vão em cima da cozinha.

— *Basicamente* negativo?

— É. Não tem grampos na casa. Mas, como eu desconfiava, o seu Mac está totalmente comprometido.

— Como?

— Tem um robô espião no seu Mac. Quando ele é ligado a uma rede sem fio, o robô invade a câmera e reproduz em outro dispositivo o que está acontecendo na sua tela. Com isso, foi muito fácil capturar as suas senhas. O robô tem um nome escolhido aleatoriamente, que não significa nada. O dispositivo de destino também é criptografado.

— Como você sabe isso tudo? — pergunta Rachel, impressionada.

— Bom, você me conhece. Gosto de mexer em computadores desde a Idade da Pedra da internet. E ando querendo voltar a trabalhar com isso, de forma mais séria. Segurança privada é um setor que está crescendo muito para o pessoal da reserva.

— E dá pra tirar o robô?

— Facilmente. Mas, se eu fizer isso, a ausência será imediatamente notada.

— Quem está me hackeando vai ficar sabendo que eu sei deles?

— Exatamente. E, se descobrirem que você sabe deles, certamente vão tomar providências. O negócio é não usar o Mac e o celular até a Kylie voltar. Aí eu tiro o robô e limpo os aparelhos.

— Eles vão me ligar no iPhone. Preciso dele.

— Então não esquece que eles estão na escuta. E que o seu celular, claro, também é um transmissor de GPS.

— Será que eles estão por perto, espionando a casa? — pergunta Rachel.

— É possível — responde Pete. — Poderiam estar nos espionando nesse exato momento. Mas acho que não estão.

Rachel sente um calafrio.

— Fico imaginando a Kylie naquele porão. Ela deve estar apavorada.

— Ela é uma garota forte. Meu docinho é bem durona.

*Talvez durona até demais,* pensa ele. *Tomara que ela não faça nenhuma besteira.*

# 22

*Sexta-feira 1:11*

Kylie espera até parecer bem tarde, embora, naturalmente, não tenha como saber a hora. Nada de iPhone, iPad ou de Mac. Nem de relógio, é claro. Mas quem usa relógio hoje em dia?

Deitada ali no colchão, ela ouve barulho de tráfego ao longe, de vez em quando escuta motores de avião mudando de empuxo na descida até Logan. Aviões muito distantes indo para um aeroporto muito distante.

Ela se senta no colchão, de costas para a câmera, beliscando um biscoito. Seu primeiro plano falhou. Não dá para abrir as algemas com o tubo de pasta de dentes. Ela tentou durante horas, mas foi um fiasco. Mas o segundo plano talvez funcione.

Logo que escureceu, o homem lhe trouxe um cachorro-quente e um copo de leite. Colocou a bandeja ao lado dela no chão. A arma estava no bolso do casaco de moletom. A mulher havia descido para recolher a bandeja com a arma na mão direita. Eles estão sempre armados. Ela é apenas uma garota de 13 anos, acorrentada a um fogão que pesa noventa quilos, mas eles não querem correr nenhum risco. Sempre descem armados.

E Kylie se deu conta de que era isso que ia ajudá-la.

Ela havia visto o objeto minutos antes naquela tarde. Com o sol avançando lentamente no céu, ela viu um brilho num canto do porão. Aproximando-se o máximo que conseguiu, constatou que era uma chave inglesa que mal podia ser distinguida junto à parede, debaixo do boiler. Provavelmente havia caído ali e fora esquecida no cantinho, talvez anos antes. Claro que eles tinham preparado o porão para ela, mas para ver a chave inglesa ali, só mesmo se deitando no chão e olhando diretamente na direção do boiler e em determinado momento da tarde, quando os raios de sol entravam pela janela.

A chave inglesa é a chave.

Então ela espera. E espera.

Num período que provavelmente é o das primeiras horas da manhã, o tráfego parece diminuir na estrada e há menos barulho de aviões sobrevoando aquela região.

Ela não para de pensar naquele policial. Será que ele morreu? Eles devem tê-lo matado. O que significa que ela está nas mãos de dois assassinos. Eles não parecem assassinos, mas são. Kylie tenta reprimir o terror desse pensamento, mas não importa o que ela pense, lá está ele...

Ela pensa em sua mãe.

Mamãe deve estar louca de preocupação. Não vai aguentar. Ela não é tão forte como tenta parecer. Ainda não tem um ano que terminou a quimioterapia. E papai... papai é incrível, mas talvez não seja a pessoa mais confiável do mundo.

Ela olha de novo para a câmera junto à escada. Que horas serão agora? Será que eles vão conseguir dormir esta noite? Eles têm de dormir por algumas horas.

Então ela continua esperando.

Talvez agora sejam duas da manhã. *Ok. Vamos lá então*, pensa ela.

Ela se levanta, estica bem a corrente e, com toda força, começa a puxar o fogão. É um peso enorme, claro, mas o piso de concreto liso não oferece muita resistência. Mais cedo, ela jogou água nos pés de ferro fundido do fogão e a espalhou ao redor, na esperança de que pudesse ajudar.

Ela puxa a corrente com toda força, reclinando-se para trás, como num cabo de guerra. Está suando, seus músculos doem. Parece que é impossível para uma menina como ela...

O fogão sacoleja. Seus pés cedem e ela cai no chão, batendo com o cóccix.

Morde o lábio para se impedir de gritar.

Agora está rolando no chão. *Droga, droga, droga.*

A dor começa a diminuir, e ela tenta se examinar da forma que consegue. Não parece ter quebrado nada. Nunca quebrou um osso na vida, mas imagina que a dor seria muito pior que a que está sentindo. Quando Stuart quebrou o punho patinando no lago congelado em Newbury Common, tinha uivado de dor.

Mas era o Stuart...

Ela se levanta e sacode a dor dos membros. A dor é a fraqueza saindo do corpo, disse certa vez seu tio doido, Pete. *Então agora sou muito mais forte*, pensa ela com seus botões, mas não acredita muito naquilo.

Agarra a corrente e a puxa com força, então o fogão sacoleja mais uma vez. Agora ela consegue arrastá-lo lentamente enquanto puxa. Como aprendeu nas aulas de ciências, é tudo uma questão de atrito e impulso. O fogão é enorme, mas o piso liso está molhado.

É pesado, muito pesado mesmo, mas está saindo do lugar. O barulho é horrível, um guincho estridente, mas não alto o suficiente — assim ela espera — para ser ouvido fora do porão, muito menos no restante da casa.

Ela está suando e continua puxando durante dois minutos, até que para, exausta, e se senta na beirada do colchão, respirando com dificuldade.

Cheia de dedos, olha para a câmera, mas não tem como descobrir nada. Não tem nenhuma luz indicando se está ligada ou não. A ideia é que ela pense que está ligada *o tempo todo*.

Ela se arrasta até a chave inglesa debaixo do boiler. A corrente se retesa em seu pulso esquerdo quando ela se estica toda. Mesmo parecendo o Senhor Fantástico, ainda fica a cerca de um metro de distância da ferramenta. Volta então ao saco de dormir para fazer alguns cálculos. Talvez consiga mover o fogão mais uns trinta centímetros hoje à noite. Talvez ainda leve mais uma noite inteira para botar a mão na chave inglesa, mas ela vai conseguir.

Ela está exultante. Tem um plano, e agora tem como colocá-lo em prática. Talvez isso possa matá-la. Por outro lado, se não fizer nada, também pode acabar morrendo.

# 23

*Sexta-feira, 4:20*

A Poseidon Street fica um pouco depois do centro de Beverly Town, perto da baía das marés. É uma típica rua residencial arborizada da Nova Inglaterra, num bairro onde as pequenas casas coloniais de dois andares, com suas janelas minúsculas e seus telhados íngremes, destoam das residências mais novas e amplas com grandes janelas. No número 14 da Poseidon Street fica uma dessas casas mais recentes, a da família Dunleavy, uma construção de três andares em estrutura de carvalho imitando o estilo georgiano, com pintura mostarda retrô. No jardim da frente, uma linda árvore de bordo vermelha sustenta um balanço. À luz dos postes da rua, nota-se uma relva com brinquedos, uma bola e uma luva de futebol americano.

Rachel e Pete estacionaram no fim da rua, à sombra de um salgueiro-chorão que ainda tem algumas folhas.

Não há como não parecerem suspeitos. Felizmente, embora esse não seja o tipo de bairro onde as pessoas costumam dormir dentro dos carros, é o tipo de lugar onde todo mundo finge não estar vendo alguém adormecido dentro de um veículo às quatro da manhã.

Pete está de olho nas redes sociais dos Dunleavys pelo laptop.

— Ninguém acordado ainda — diz.

— Mike vai acordar daqui a uma hora mais ou menos, depois a Helen e as crianças. Às vezes ele pega o trem das seis pra South Station. De vez em quando, o das seis e meia — informa Rachel.

— Ele devia ir de carro. Não tem trânsito nesse horário — comenta Pete. — Ei! A gente precisa tomar cuidado com uma coisa.

— Com o quê?

— Sapatos com GPS. Muitos pais superprotetores botam GPS nas mochilas e nos sapatos dos filhos. Se eles se perdem, os pais conseguem encontrar as crianças em segundos por um aplicativo.

— Existe isso mesmo? — pergunta Rachel, perplexa.

— Se existe! Bota a mão numa dessas crianças com chip pra você ver só se o FBI não está na sua porta antes de você piscar duas vezes.

— E o que a gente faz?

— Posso fazer uma varredura no garoto pra ver se está enviando algum sinal. E depois a gente joga o iPhone e os sapatos dele fora. Aí é tranquilo.

— Helen é do tipo que provavelmente contaria vantagem se tivesse algo assim pra localizar os filhos, mas nunca mencionou nada — diz Rachel, surpresa com a acidez do próprio comentário. Lembra-se então do comentário de Tácito que dizia que a gente sempre odeia aqueles a quem fizemos mal. Ou, nesse caso, aqueles a quem estamos prestes a fazer algum mal.

— Talvez você tenha razão — diz Pete. — Mas, de qualquer maneira, vamos dar uma olhada nos sapatos.

Eles observam a casa, bebem café e esperam.

Nenhum movimento na rua. Há muito já se foi a época do leiteiro. A primeira pessoa que sai para passear com o cachorro só aparece às cinco e meia.

O primeiro sinal de que tem alguém acordado na casa dos Dunleavys surge às seis e um, quando Mike retuíta um tuíte de Tom Brady. Em seguida, Helen acorda e abre o Facebook. Ela curte uma dezena de postagens dos amigos e compartilha um vídeo sobre mulheres que combatem o Estado Islâmico na Síria. Helen é uma democrata moderada. O marido parece um republicano moderado. Os dois se preocupam com o mundo, com o meio ambiente e com os filhos. São pessoas inofensivas, e, em circunstâncias completamente diferentes, Rachel poderia se ver como amiga deles.

As crianças também são adoráveis. Não são mimadas nem levadas, apenas crianças legais.

— Olha isso aqui — diz Pete. — Helen acabou de postar no Instagram uma foto do restaurante Seafarer, na Webb Street, em Salem.

— Está no Facebook agora também — fala Rachel.

— Ela diz que vai tomar o café da manhã lá com a amiga Debbie. Salem fica longe daqui?

— Não. Cinco minutos, talvez dez, se tiver trânsito.

— Não é ideal... Mas um café da manhã com uma velha amiga não pode durar menos do que quarenta e cinco minutos, certo?

Rachel balança a cabeça.

— Não sei. Se for só um café com muffin, pode levar menos tempo. Mas elas iriam ao Starbucks se só quisessem café com muffin. Por quê? No que você está pensando?

— Estou pensando aqui... depois que o Mike sair e as crianças forem pra escola, e Helen estiver tranquila no café da manhã dela, a casa vai estar vazia.

— E daí?

— Eu entro pela porta dos fundos e dou uma olhada na casa. Posso tentar instalar um vírus espião nosso no computador deles?

— Você consegue fazer isso?

— Claro que consigo.

— Como?

— A parte do arrombamento é a mais fácil, como você viu na casa dos Appenzellers. A parte do vírus eu aprendi com meu camarada Stan quando trabalhei pra ele depois que saí dos Fuzileiros Navais.

Rachel balança a cabeça.

— Não sei, não.

— Vamos estar um passo à frente. Vamos saber o que eles estão pensando. O bicho vai pegar quando a gente botar a mão no Toby.

— E é seguro?

— E alguma coisa que estamos fazendo é segura?

Mike Dunleavy finalmente sai para o trabalho às sete e quinze. Vai de carro até a estação ferroviária de Beverly e deixa a BMW no estacionamento. Helen sai com as crianças às oito e um. Não está tão frio para casacos de inverno, mas ela os agasalhou bem mesmo assim. Rachel acha os dois uns amores com seus casacos impermeáveis grandes demais, de touca e cachecol.

— Quer ir atrás deles? — pergunta Pete.

Rachel balança a cabeça.

— Não precisa. Vamos ficar sabendo quando a Helen deixar os dois na escola e for pro café.

Eles ficam esperando no Volvo, e, de fato, às oito e quinze, Helen posta no Facebook uma selfie tirada dentro do Seafarer.

Pete dá uma olhada na rua. Um garoto com idade para estar no ensino médio pratica arremessos de basquete mais adiante no quarteirão, e, do outro lado da rua, uma menininha sai de casa e começa a pular numa cama elástica cercada.

— Olha só aquilo ali... A porta da casa está fechada, a garotinha está sozinha na cama elástica. Seria perfeito — diz Pete.

— Seria — concorda Rachel. — Mas não é esse o plano.

— Não? Tudo bem, vou nessa então.

Rachel agarra a mão dele.

— Tem certeza, Pete?

— Precisamos do máximo de informações sobre essa gente. Num ataque ao inimigo, são dias inteiros, às vezes semanas, reunindo informações de inteligência antes de entrar em ação. Mas nós não temos dias nem semanas, então precisamos conseguir o máximo de informações o mais rápido possível.

Rachel reconhece que aquilo faz sentido.

— E é por isso que eu vou entrar agora, quando a casa provavelmente está vazia. Se um tio velho doido estiver lá com uma espingarda, estou ferrado. Se eu não voltar em uns quinze minutos mais ou menos, você vai embora.

— Mas o que você vai fazer exatamente?

— O que eu conseguir em quinze minutos.

— Tá. Até umas oito e meia então.

— Isso.

— E se você não voltar até oito e meia?

— É porque alguma coisa deu errado. Não vou falar nada, é claro, mas você vai ter que mudar pro alvo B. Ou então, melhor ainda, fazer uma lista de alvos completamente diferentes. Com nomes que eu não tenha visto.

— Se eu notar alguma coisa suspeita na rua, ligo pra você.

— Combinado. Mas, se as coisas ficarem esquisitas, é melhor você se mandar daqui.

Pete bota a mochila no ombro, verifica se não tem ninguém olhando e corre até a cerca entre a casa dos Dunleavys e uma pequena mata que separa a praia da rua. Rachel o observa pulando a cerca para o quintal dos Dunleavys.

Ela espera para ver se escuta um grito ou o tio velho doido dando um tiro, mas nada acontece.

Pelo retrovisor, observa a menininha pulando na cama elástica do outro lado da rua. Parece que não tem ninguém tomando conta dela. A porta da casa está fechada. Na verdade, seria bem fácil ir até lá e pegar a criança.

*Jesus Cristo. Que tipo de gente pensa numa coisa dessas? No que você se transformou, Rachel?*

Ela acende a tela do celular para consultar a hora: 8h22.

Fecha os olhos e pensa em Kylie. Será que ela conseguiu dormir? Conhecendo a filha do jeito que Rachel conhece, sabe que ela provavelmente ficou pensando na mãe e no pai a noite inteira, preocupada.

*Ó minha Kylie, já estou indo. Vou trazer você de volta. Nunca mais vou deixar você sair de perto de mim. Serei uma mãe mais cuidadosa. Vou manter você segura. Vou acabar com essa história de redes sociais. Não vou confiar em ninguém. Fui uma idiota.*

Olha novamente para o telefone: 8h23.

Uma van branca vem passando devagar pela rua, o tipo da van branca esculhambada que nunca significa boa coisa. Mas o motorista nem presta atenção nela, e a van segue seu caminho.

Ela mete a mão no bolso do casaco tentando achar os cigarros de Marty, mas não os encontra. Um cachorro está latindo feito um doido em algum lugar ali perto.

Mas onde? Os Dunleavys não têm cachorro. Ela saberia se tivessem.

Talvez seja dos vizinhos. O cachorro do vizinho pode ter visto Pete, um estranho, entrar na casa. Será?

O telefone marca 8h28.

Ela liga o rádio. Uma daquelas intermináveis reprises de *Car Talk*. Um dos irmãos não para de reclamar do micro-ônibus da Volkswagen.

Agora são 8h31.

Cadê o Pete?

Os latidos ficam mais furiosos.

A garotinha desce da cama elástica, pega alguma coisa, aparentemente uma lata de refrigerante, e volta a pular.

*Péssima ideia, meu bem. Vai sujar seu lindo vestidinho*, pensa Rachel.

Já são 8h34.

Uma viatura preta e branca da delegacia de Beverly aparece em seu espelho retrovisor.

— Ah, não — resmunga ela, girando a chave da ignição. O bom e velho motor do Volvo começa a roncar.

O carro de polícia percorre a rua lentamente. Há dois policiais lá dentro. Estão vindo direto em sua direção.

E agora são 8h37.

Os latidos ficam ainda mais altos.

A viatura se aproxima.

Ela engata a primeira, pé esquerdo na embreagem, o direito sobre o acelerador.

Acontece o inevitável com a garotinha: ela derrama o refrigerante na roupa toda. E começa a chorar. Os dois policiais se viram para olhar para ela.

Pete aparece no alto da cerca dos Dunleavys. Pula na mata, corre até o Volvo e entra por uma das portas de trás do carro, ofegante.

— Vai! — diz.

— Tudo bem? — pergunta Rachel, alarmada.

— Sim. Tudo certo. Vai!

Rachel solta a embreagem, e o carro vai embora. Segue para leste, em direção a Manchester, e depois para norte, na direção de Ipswich e da Rota 1A. Os policiais não a seguiram. Pete está no banco de trás, mexendo no celular.

— Está tudo bem? — pergunta ela mais uma vez.

— Sim, tudo.

— O que aconteceu lá?

— Nada. Foi moleza. A janela dos fundos estava aberta, entrei em dois segundos. Achei um computador no escritório do andar de baixo, e ligado ainda. Botei um vírus nele. Não achei o telefone, então não deu pra botar uma escuta nele, infelizmente. Muita gente nem tem mais telefone fixo em casa. Mas, quando entrarem no computador, vai dar pra ler as senhas de e-mail, Skype, FaceTime e iMessage.

— Caramba! — diz Rachel, impressionada.

— É!

— Aprendeu isso tudo com o seu camarada Stan?

— Quase tudo. Sempre tive uma mente meio fora da lei...

— Pois é. Marty me contou que você roubou um carro e foi pro Canadá com 11 anos.

— Nada... não consegui chegar ao Canadá. E eu tinha 12 anos — retruca Pete com falsa modéstia.

— Você passou mais de quinze minutos lá dentro.

— Eu sei. Encontrei o quarto do Toby. Fui dar uma olhada. Garoto normal. Aparentemente sem problemas de saúde. Gosta dos Red Sox, de X-Men e de uma série chamada *Stranger Things*. Uma criança perfeitamente normal.

— Então ele serve? — pergunta Rachel, sôfrega.

— Sim, serve.

Eles atravessam a ponte, chegando a Plum Island.

Rachel boceja quando chegam à casa dela.

— Quando foi a última vez que você dormiu? — pergunta Pete, preocupado.

Ela faz um gesto com a mão, como se isso não tivesse importância.

— Vou fazer mais café. Temos trabalho pela frente.

Rachel sobe para pegar o quadro de avisos do quarto de Kylie. Abre a porta, com uma louca esperança de que a filha esteja escondida ali, de que tudo isso não passe de uma piada cruel e de mau gosto.

O quarto está vazio, mas tem o cheiro de sua menininha. Aquele perfume barato da Forever 21 que ela adora. A coleção de conchas, o cesto de roupa suja transbordando, os livros de astronomia e os volumes sobre o Egito. Uma caixa com todos os cartões de aniversário que ela já ganhou na vida. Os pôsteres do Brockhampton e da versão de *Orgulho e preconceito* com Keira Knightley. Os fichários dos deveres de casa bem arrumadinhos. A fotomontagem com os amigos e a família.

Rachel de repente não se sente bem. Ela pega o quadro de avisos, volta para o corredor e fecha a porta delicadamente.

Lá embaixo, os dois começam a traçar um fluxograma da vida do pequeno Toby. Ele tem aula de tiro com arco hoje à noite e domingo à noite. O treino acaba às sete, e ele volta a pé para casa. É a oportunidade deles.

— O Clube de Tiro com Arco se reúne num lugar chamado Old Customs Hall, perto do mar em Beverly. Pouco menos de um quilômetro da casa dos Dunleavys — diz Pete, olhando no Google Maps. — Fiz o caminho algumas vezes no Google Street View. Ele sai do Old Customs Hall, sobe a Revenue Street, vira à esquerda na Standore Street, à direita na Poseidon Street e está em casa. Não leva mais do que sete ou oito minutos. No máximo dez, talvez.

Seria bem corrido, e eles sabem disso.

— Temos que pegar esse menino entre sete e sete e dez. Na verdade, pra dar certo, isso tem que acontecer na Standore Street, porque vai ter muita gente na Revenue Street e não podemos raptar o garoto na frente de casa dele, na Poseidon, porque a mãe pode estar na porta esperando — diz Rachel.

Pete coça o queixo. Seria bem corrido mesmo, tanto no tempo como na geografia, mas ele não diz nada. Foi para esse garoto que eles planejaram tudo. Rachel reprime um bocejo.

— Não quer dormir um pouco enquanto eu volto lá pra checar o caminho todo dessa vez? — propõe Pete.

— Não preciso dormir. Vamos.

— Agora?

— Agora.

Eles saem, entram no Volvo e em apenas quinze minutos estão em Beverly. Talvez a cidade seja perto demais de onde Rachel mora, mas não tem outro jeito.

E agora está mais movimentada. Rachel acha que é meio preocupante o número de babacas por ali passeando com o cachorro ou curtindo a vida. Babacas, porque como essas pessoas podem estar tão despreocupadas e felizes enquanto o mundo está desabando? *Já* desabou. O Old Customs Hall fica perto do mar, outra área muito movimentada, ponto de encontro, com muita gente passeando com cachorros.

— Previsão do tempo atualizada — diz Pete, olhando para o laptop. — Vai garoar essa noite, sem chuva forte. Tomara que seja o suficiente pra que as pessoas não queiram sair de casa, mas nada que justifique a mãe vir buscar o garoto.

— Quando a Kylie estiver de volta, só vou deixar ela sair sozinha quando tiver 50 anos — resmunga Rachel, perfeitamente consciente da bobagem que está dizendo.

Os dois dirigem do Old Customs Hall, passando pela Revenue Street e pela Standore Street, até chegar à Poseidon Street, um percurso de cerca de três minutos por uma área residencial comum da Nova Inglaterra. A Standore é uma rua de velhos e majestosos carvalhos que ainda ostentam folhas.

— Excelente cobertura — observa Pete.

Eles dão meia-volta e seguem para o centro da cidade.

— Muito bem, o plano é o seguinte — declara Rachel. — Um, vamos de carro até o Old Customs Hall. Dois, esperamos as crianças saírem. Três, seguimos Toby até a casa dele, pela Revenue Street e pela Standore Street. Por favor, Deus, que Toby esteja sozinho. Quatro, estacionamos o carro perto dele. Cinco, agarramos o garoto e jogamos ele dentro do carro. Seis, vamos embora.

— Você quer que eu pegue ele?

Ela faz que sim.

— E eu dirijo.

— Combinado.

Ela olha para Pete.

— Tem tanta coisa que pode dar errado, Pete. Que bom que você está comigo.

Pete se lembra daquela noite de setembro de 2012, em Camp Bastion, quando tudo deu errado. Ele morde o lábio.

— Não. Vai dar tudo certo, Rachel — diz.

— Mas, mesmo dando tudo certo — retruca ela, arrasada —, ainda vai ser horrível.

# 24

*Sexta-feira, 11:39*

Kylie acorda num saco de dormir. Onde é...

Tomada pelo horror, ela se lembra de onde está e do que aconteceu. Está num porão em algum lugar ao norte de Newburyport, nas mãos de duas pessoas, marido e mulher, até sua mãe pagar um resgate. Sua garganta se fecha. Ela se senta no saco de dormir, hiperventilando. O ar aqui embaixo é pesado e bolorento.

Mas ela o inala assim mesmo e se obriga a ficar calma. *Eles vão me matar, eles vão me matar, eles... não. Não vão. Eles não são psicopatas. Não vão me fazer mal se a mamãe fizer o que eles querem. O que aconteceu com o policial foi um acidente.*

E ela ainda não está morta.

Está elaborando um plano. A chave inglesa... sim!

Pelo brilho do sol, ela provavelmente dormiu tarde. E é incrível que tenha conseguido dormir. Precisa muito fazer xixi agora, então vira-se de costas para a câmera, pega o balde e usa o saco de dormir todo amassado como proteção.

Minutos depois, a porta se abre, e ela vê o sujeito no alto da escada. Atrás dele, Kylie avista um quintal e uma árvore. Ele deixa a porta aberta e desce a escada segurando uma bandeja. Está de pijama e com a touca ninja. Ela ouve a respiração pesada do homem, como se descer a escada demandasse certo esforço.

— Bom dia — diz ele. — Se ainda for de manhã. E é, eu acho. Trouxe pra você um... bem... um café da manhã meio tardio. Cheerios. Você gosta de Cheerios, não gosta?

— Claro.

Ele atravessa o porão e coloca a bandeja perto dela. Uma tigela de Cheerios com leite, um copo de suco de laranja, outra garrafa de água. Ela nota a coronha da arma no bolso da calça do pijama.

— Desculpa o atraso. Fomos deitar muito tarde ontem. Não esperávamos... ééé... que as coisas ontem dessem tão... você deve estar com fome. Conseguiu dormir? — pergunta ele.

Ela balança a cabeça, de forma evasiva.

— Não é nenhuma surpresa — retruca ele. — Circunstâncias muito doidas. Nunca na vida eu imaginei...

— *Por que* vocês estão fazendo isso? — pergunta Kylie.

Ele respira fundo.

— Porque eles estão com o nosso garoto — responde o homem baixinho e balançando a cabeça. — Conseguiu dar uma olhada nos livros?

Kylie vê uma brecha ali.

— Consegui. Nunca tinha lido *Moby Dick*. Sempre pensei que ia achar chato.

— Mas você gostou? — pergunta ele, se animando.

— Gostei. Até onde li.

— Olha, que ótimo. É um clássico. Talvez seja chato no início, pra uma pessoa da sua geração. Mas, quando você entra no espírito, a leitura acaba fluindo.

— É, tem razão. Gostei do cara tatuado.

— Queequeg? Ele não é incrível?! Melville viveu quase um ano com os nativos das ilhas do Pacífico Sul, e o retrato que ele pintou deles é bem afetuoso, não acha?

Kylie tenta desesperadamente pensar em algo para dizer, algo que deixasse seu professor de inglês impressionado caso fosse convocada a falar sobre um livro que não leu durante a aula.

— É, e o livro como um todo... é uma grande metáfora, não é? — comenta ela.

— Claro que é. Exatamente! Muito bom. Você...

— Só deixa a bandeja aí e volta pra cá pra cima! — diz uma voz no alto da escada.

— É melhor eu ir — sussurra o homem. — Come e relaxa e, por favor, não tenta fazer nenhuma besteira. Eu nunca vi essa mulher desse jeito.

— Anda! — grita a mulher, e ele sobe a escada, trancando a porta ao sair e deixando Kylie sozinha de novo.

Desta vez ele também desceu armado.

A arma é a chave de tudo.

# 25

*Sexta-feira, 15:13*

O alarme do seu celular toca. Ela programou um alerta para avisá-la quando o mais recente lote do resgate passasse pelo sistema Bitcoin e caísse na sua conta na Suíça. Às vezes o Visa ou a MasterCard, e principalmente o Amex, bloqueia a transação, mas aparentemente o pagamento passou normalmente.

O irmão costuma zombar dela por esse tipo de microgestão. Quando ela lhe permite administrar a Corrente, ele diz que não faz quase nada. Que simplesmente deixa que o sistema se policie. Mas ela é mais intervencionista. Afinal, o filho é *dela*.

Ela olha para o celular. Beleza: vinte e cinco mil dólares irrastreáveis entraram pela lavanderia do Bitcoin.

O que é bom por um lado, mas, se pagaram assim tão rápido, é porque poderiam ter pagado muito mais. Erro dela. *Ela* estabeleceu o valor do resgate. *Ela* entrou na conta de Rachel e avaliou sua renda. Achou que vinte e cinco mil já seriam demais. *Ela estava trabalhando como motorista de Uber até algumas semanas atrás*, pensa, *e a família não tem dinheiro*.

A ideia não é sugar tudo das pessoas, e sim estabelecer valores administráveis. *Não é pelo dinheiro, blá-blá-blá*.

Mas...

Ela espelha o computador de Rachel no celular, mas Rachel não ligou o Mac desde a noite passada. Evidentemente está usando outro computador. Isso significa que Rachel não é uma completa idiota.

Pela janela, ela vê a chuva caindo inutilmente no porto de Boston. Será que Rachel está tentando passar a perna nela? Estaria cometendo um terrível erro, se fosse o caso.

Ela abre o Wickr e manda uma mensagem para Rachel: Está pronta pra prosseguir com o seu alvo, Toby Dunleavy?

Cinco minutos depois, Rachel responde: Sim. Vamos fazer essa noite, se der. Ou no domingo à noite, se hoje não der certo.

Por que não amanhã à noite? Ou amanhã de manhã?, pergunta ela.

O menino tem aulas de tiro com arco e volta pra casa a pé. As aulas são hoje à noite e domingo à noite, responde Rachel.

Ela não está gostando do tom de Rachel. A mulher não parece assustada o bastante. Nem humilde. Rachel não se deu conta de que é a piranha gama falando com a piranha alfa.

*Posso acabar com você, Rachel*, pensa ela. *Basta eu estalar os dedos e você estará morta que nem uma puta cracuda da D Street.*

Mande mensagem pelo Wickr assim que pegar o menino, escreve ela. Eu darei o primeiro telefonema à família. Você vai ligar cinco minutos depois. A primeira coisa que vai dizer é "Você tem que lembrar que não é a primeira nem será a última. Não é pelo dinheiro, é pela Corrente." Entendeu?

Entendi, responde Rachel.

Mais uma vez, Rachel parece seca e confiante. Ela não está gostando nada disso.

Fecha as mensagens e pensa por alguns minutos.

Olly vive dizendo a ela que não deve deixar as coisas ganharem contornos pessoais. Como se ele fosse mais velho e soubesse mais das coisas. Tudo bem, mais velho por quinze minutos. É verdade que não há a menor necessidade de ficar apressando os acontecimentos. Não é uma questão de rapidez. O que importa é que tudo continue fluindo.

Na concepção de Olly, quanto mais pessoas forem acrescentadas à Corrente, maior será a probabilidade de uma deserção. Por isso o medo é importante. É o componente mental.

Os seres humanos são criaturas cujas vidas são governadas por instintos profundos. Essas pessoas são como camundongos, camundongos nos campos de feno, e ela é o falcão que investe contra esses camundongos, vendo cada coisinha que fazem.

Então ela se lembra de Noah Lippman. Estava levando a sério o relacionamento deles, mas ele rompeu o namoro e se mudou para o Novo México com uma namorada nova. No entanto, a Corrente deu um jeito de estender seus tentáculos até o deserto. Em Taos, ele passou por vários incidentes desastrosos. A namorada morreu atropelada, ele foi demitido do hospital onde trabalhava, foi assaltado e violentamente espancado, e atualmente trabalha feito um escravo por um salário indigno num asilo em Santa Fé. Agora Noah tem cabelos brancos e manca desde o assalto.

A Corrente nem sempre é uma coisa ruim, na opinião dela. Algumas vezes, até ajudou as pessoas. Ajudou a focarem no que de fato era importante. E, de certa maneira, ela está fazendo um favor a esses camundongos no campo de feno. *Pois então*, pensa ela, *agora você tem um propósito, não é, Rachel? Agora sabe o que precisa fazer para ver sua doce Kylie de novo. Esse pânico cego que está sentindo? Esses picos de adrenalina? Essa necessidade de agir? Tudo isso vem da Corrente. A Corrente libertou você.*

Ela fecha o laptop.

Não interfira, diz Olly, deixe a coisa correr.

Mas às vezes a gente pode se divertir um pouco.

Ela clica no Wickr de novo e manda uma mensagem para Heather Porter: O resgate a ser pago por Rachel dobrou: agora são cinquenta mil dólares. O restante deve ser pago ainda hoje. Informe isso a ela imediatamente. Além disso, ela tem que concluir a parte dois do processo hoje. Se ela não pagar o novo resgate nem concluir o sequestro até a meia-noite, você terá que matar Kylie O'Neill e encontrar um novo alvo.

*Ótimo, assim as coisas se acertam*, pensa ela, com certa satisfação.

# 26

*Sexta-feira, 15:57*

Rachel está debaixo do chuveiro. Alterna entre a água pelando e a fria, mas nem a água ajuda: ela ainda está vivendo um pesadelo. *Outras* pessoas perdem seus filhos, pessoas que não tomam os devidos cuidados. Gente que deixa uma criança de 13 anos voltar para casa a pé depois de saltar em pontos de ônibus isolados no Mississippi ou no Alabama. Esse tipo de coisa não acontece no seguro, civilizado e refinado norte de Massachusetts.

Ela sai do boxe para o frio piso do banheiro e sacode a cabeça. Foi esse tipo de presunção e esnobismo que fez com que sua filha fosse sequestrada, para início de conversa. Ela está meio zonza. O seio esquerdo dói. Rachel se sente totalmente perdida. Volta a imaginar seu rosto no espelho inexistente do banheiro. Aquele rosto abatido, chupado, feio, esquelético e idiota... Nada a ver com o da Jennifer Connelly. Livrar-se dos espelhos... que piada. Esconder a verdade, simplesmente. Todos aqueles espelhos quebrados no depósito de lixo da cidade. Toda aquela má sorte voltando para ela.

Camus escreveu: "No meio do inverno, eu aprendia enfim que havia em mim um verão invencível."

Que besteira.

Ela só sente dor, medo e infelicidade. Sobretudo, medo. E, sim, estamos no meio do inverno. É verdade. Em plena Era do Gelo no Polo Norte, totalmente privado de sol. *Minha filha foi sequestrada, e, para tê-la de volta, terei de pegar um garotinho lindo na rua, ameaçá-lo, ameaçar a família dele, e falar sério. Falar sério quando disser que vou matá-lo, pois, se eu não o matar, nunca mais voltarei a ver Kylie.*

Ela veste uma camiseta, o suéter vermelho, calças jeans e vai até a sala de estar.

Pete levanta os olhos do computador.

Ele não pode saber da tormenta que ela está enfrentando. Não pode saber do medo e das dúvidas. Ele não quer fazer isso. É um bom homem. Um veterano. Ela precisa dar uma de Lady Macbeth.

— Então estamos prontos — diz Rachel, com frieza.

Pete faz que sim com a cabeça. Ele havia acabado de voltar da casa dos Appenzellers.

— Como está a casa? — pergunta ela.

— Perfeita. Supertranquilo lá embaixo no porão. Um balde pra fazer xixi. Consegui uns quadrinhos pro garoto não morrer de tédio. Alguns bichinhos de pelúcia e jogos também. E balas.

— E a previsão do tempo?

— Ainda está garoando. Nada de chuva pesada.

— O que a família está fazendo agora? — pergunta Rachel.

— Mike ainda está no trabalho. O restante da família, em casa. No momento, Helen Dunleavy está escrevendo uma longa postagem no Facebook sobre a figueira do quintal. Ah, e o Toby não tem mesmo alergia a amendoim.

— Ótimo. Uma vez eu peguei um voo com uma mulher alérgica a amendoim, e ela teve um ataque só por causa do cheiro de um sanduíche de pasta de amendoim. Um pesadelo — conta Rachel, suspirando. — Obrigada por ter vindo, Pete. Você é uma rocha. Eu não conseguiria enfrentar isso sem você.

Pete olha para ela e engole em seco. Sua boca abre e fecha. Ele tem duas coisas a lhe dizer. Precisa contar sobre a heroína e sobre o incidente em Camp Bastion. Ele não é nenhuma rocha. Não é confiável. É um fracasso. Teria ido à corte marcial se não tivesse se desligado dos Fuzileiros.

— Preciso dizer uma coisa... — começa então.

O iPhone de Rachel toca: *número desconhecido.*

Ela atende no viva voz, para que Pete também possa ouvir.

— Sim? — diz Rachel.

— Houve uma mudança de planos — anuncia a mulher que está com Kylie.

— Como assim?

— Você terá que depositar mais vinte e cinco mil dólares na conta da InfinityProjects.

— Nós já pagamos o resgate. É...

— Mas mudou. Às vezes eles mudam as coisas. Você terá que pagar mais vinte e cinco mil. Além disso, precisa concluir a segunda parte do processo hoje. Está entendendo? Se não fizer essas coisas *hoje*, terei que matar a Kylie.

— Não, por favor! Eu fiz tudo o que você mandou. Estou cooperando!

— Eu sei que está. Mas eles mandaram essa mensagem agora. Temos que fazer o que eles mandam, Rachel. Mais vinte e cinco mil e a segunda parte concluída, tudo até meia-noite. Se você não fizer isso, terei que matar a Kylie. Porque, se eu não fizer isso, eles matam o meu filho, então eu não tenho escapatória.

— Não, isso é loucura! A gente está cooperando, estamos fazendo...

— Você entendeu o que eu falei, Rachel?

— Sim, eu...

A ligação fica muda.

Mais vinte e cinco mil hoje? Como?

— Tem um carro chegando! — diz Pete, olhando pela janela da sala.

— Vindo pra cá?

— Vindo pra cá — afirma ele. — Duas pessoas. Um homem e uma mulher. Estão estacionando perto da minha caminhonete. Qual é o carro do Marty atualmente?

Rachel sai correndo até a janela da cozinha. O carro é uma Mercedes branca; o sujeito ao volante é Marty, e ela tem certeza de que a mulher ao lado dele é Tammy. Rachel só esteve com ela em uma situação, numa das vezes em que eles vieram buscar Kylie, e Tammy é uma loira de pernas longas e cabelos lisos num corte bob, exatamente como os da passageira ao lado de Marty.

— É o Marty!

Pete corre para a janela da cozinha.

— Jesus, é mesmo! O que ele está fazendo aqui? Achei que você tinha comentado que ele estava na Geórgia.

Rachel suspira.

— Hoje é sexta-feira. Ele veio pegar a Kylie pro fim de semana.

— Estamos em cima da hora. Temos que nos livrar deles.

— Eu sei!

Marty acena para ela pela janela. Rachel fica ali, perplexa junto à pia, vendo Marty e Tammy subindo os degraus. Marty abre a porta da cozinha, sorri para ela, inclina-se para a frente e lhe dá um beijo no rosto. Está com uma aparência ótima. Bem bonitão. Tipo estrela de cinema. Perdeu peso, o rosto dele está corado e finalmente parece ter encontrado um barbeiro que cortasse direito sua espessa cabeleira ondulada. Os olhos verdes brilham, mas as grossas sobrancelhas ficam franzidas de preocupação quando ele olha para ela.

Ela resiste à compulsão atávica da fraqueza, ao desejo de se jogar no peito de Marty, de enlaçar seu pescoço com os braços e chorar. Rachel funga, se recompõe e sorri.

— Puxa, você está ótima.

Marty é um ator e tanto na hora de mentir. Atrás dele ouve-se alguém pigarreando discretamente, e ele então abre espaço para Tammy.

— Bom, você se lembra da Tam, não?

Tammy é alta e bonita, com olhos azuis de um tédio mortal.

— Rachel! — diz ela, abraçando-a. — Como vai?

— Tudo bem — responde Rachel, respirando fundo.

Agora que passou o choque de dar de cara com o casal, ela só tem dois objetivos: tirá-los dali o mais rápido possível, sem dar motivo para que eles desconfiem da ausência de Kylie.

— Pete, o que você está fazendo aqui? — pergunta Marty.

Pete avança e abraça o irmão.

— E aí, Marty?

— Caramba, Pete, que ótimo te ver! Andou pegando sol, hein! Olha só o cara! Tammy, esse é o meu irmão, Pete — apresenta Marty.

— Que bom finalmente te conhecer pessoalmente — diz ela, beijando-o no rosto.

— Viu só? Toda boa-pinta e inteligência da família ficaram comigo — zomba Marty. — E o que te traz aqui, mano?

Rachel percebe claramente o cérebro de Pete funcionando, tentando pensar em algo para dizer.

— Chamei o Pete pra me ajudar com o telhado — responde ela.

— É, o telhado — concorda ele. — Dei um jeito nele.

— Puxa vida. Sinto muito, querida — diz Marty, aborrecido. — Você estava mesmo bem chateada ao telefone.

— Agora está tudo bem — fala Rachel, olhando para o relógio.

— E cadê a minha garotinha linda? Chegamos muito cedo? — pergunta Marty, nitidamente aliviado por ter escapado de uma briga monumental por causa do vazamento, olhando ao redor em busca de Kylie.

— Vão levar a Kylie pra um passeio? — pergunta Pete, exagerando no tom casual.

— Vamos levar a Kylie pra ficar um pouco com o papai e com a titia maluquinha, que nesse caso sou eu — responde Tammy.

— Kylie! — grita Marty.

— Ahhh! Eu já ia esquecendo... Isso é pra você — diz Tammy, pegando uma garrafa de champanhe numa sacola de compras. — Pelo seu primeiro aniversário que está chegando.

— Primeiro aniversário? — Rachel pensa alto. — Mas a gente só se divorciou em fevereiro...

— Não, não é isso. Tem um ano desde a sua última químio. Foi o que o Marty me contou. Já se passou um ano, e não voltou.

— Ah, sim, entendi. Um ano já? Jesus, o tempo voa, hein! — diz Rachel, ainda furiosa por ter esquecido que Marty vinha hoje.

— Um ano de completa remissão. Isso não é pouca coisa — comenta Marty. — Você devia comemorar, tem o fim de semana livre pra fazer o que quiser. Aproveita! Por que você não vai ao concerto do Max Richter, já que nunca conseguiu me arrastar com você?

Rachel põe a garrafa de champanhe, agora banhada em ironia, na bancada. Seria educado oferecer aos dois algo para beber, mas isso consumiria mais alguns preciosos minutos. Sua mente está a mil. Como ela vai explicar isso? Não pode dizer que Kylie está doente. Marty iria fazer questão de vê-la.

— Então... Augusta? — pergunta Pete, hesitante, sem querer puxar conversa, mas, ao mesmo tempo, tentando ganhar tempo para pensar.

— Por que você foi tocar nesse assunto? — faz Tammy, fingindo que está se enforcando.

— Puxa, cara... nossa, o clube de golfe é sensacional... — começa Marty.

— Cadê a Kylie? Está se aprontando? — pergunta Tammy. Ela pega a mão de Rachel, abre um grande sorriso para ela e checa o celular ao ouvir um *ping*.

*Essa juventude é mesmo demais,* pensa Rachel, desvencilhando a mão. *Para você ver, dá para esconder qualquer coisa por trás de um sorriso.*

*Qualquer coisa até...*

Então lhe vem um pensamento.

Um pensamento terrível.

Um pensamento diabólico.

— Que lindo o seu colar — diz ela a Tammy. — Estou querendo comprar uma *corrente*. O que você acha?

Tammy levanta os olhos do celular.

— O quê?

— Estou querendo comprar uma corrente. Como a sua. Não é pelo dinheiro, não é? É pela corrente.

— Pode ficar com ela se quiser, querida. Comprei na Filene's. Na liquidação.

Nem o menor vacilo. Ela não tem absolutamente nada a ver com a Corrente. Nem poderia. A seleção é quase totalmente aleatória. Por isso é genial. Rachel se vira para o ex-marido.

— Marty, olha só, nem sei como te dizer isso. Dei mole. Devia ter ligado. A Kylie viajou.

— Viajou?

— A culpa é toda minha por vocês terem vindo até aqui à toa. Esqueci completamente que vocês vinham hoje. Estou tão estressada com essa história de voltar a dar aulas depois de tantos anos, e ainda teve a questão do telhado... Estava tentando preparar minhas aulas e simplesmente esqueci — diz Rachel.

— Onde ela está?

— A Kylie foi pra Nova York — responde Rachel.

— Nova York? — pergunta Marty, intrigado.

— É que ela está fazendo um trabalho pra escola sobre Tutancâmon, e tem uma miniexposição no Met... E ela foi tão bem nesse bimestre que eu deixei.

— Em Nova York?

— É, eu fui com ela até o ônibus, a avó ficou esperando no Port Authority e a levou pro apartamento no Brooklyn. Ela vai ficar lá um tempinho pra ver tudo o que quiser sobre o Egito — diz Rachel.

As sobrancelhas de Marty se contraem.

— Mas estamos em novembro. Sua mãe não está na Flórida?

— Não, ela não foi esse ano. Ficou mais um tempo em Nova York porque o clima está muito bom.

— E quando a Kylie volta?

— Daqui a alguns dias. Parece que elas querem ir a um musical. Ééé... parece que a mamãe tem como conseguir entradas pra *Hamilton*.

— Ah, então vou perguntar pra Kylie. Quando é que elas vão? Vou mandar uma mensagem pra ela — diz Tammy.

— Você tem o celular dela? — pergunta Rachel, apavorada.

**129**

— Claro. E a gente se segue no Instagram. Mas acho que ela não postou nada sobre Nova York...

— Não, ééé...

— Estranho — diz Tammy, olhando para o celular. — A Kylie não posta nada no Instagram desde ontem de manhã. Normalmente ela posta duas ou três vezes por dia.

— Tem certeza de que ela está bem? — pergunta Marty, preocupado.

— Ela está ótima — insiste Rachel. — Provavelmente a avó confiscou o iPhone dela. Minha mãe vive dizendo que a gente deve olhar pro mundo real em vez de ficar com a cara enfiada numa tela a poucos centímetros do nariz.

Marty concorda.

— Isso é bem a cara da Judith mesmo — diz. — Mas puxa vida, Rachel. Por que você não ligou pra gente ou mandou uma mensagem? Teria nos poupado um tempo.

O sangue sobe à cabeça de Rachel. Mas que audácia! Era ele quem estava jogando golfe em Augusta enquanto a filha foi sequestrada. Foi ele que abandonou a esposa que estava se recuperando de um câncer para ficar com uma mulher mais jovem. Foi ele que...

Não.

Não é o momento de entrar em guerra. Ela tem de se mostrar superarrependida e acabar logo com isso.

— Desculpa, Marty. Desculpa mesmo. A culpa foi minha. Eu sou uma imbecil. É muita pressão, sabe? O emprego novo, voltar a dar aulas... Esse telhado. Desculpa.

Marty fica constrangido com a autorrecriminação de Rachel.

— Tudo bem, esquece. Tá tudo certo. Essas coisas acontecem, meu bem.

*Tire esses dois daqui agora!*, berra uma voz dentro da cabeça de Rachel.

— Querem ficar pra jantar? — pergunta ela, arriscando. — É uma pena vocês terem feito esse caminho todo até aqui e terem que voltar agora. Posso fazer... — ela tenta se lembrar do prato que Marty menos gostava. Mexilhão? Claro! Ele sempre detestou mexilhão ao alho — uma bela salada, e na peixaria aqui perto tem uns mexilhões incríveis.

Marty balança a cabeça.

— Não, não. É melhor a gente ir logo pra não pegar o trânsito da volta.

— Trânsito? — pergunta Tammy, intrigada. — O trânsito pesado é no sentido contrário.

— Vai ter trânsito — insiste Marty.

— Desculpa ter feito vocês virem até aqui à toa — diz Rachel.

Marty faz um gesto de cabeça solidário para ela.

— Tudo bem. Que tal no fim de semana que vem?

— Sim. E eu vou com ela até Boston pra vocês não precisarem vir até aqui. É o mínimo que eu posso fazer — diz Rachel, se perguntando se Kylie já estará de volta no próximo fim de semana. Se sua filha estiver com ela, e sã e salva, nada mais terá importância. Marty poderá levá-la àquele maldito aquário todo fim semana, até o fim dos tempos.

— Não precisa — diz ele, se despedindo com um abraço. Tammy a beija no rosto. Em cinco minutos eles estão lá fora novamente, entrando no carro.

Pete e Rachel acenam da entrada, voltam para casa e fecham a porta.

Já são cinco e vinte. Quanto tempo perdido! A aula de tiro com arco começa às seis, e Toby Dunleavy volta para casa às sete.

— Eles querem mais vinte e cinco mil até meia-noite, senão vão matar a Kylie — diz Rachel, tentando não entrar em pânico.

— Já estou cuidando disso — responde Pete, fazendo login num site de compras de Bitcoin na dark web.

— O que você vai fazer? — pergunta Rachel.

— Limite de crédito de quinze mil num cartão, dez mil no outro, nenhum problema — responde Pete.

— Você tem dinheiro no banco pra cobrir isso?

— E isso tem alguma importância? O que interessa é trazer a Kylie de volta.

Rachel dá um beijo na nuca de Pete e o ajuda a criar uma conta para transferir o valor.

— Está de olho na hora?

— Estou quase acabando — diz ele. — Pode ligar o Dodge. Não esquece de pegar as toucas e as luvas.

Ela corre para fora da casa, bota tudo no carro, enfia a chave na ignição e liga o motor.

Agora são cinco para as seis.

— Feito — declara Pete quando ela volta. Ele olha para a página de Helen Dunleavy no Facebook. — Ela está a caminho do clube. É melhor a gente ir também. Vou pegar a arma.

— Não quero que esse menino saia ferido — diz Rachel.

— Acho que a gente não vai precisar ferir ninguém, mas talvez seja necessário dar um tiro pro alto pra assustar algum samaritano. Tenho aqui um Colt 45 carregado e bem barulhento — garante Pete.

Rachel faz que sim. Fica pensando em suas palavras: *Não quero que esse menino saia ferido*. Esse menino. Esse menino tem nome: Toby. Toby Dunleavy. Mas será mais fácil pensar nele como *esse menino*. Algo abstrato. E não um ser humano. Não uma criança. Talvez eles precisem ameaçar *esse menino*. Na verdade, podem até ter de cumprir a ameaça.

Rachel estremece. Pete olha para ela.

— Tudo certo. Vamos — diz ela.

Eles entram no Dodge e seguem pela Rota 1 em direção a Beverly. O trânsito está mais intenso do que o normal, mas eles não ficam preocupados. São apenas vinte minutos de percurso, e ainda falta uma hora para acabar a aula de tiro com arco.

Pete pega a mão de Rachel e dá um leve apertão.

— Talvez seja melhor ligar pra sua mãe e avisar, caso o Marty ligue perguntando pela Kylie.

— Boa ideia — diz ela, digitando o número da mãe na Flórida.

— Estou indo jogar bridge, o que é? — atende Judith.

— Mamãe, presta atenção, acabei de dizer pro Marty que a Kylie está com você em Nova York.

— O quê? Que história é essa?

— Ele veio aqui hoje, é o fim de semana dele, mas a Kylie detesta a namorada nova dele e não queria ficar com eles, aí eu entrei em pânico e falei que ela tinha ido passar uns dias com você em Nova York.

— Mas eu estou na Flórida.

— Mamãe, eu sei que você está na Flórida, mas, se o Marty ligar, você tem que dizer pra ele que está no Brooklyn e que a Kylie está com você.

— E o que nós estamos fazendo em Nova York?

— A Kylie quer ver aquelas coisas todas do Egito no Met.

— Ela bem que ia gostar.

— E vocês têm ingressos pra *Hamilton*.

— E como foi que a gente conseguiu isso?

— Sei lá, pode ser uma amiga sua que passou os ingressos adiante.

Há um longo silêncio na linha enquanto Judith pensa.

— Você me meteu num belo monte de mentiras, Rachel. Agora vou ter que fingir que vi *Hamilton* se o meu ex-genro ligar. E o que eu vou dizer pra ele?

— Ah, mamãe. Não é possível que a senhora não consiga pensar em alguma coisa. Ah, e você também confiscou o celular da Kylie — solta Rachel no exato momento em que eles passam por uma placa com os dizeres BEVERLY, PRÓXIMA SAÍDA.

— Por que eu pegaria o celular da minha neta de 13 anos?

— Porque você não aguenta mais ver a garota indo até Nova York pra ficar o tempo todo com a cara enfiada num pedaço de vidro.

— Tudo bem, faz sentido mesmo — retruca Judith.

— Então tá, mãe. Muito obrigada. Você salvou a minha vida. Agora tenho que desligar — diz Rachel quando eles já estão chegando a Beverly.

— Se cuida, minha querida. Fico preocupada com você.

— Estou bem, mãe. Está tudo bem.

Ela desliga. Está chuviscando, e do mar vem um vento gelado.

— Esse tempo não me agrada — comenta Pete. — Helen pode mudar de ideia e ir pegar o Toby, em vez de deixar o menino voltar sozinho pra casa. Melhor eu checar.

Nada no Facebook, mas, graças ao vírus plantado no desktop dos Dunleavys, eles descobrem que Helen está escrevendo para a irmã, dizendo que, por recomendação dela, está vendo *Atômica* com Mike.

É a oportunidade deles.

**133**

Estacionam na Revenue Street às seis e meia, mas são surpreendidos por um grupo de crianças e adultos saindo do Old Customs Hall.

— Mas o que é isso? Quem são essas crianças? Meu Deus, acho que é o Clube de Tiro com Arco! — exclama Pete.

— Olha aqueles arcos todos! São eles! Já era! — exclama Rachel.

— Vai! Mete o pé! — diz Pete, e Rachel engata a marcha.

— Estou indo.

— Não estou entendendo. Eles deviam sair às sete. Por que eles saíram antes? E meia hora antes! Não faz sentido — diz Pete.

— Ai meu Deus. Meu Deus do céu — Rachel não para de repetir isso.

— Tudo bem — diz Pete em tom monocórdio. — Eles só estão indo embora. Vai dar tudo certo.

Rachel segue rapidamente pela Revenue Street. Dobra na Standore Street e lá, a quase cem metros adiante, os dois veem uma criança com casaco de capuz carregando uma bolsa, com a ponta de um arco composto para fora. A criança está com o capuz na cabeça e caminha em direção à casa dos Dunleavys.

— É ele? — pergunta Rachel.

— Não tenho a menor ideia, mas com certeza aquilo saindo da bolsa é a ponta de um arco. E não tem mais ninguém na rua. Por enquanto.

— Toucas ninja — diz Rachel, tentando desesperadamente não deixar transparecer o pânico na voz.

— Terreno limpo — diz Pete.

No fim das contas, eles nem precisaram de árvores ou do escuro para se esconder, pois a chuva deu um jeito de espantar possíveis testemunhas. Rachel aciona o limpador de para-brisa, apaga os faróis, continua seguindo com o carro e para na frente da criança.

— Ninguém por perto — diz Pete, olhando para os dois lados.

— Então vai!

Pete pula do banco do carona com o .45. Rachel o vê falando com a criança. Ele se vira e balança a cabeça para ela.

Há algo errado. Pete volta para o carro sem o garoto.

O que foi que aconteceu?

— Qual é o problema? — pergunta ela.

— É uma menina — diz ele.

Rachel abaixa a touca ninja e salta do carro. Com certeza é mesmo uma menininha magrela, de cabelos castanhos, com cerca de 8 ou 9 anos, carregando uma bolsa grande demais para seu tamanho.

— Você saiu agora do Clube de Tiro com Arco? — pergunta-lhe Rachel.

— Saí — responde a garotinha.

— Por que todo mundo saiu mais cedo? — pergunta Pete.

— O aquecedor está com defeito, então a gente teve que voltar pra casa. Por que vocês estão com essas coisas na cara?

— Como você se chama? — pergunta Rachel.

— Amelia Dunleavy.

— Onde está o seu irmão Toby?

— Ele foi pra casa do Liam e me mandou levar a bolsa dele pra casa.

— O que a gente faz agora? — pergunta Pete a Rachel.

— Vamos levar a menina — diz ela, decidida.

— Não era esse o plano.

— Mas agora é — responde Rachel. Ela sabe que não será capaz de fazer isso outra vez. E, se não conseguir fazer isso, Kylie estará morta.

— Vem, Amelia — diz Pete. — A gente leva você pra casa.

Ele a põe no carro, afivela o cinto de segurança dela, senta-se ao seu lado e trava a porta. Rachel dá meia-volta e segue em direção à saída da Rota 1A.

— Tem certeza disso? E os problemas de saúde dela? — pergunta Pete.

— A gente dá um jeito. Nada de amendoim nem derivados de amendoim. A gente compra uma caneta de adrenalina... Merda! — exclama Rachel, dando um murro no painel.

— Você não devia falar essa palavra! — intervém Amelia.

— Tem razão — retruca Rachel. — Desculpa, querida. Quantos anos você tem?

— Oito — responde Amelia. — Vou fazer 9 em dezembro.

— Quem deixa uma criança de 8 anos voltar pra casa sozinha à noite numa época dessas? Na chuva? Quem é capaz de fazer uma coisa dessas? — resmunga Rachel.

— Era pro Toby estar comigo. Hoje foi a minha primeira aula no Clube de Tiro com Arco. Eu já sei usar o arco pra crianças. Ele tinha que me levar para casa, mas foi pra casa do Liam porque a gente saiu cedo.

— E o Toby deixou você voltar sozinha?

— Ele falou que eu já sou grande. Deixou eu levar a bolsa dele — responde Amelia.

— Bom, agora você vai com a gente. Sua mãe disse que tudo bem. É uma aventura — conta Rachel.

Pelo retrovisor, ela vê Amelia balançando a cabeça.

— Não quero ir com vocês. Quero ir pra casa — resmunga ela.

— Mas você não pode ir pra casa. Precisa vir com a gente — insiste Rachel.

— Eu quero ir pra casa! — repete Amelia, começando a choramingar.

Rachel sente engulho quando Amelia começa a se debater e puxar o cinto de segurança.

— Eu quero ir pra casa! — berra Amelia, e Pete segura a garotinha rebelde com suas enormes mãos.

Ao sair da cidade, Rachel para o Dodge no acostamento num trecho isolado da Rota 1A, na área de mata pantanosa entre Beverly e Wenham. Desce do carro, tira a touca e vomita.

Cospe e vomita de novo. Sente um gosto amargo na boca. A garganta queimando. Lágrimas rolam pelo seu rosto.

Ela continua vomitando, até que já são apenas os movimentos peristálticos, pois não há mais nada para colocar para fora.

Pete abre a porta do carro e joga os sapatos de Amelia e a bolsa fora.

— Melhor jogar no pântano — diz. — Só pra garantir. Pode ter algum transmissor de GPS aí.

Rachel enfia os sapatos dentro da bolsa, puxa o zíper sem fechar completamente e atira tudo no charco, onde fica boiando. Ela não tem tempo para uma cena de afundamento de carro tipo Norman Bates em

*Psicose*, então vai chafurdando pelo atoleiro e afunda aquela porcaria com o pé. Então coloca a touca ninja de novo.

— Quer que eu dirija? — pergunta Pete quando ela volta para a picape. Ela balança a cabeça e se vira para Amelia, que tem lágrimas correndo pelo pequeno rosto. Os olhos dela estão arregalados. É evidente que a garotinha está apavorada.

— Vai dar tudo certo, benzinho — diz Rachel. — Só vamos ficar com você por uns dias. É uma brincadeira. A mamãe e o papai estão sabendo de tudo.

— Eles também estão brincando? — pergunta Amelia, surpresa.

— Sim, estão. Vai dar tudo certo. Eu juro — diz Rachel, engatando a primeira e dando a partida no carro.

— Agora você vai ter que colocar essa venda, querida — diz Pete. — Faz parte da brincadeira.

— Que nem cabra-cega? — pergunta Amelia.

— Isso — responde Pete.

— Já brinquei disso.

Ela põe a venda, e Pete e Rachel tiram as toucas ninja.

Mal saíram de Newbury quando Rachel vê a viatura pelo retrovisor.

— Polícia — diz, com toda a calma.

Pete olha para trás.

— A gente não fez nada de errado. Continua dirigindo, não acelera nem anda devagar — diz ele.

— Eu sei — resmunga ela. — Mas me dá uma arma. Se pararem o nosso carro, não vai ter conversa que tire a gente dessa.

— Rachel...

— Me dá!

Pete entrega o .45 a Rachel, que o deixa no colo.

— Você sabe usar isso? — pergunta ele.

— Sei. Já sabemos o que vamos fazer se formos parados?

— Sim — responde ele, prendendo a respiração.

# 27

*Sexta-feira, 18:57*

Os policiais seguem colados neles por uns trinta segundos, lentamente emparelham e acabam ultrapassando o carro deles.

É claro que passaram direto.

Rachel não fez nada de errado.

Ela segue para a casa dos Appenzellers.

Amelia está meio atordoada ou apavorada, talvez. Mas isso não importa, ela está obedecendo.

— Entra você com ela. Eu vou fazer as ligações — diz Rachel a Pete.

Quando não há mais ninguém na rua, Pete tira Amelia do Dodge e desce com ela para o porão.

Rachel fica no carro e acessa o Wickr pelo celular. Feito, manda ela para o contato.

O que está feito?, vem a resposta.

Sequestrei Amelia Dunleavy. Estou com ela aqui agora.

O celular de Rachel toca.

— Bom. Muito bom — diz a voz distorcida. — Vou ligar pra família dela agora. Você vai ligar pra eles depois e pedir cem mil dólares, a serem pagos em Bitcoins naquela mesma carteira.

— Cem mil! Mas isso...

— Equivale a apenas metade do que eles têm em aplicações. Eles podem pagar esse valor facilmente. Não é pelo dinheiro, Rachel.

— Eu sei. É pela Corrente.

— Exatamente. Vou telefonar pra eles e mandar eles pegarem papel e caneta. Você vai falar com eles daqui a cinco minutos contados a partir de agora de um celular descartável. Eles estarão esperando a sua ligação.

A linha fica muda.

Rachel liga para Pete de um celular descartável.

— Alô? — atende ele.

— Tudo certo? — pergunta Rachel.

— Ela está apavorada, é óbvio. Morrendo de medo. Estou dizendo que somos amigos da família dela. Ela meio que acredita e meio que não.

— Cuida dela, Pete. Nada de amêndoas, amendoins ou castanhas por aí. Não sei qual o grau de sensibilidade dela, então temos que ser mais do que cuidadosos. Não podemos bancar a babá burra, que nem nesses filmes...

— Não vamos.

— Temos que ler os rótulos de tudo que dermos pra ela comer e comprar uma caneta de adrenalina.

— Pode deixar. Vou cuidar disso. Acho que dá pra comprar pelo eBay. Já ligou pra família?

— Vou ligar agora.

— Usa outro telefone. Se afasta um pouco da casa pra ligar.

— Boa ideia. Vou fazer isso.

Ela sai dirigindo rápido na direção do estacionamento perto do mar. Digita o número dos Dunleavys.

— Alô? — diz uma mulher, ansiosa.

— Peguei a sua filha Amelia. Ela foi sequestrada. Nem pense em chamar a polícia. Se você chamar a polícia ou alertar as Forças de Segurança, eu mato a sua filha. Entendeu?

Helen começa a gritar.

Rachel a acalma dizendo que, se ela não se acalmar, vai meter uma bala na cabeça da criança.

A conversa dura dez minutos.

Ao desligar, Rachel sai do carro e vomita de novo, e depois mais uma vez, até não restar mais nada no estômago.

Ela olha para o mar escuro arrebentando na costa.

Então se senta na areia quando uma chuva fria e forte começa a cair.

A cabeça dói. Parece que o crânio vai explodir.

Rachel fica ali por mais uns cinco minutos, até que se levanta, pisoteia o celular descartável e joga os pedaços no mar. Vira o rosto para a chuva que cai e implora à água que a purifique. Mas de nada adianta.

Telefona para Pete de outro celular descartável.

— Pronto. Tudo bem por aí?

— Mais ou menos. Botei a algema e acorrentei ela à pilastra. Ela não se importou muito. Não está gritando nem dando escândalo, mas está chorando porque quer a mãe e falou que não pode ficar aqui sem o Sr. Boo. Parece que é um urso. Tem um monte de bichos de pelúcia aqui, mas parece que só o Sr. Boo serve.

— Eu entendo — diz Rachel.

Ela entra no carro, vai até sua casa e sobe ao quarto de Kylie, onde encontra Marshmallow, o coelhinho de pelúcia cor-de-rosa da filha. Como a filha está conseguindo dormir sem Marshmallow e sem o gato dela?

Ela pega Marshmallow, veste um casaco com capuz e corre na chuva até a casa dos Appenzellers.

Bate na porta dos fundos, e Pete a abre. Ele está falando ao telefone. Com cara de preocupação.

— O que foi? — sussurra ela.

— O Amex está verificando a transação — responde ele, tapando o fone com a mão.

— O Visa fez a mesma coisa comigo. Se o dinheiro não for transferido essa noite, eles matam a Kylie.

— Eu sei. Pode deixar que eu cuido disso — responde ele. Pete não parece nada bem; está agitado, com os olhos esbugalhados, suando.

— Você está bem?

— Sim, tá tudo bem. Vou cuidar disso.

Rachel coloca a touca ninja e desce até o porão.

Amelia está exausta. Já chorou, se debateu, chorou de novo, e provavelmente agora só quer dormir, mas não consegue porque o Sr. Boo não está com ela. Está sentada no saco de dormir sobre o colchão, cercada de Legos, jogos e bichos de pelúcia que não têm nada a ver com ela.

Rachel se senta ao seu lado.

— Eu sei que você está com medo, querida, mas não precisa ter medo de nada. Você está segura aqui, eu juro. Não vou deixar acontecer nada com você.

— Eu quero a minha mãe — diz Amelia.

— Eu sei. Logo, logo você vai estar com ela. Olha, fiquei sabendo do Sr. Boo e, embora a gente não tenha o Sr. Boo aqui, esse aqui é o amiguinho especial da minha filha, o Marshmallow. Ela tem ele desde que nasceu. E ele é muito, muito especial mesmo. Tem treze anos de amor dentro dele.

Amelia olha desconfiada para Marshmallow.

— Eu quero o Sr. Boo.

— A gente não tem o Sr. Boo, mas tem o Marshmallow — insiste Rachel. — O Marshmallow é amigo do Sr. Boo.

— É?

— Claro, eles são muito amigos.

Rachel o entrega a Amelia e ela o pega, hesitante.

— Quer que eu conte uma história? — pergunta Rachel.

— Acho que sim...

— Você gosta de leite e biscoito?

— Gosto.

— Espera um pouquinho que eu vou ver o que posso fazer.

Ela sobe. Pete está na varanda tentando convencer a American Express a aprovar a transação. Se ele não conseguir fazer isso, uma louca vai matar sua filha dentro de duas horas.

Rachel bate na porta da cozinha, e Pete se vira para ela.

— O que eles falaram? — pergunta ela.

— Ainda estou conversando com eles.

Rachel lê o rótulo dos biscoitos Lorna Doone e pesquisa os ingredientes no Google para ter certeza de que a menina pode comê-los. Nada de nozes, sementes ou castanhas. Desce de novo para o porão com o leite e os biscoitos.

Ela conta a Amelia a história de Cachinhos Dourados e os três ursos, e a menina fica contente porque conhece essa história.

Ela então conta a de João e Maria, que Amelia também conhece.

Histórias de criancinhas sobrevivendo aos perigos da floresta.

Pobre Amelinha, desaparecida como aquela outra Amelia há tantos anos.

Ela é uma boa menina. Uma garota inteligente. Rachel gosta dela. Como poderia não gostar? E como poderia fazer mal a ela?

Meia hora depois, Pete aparece no alto da escada e faz um sinal de positivo com o polegar.

— A transferência foi feita?

— Foi.

— Graças a Deus!

— Como está a Amelia?

— Vem ver.

— Ela está dormindo. Como você conseguiu fazer isso? — sussurra Pete, já ao pé da escada.

— Leite, biscoitos e o Marshmallow, aparentemente.

— Quais biscoitos?

— Lorna Doone. Tudo certo. Eu chequei.

— A caneta de adrenalina já está vindo. Comprei pelo eBay.

— Mas mandou entregar aqui?...

— Não. Vai pra um posto de coleta do eBay em Newbury.

— Ótimo.

— Eu fico aqui essa noite — diz Pete. — Vai pra casa, você parece esgotada.

— Eu deveria ficar.

— Não. Vai pra casa, por favor.

Ela não quer discutir com ele. Está *mesmo* esgotada. Completamente acabada. Tira uma foto de Amelia com um dos celulares descartáveis.

— Vou mandar pra eles.

— Dorme um pouco, Rachel.

— Não estou cansada — insiste ela.

Pete coça o braço, está suando. Parece ligeiramente distante, indisposto.

— Tem certeza de que você está bem? — pergunta ela.

— Eu? Estou ótimo. Pode ir, vou ficar bem aqui.

Ela assente e sobe a escada. Sai pela varanda. Caminha pela praia. Está em casa.

A chuva gelada lhe faz bem. Ela precisa mesmo de desconforto, sofrimento, dor... Chegando à porta de casa, telefona para os Dunleavys de outro celular descartável.

— Sim? — atende Helen, arfante, em pânico.

— É melhor tratar de providenciar esse dinheiro e o alvo. Vou te mandar uma foto da Amelia. Ela está dormindo, está bem.

— Deixa eu falar com ela!

— Ela está dormindo. Vou mandar uma foto.

Quando a foto é enviada, Rachel destrói o celular e entra em casa.

Ela prepara uma xícara de café e começa a acompanhar as atividades dos Dunleavys pelo computador espelhado. Nenhum e-mail nem mensagem de texto para a polícia.

À meia-noite, o iPhone de Rachel toca.

— Alô?

— Rachel? — sussurra uma voz.

— Sim.

— Eu não devia estar te ligando. Eu só queria que você soubesse que o meu filho foi libertado há uma hora. Ele está com a gente agora!

— O seu filho voltou?

— Voltou. Nem consigo acreditar nisso! Estou tão feliz! Ele está salvo e está aqui em casa com a gente. Eu tinha até medo de alimentar muita esperança... mas ele voltou.

— Mas... então... será que agora você tem como libertar a Kylie?

— Não posso. Você sabe que eu não posso. A Corrente tem que continuar. Você precisa confiar no processo. Se eu quebrar a Corrente, começa a retaliação. Eu vou estar em perigo, meu filho vai estar em perigo, e a Kylie e você também.

— A não ser que eles estejam blefando.

— Não, eles não são gente de blefar. Acho até que eles iam gostar se desse tudo errado e a gente começasse a se matar. Você viu o que aconteceu com aquela família.

— Vi.

— Eles me contaram sobre uma vez, há muitos anos, quando uma pessoa desertou e as punições alcançaram sete níveis pra trás na Corrente. Só aí as coisas começaram se acalmar.

— Merda!

— Mas eu quero que você saiba que está a um passo de ter a Kylie de volta. Logo, logo isso vai acabar, Rachel. Pode ter certeza.

— Ai meu Deus, espero mesmo que sim.

— Vai, sim.

— Como você conseguiu? Como conseguiu passar por tudo isso? De onde tirou forças?

— Não sei, Rachel. Acho que você precisa apenas focar no momento em que vai estar com a Kylie de novo. Tudo o que fizer, cada decisão que tomar, é um meio pra chegar a esse fim, entende?

— Sim.

— Houve um incidente quando pegamos a Kylie, uma coisa horrível. Não aconteceu nada com ela. Ela está bem. Mas eu tive que fazer uma coisa terrível, e a pessoa que eu era antes estaria morrendo de agonia pelo que eu fiz naquele momento. Mas sabe o que eu estou sentindo agora? Nada. Nada a não ser alívio. Eu fiz o que tinha que fazer e consegui meu filho de volta. E isso é a única coisa que importa.

— Acho que eu entendo.

— Você só precisa aguentar mais um pouco.

— Eu vou aguentar.

# 28

*Sábado, 00:07*

Mike Dunleavy olha para a mulher, que está chorando aos soluços, enroscada em posição fetal no chão do banheiro. Ele se deita ao seu lado e começa a chorar também.

Coloca a arma no chão. A essa altura do campeonato, não há motivo para ficar andando pela casa com uma arma carregada.

A pistola não tem utilidade. Não há ninguém para ele matar.

— Como o Toby está? — pergunta Helen, com lágrimas escorrendo pelo rosto.

— Está dormindo. Falei pra ele que a Amelia vai passar alguns dias na casa de uma amiga.

— Ele acreditou?

— Não deu bola. Só queria saber onde estava o equipamento de tiro com arco. Eu disse que estava guardado.

— Você acha que a gente deve rezar pedindo ajuda a Deus? — pergunta Helen.

— Nós vamos fazer isso?

— Nós temos que fazer.

— Não temos, não. Podemos chamar a polícia.

— Eles matam ela se a gente chamar a polícia. A mulher que está com ela é um monstro. Senti isso pela voz dela. Nós somos os piores pais do mundo. Sabe aquelas pessoas que têm overdose dirigindo? Somos mais idiotas do que elas!

Helen começa a chorar de novo. Soluços longos e arfantes, como se estivesse morrendo. Mike olha para o rosto dela à fraca luz que entra pela janela do banheiro.

Ela parece frágil e destruída, totalmente perdida. Ele não tem palavras.

— Como é que a Amelia vai dormir sem o Sr. Boo? — pergunta ela.

— Não sei.

— Vamos pegar ela de volta, não vamos? Diz que ela vai voltar — pede Helen.

— Vamos pegar ela de volta. Vamos fazer tudo o que pudermos. Nem que eu tenha que matar todos esses canalhas, ela vai voltar.

# 29

*Sábado, 5:38*

Ainda está escuro lá fora, mas talvez um pouco mais claro a leste. Kylie não consegue dormir. Não dormiu nada desde que conseguiu botar a mão na chave inglesa.

Com toda a adrenalina correndo pelo seu corpo a noite inteira, foi impossível dormir. Ela só terá uma oportunidade, e não pode perdê-la.

O plano é simples. Todos os melhores planos são simples. Não são?

Entrar no barco, encontrar a baleia, matá-la.

Entrar no barco, encontrar o tubarão, matá-lo.

O homem ou a mulher vai descer a escada trazendo uma bandeja com uma tigela de cereal e um copo de suco de laranja. Vai se curvar para deixar a bandeja. Depois vai tirar a tigela e o copo da bandeja.

É aí que Kylie vai bater com a chave inglesa na cabeça dele ou dela, com força.

Uma pancada com o máximo de força que ela conseguir reunir, bem no alto da cabeça. Segurando a chave inglesa com as duas mãos, para deixar a pessoa inconsciente.

A pessoa estará no chão, inconsciente. Se Kylie tiver sorte, ele ou ela vai estar com a chave das algemas. Kylie vai se libertar delas, subir a escada correndo e seguir até a estrada mais próxima. Mas, se a chave não estiver com a pessoa, Kylie vai ter de usar a arma. A arma é a peça crucial. Não houve uma única vez em que um deles tenha descido sem estar armado.

Se a pessoa não estiver com a chave, Kylie vai esperar até que o homem ou a mulher volte a si e vai apontar a arma para a cabeça dele ou dela, chamar o outro e obrigar os dois a lhe entregar a chave das algemas. Caso contrário, ela atira.

Se eles não acreditarem, ela atira bem no joelho de quem estiver em sua mira. Seu tio Pete a levou para praticar tiro na floresta algumas vezes. Ela sabe disparar um revólver. Soltar a trava, checar o tambor, puxar o gatilho. O cúmplice irá buscar a chave e entregá-la para ela, mas, se um deles resistir, Kylie faz um trato com eles: quando voltar para casa e estiver com sua mãe, vai dizer que não se lembra de onde era o cativeiro. Ficará um dia inteiro sem conseguir lembrar. Isso dará a eles vinte e quatro horas para fugir do país.

Kylie está satisfeita com o plano. É lógico e racional, e ela não vê nenhuma razão para que não funcione. A parte mais difícil será no início, mas num segundo já terá passado. *Você consegue, garota. Claro que consegue,* pensa ela. Mas está tremendo de medo deitada no saco de dormir.

*Tremendo* não é bem a palavra. *Sacudindo violentamente* talvez seja o mais próximo da verdade. Mas coragem é coisa de família. Ela pensa na mãe enfrentando todas aquelas sessões de quimioterapia. Pensa na avó brigando com a Universidade de Nova York durante aqueles anos todos para continuar morando numa das casas do corpo docente depois que o marido fugiu com uma aluna. E pensa na bisavó Irina, a garotinha decidida que não sossegou enquanto não obrigou a família a subir numa carroça puxada por um burro e fugir para o leste com o Exército Vermelho em retirada, até chegar a um trem que os levou a uma estranha cidade com um enorme domo chamada Tashkent. Ficaram quatro anos lá sem um tostão, completamente marginalizados, e, quando voltaram para a *shtetl* na Bielorrússia, no outono de 1945, descobriram, obviamente, que todas as pessoas que tinham permanecido lá haviam sido mortas pelos alemães. Não fosse a coragem da bisavó, Kylie não estaria aqui hoje.

É disso que ela precisa agora: a coragem e a determinação da pequena Irina, da de sua mãe e de sua avó. Da coragem de todas as mulheres, de todas as suas antepassadas. Examina a chave inglesa mais uma vez. Pesada. Tem uns dezoito centímetros. Provavelmente alguém a esqueceu ali depois de consertar o boiler. Mais chance de ter sido um técnico do que um dos donos da casa. Eles não têm cara de quem conserta boiler. Não é o tipo de chave inglesa capaz de quebrar uma corrente, mas talvez seja grande o suficiente para quebrar a cabeça de alguém.

E isso é o que ela logo vai descobrir.

# 30

*Sábado, 6:11*

Rachel checa os alertas sobre desaparecidos, relatórios da polícia e o noticiário em busca de informações sobre uma criança sumida, e está o tempo todo de olho no espelhamento do computador dos Dunleavys.

O dia clareando. A hora da verdade. Tão tarde. Tão cansada.

*Não caia no sono, não caia no sono, não caia no sono...*

Ela fecha os olhos por alguns segundos.

Vazio.

Luz do sol.

Pássaros cantando.

Merda.

Que dia é hoje?

As horas são como anos, e os dias parecem décadas. Há quantos milênios ela está nesse maldito pesadelo?

Outra manhã. Aquela sensação no estômago, aquele arrepio na espinha, aquele pavor. Ninguém sabe o que é medo até ver o filho em perigo. Morrer não é a pior coisa que pode acontecer com uma pessoa. A pior coisa que pode acontecer a alguém é ver alguma coisa acontecendo com o seu filho. O nascimento de um filho transforma imediatamente qualquer um em adulto. O absurdo é o descompasso ontológico entre o desejo de significado e a incapacidade de encontrar significado neste mundo. O absurdo é um luxo fora do alcance dos pais com filhos desaparecidos.

Está sentada à mesa da sala de estar. Eli, o gato, mia ao seu lado. Há quase dois dias ninguém põe comida para ele.

Ela enche sua tigela, bebe uma caneca de café frio e vai para o deque. Veste então um casaco e segue pela trilha da bacia das marés até a casa dos Appenzellers.

O sol vai subindo sobre o Atlântico e sobre os casarões do leste da ilha. Seu iPhone toca. *Número desconhecido.* Ela sente um frio no estômago. O que será agora?

— Alô?

— Preciso de você! Vem pra cá! — grita Pete.

— Estou a dois minutos daí.

— Corre! Preciso de ajuda.

Rachel sai correndo e entra no Northern Boulevard. Com o coração disparado, desce o caminho até a praia e sobe a escada dos fundos da casa dos Appenzellers.

Não gosta nada de ver a porta aberta.

Entra.

Sobre a mesa da cozinha estão o .45 de Pete e uma bolsa que parece cheia de drogas. O que é isso? Será que Pete é usuário? Sua cabeça está a mil.

Será que ela pode confiar nele? Meu Deus, será que ele está metido nisso tudo?

Rachel acha que conhece Pete, mas até que ponto se conhece mesmo alguém? Ele é louco por Kylie, mas já foi preso algumas vezes, e ela nem sabe muito bem o que ele andou fazendo nesses anos todos desde que saiu dos Fuzileiros.

Ela balança a cabeça. Não, Deus do céu. É o Pete! É paranoia da sua cabeça. A Corrente não tem nada a ver com Tammy nem com Pete.

Mas e as drogas? Isso é muito sério. Ela terá de...

— Rachel! Aqui embaixo! Bota a touca.

Ela coloca a touca ninja e desce correndo a escada do porão.

Pete está segurando Amelia, envolta numa toalha, tremendo e se contorcendo. Há cereal derramado no chão.

— O que foi que aconteceu?

— Eu dei Rice Krispies pra ela. Achei que estivesse tudo bem! Não li as letrinhas miúdas. Diz que pode conter vestígios de nozes e castanhas.

— Meu Deus!

— A caneta de adrenalina só chega daqui a algumas horas — revela Pete, em pânico.

Os lábios de Amelia incharam, e ela apresenta uma palidez cadavérica. Há espuma nos cantos da boca da menina e sua respiração é curta e ofegante.

Rachel toca a testa da menina com as costas da mão.

Febre.

Levanta sua blusa.

Urticária.

Rachel abre a boca de Amelia e a examina. Não há obstrução. A língua não está inchada. Ainda.

— Está com dificuldade pra respirar, Amelia? — pergunta Rachel. — Está conseguindo respirar? Me responde.

Amelia faz que sim com a cabeça.

— O que a sua mãe faz quando você fica assim?

— Médico.

Ela está coberta de suor, a respiração vai ficando mais penosa.

— Temos que levar essa menina pra um hospital — diz Pete.

Rachel se vira para ele. No que ele está pensando? Hospital? Não há a menor possibilidade de eles levarem Amelia a um hospital. Se fizerem isso, o jogo acabou e Kylie está morta.

— Não — diz ela.

— Ela está tendo uma reação alérgica — fala Pete.

— Estou vendo.

— Ela precisa de um médico. Não temos a caneta de adrenalina aqui.

— Nada de médico — insiste Rachel. — Vou ficar com ela no colo.

Ela pega a menina e Pete finalmente entende.

— Tem certeza?

— Tenho. Já decidi.

Uma decisão terrível, que a Corrente a obrigou a tomar.

Ou a menininha morre ali mesmo em seus braços ou, de alguma forma, vai melhorar.

— Vou ficar aqui com ela. E você vai se virar e arrumar uma caneta de adrenalina!

— Como?

— Assalta a porra de uma farmácia! Sei lá. Vai!

Pete sobe as escadas correndo.

— Vou deixar a arma com você — diz, da cozinha.

— Tá bom. Vai logo!

Ela escuta a porta dos fundos bater.

Está embalando Amelia.

— Médico — diz a menina.

— Sim, meu bem — retruca Rachel.

Não vai ter médico nem hospital.

Se a menina morrer, ela e Pete abandonam a casa e tentam de novo. A polícia vai encontrar uma menininha morta acorrentada a uma pilastra, coberta de saliva e vômito, cercada de bonecas, brinquedos e jogos. Será uma das mais cruéis cenas de crime que jamais terão visto.

O rosto de Amelia está pálido. Os olhos, vidrados. Ela começa a tossir.

Ir a um hospital poderia salvá-la.

Um paramédico do Corpo de Bombeiros de Newburyport poderia salvá-la.

Mas Rachel não vai chamar paramédicos, nem médico, nem hospital nenhum. Isso serviria apenas para matar Kylie. Se tiver de escolher entre Amelia e Kylie, ela vai escolher Kylie.

Rachel começa a chorar.

— Tenta respirar mais devagar — diz ela para Amelia. — Devagar, com calma, inspira profundamente.

Ela sente o pulso de Amelia. Está ficando mais fraco. A garotinha está esverdeada. A pele está ensopada, como se ela tivesse saído do banho.

— Eu quero o papai — geme Amelia.

— A ajuda já está chegando. Eu juro.

Rachel continua embalando a menininha nos braços. Ela está morrendo. Amelia está morrendo e não há nada que Rachel possa fazer.

Quem sabe um anti-histamínico ajude. Talvez tenha alguma coisa lá em cima, no armário de remédios.

Ela pega o celular e pesquisa no Google *alergia a amendoim* e *anti-histamínicos*. O primeiro artigo que aparece diz que não é para dar anti-histamínicos a uma criança com uma reação alérgica grave, pois esse tipo de medicamento não trata a anafilaxia e pode piorar as coisas.

— Vamos lá, Pete — diz Rachel em voz alta. — Vamos.

Amelia está mole e quente, com espuma saindo dos lábios.

— Mamãe — chama ela, gemendo de novo.

— Está tudo bem — mente Rachel. — Está tudo bem.

Ela aperta a menina bem forte contra o corpo.

Os minutos vão passando. Amelia não melhora, mas não piora.

A casa está em silêncio.

Ela ouve as gaivotas, o mar, um *toc-toc-toc...*

Ãhn?

Ela se senta no colchão para ouvir melhor.

Ouve mais uma vez o *toc-toc-toc.*

Mas o que é isso?

— Elaine? — chama alguém.

Tem alguém batendo à porta da casa.

Alguém lá em cima.

Uma mulher.

Ela deita Amelia no colchão, sobe a escada do porão sem fazer barulho e vai engatinhando até o corredor.

*Toc-toc-toc* de novo. E outra vez ela escuta:

— Elaine? Você está em casa?

Rachel está deitada, imóvel, no chão do corredor.

— Elaine? Tem alguém em casa?

A vozinha de Amelia se faz ouvir pela porta aberta do porão.

— Mamãe...

— Elaine? Pessoal, vocês estão em casa?

Rachel vai se arrastando até a cozinha.

A bolsa com drogas não está mais ali, mas Pete deixou o .45.

Rachel o apanha na mesa da cozinha e segue sorrateiramente para a sala. Tem mesmo uma cretina lá fora. Mesmo se Elaine estivesse em casa, não ia gostar que alguém estivesse batendo a sua porta às seis e meia da manhã.

— Ãããã... — geme Amelia.

Com o coração na boca, Rachel desce a escada furtivamente, quase escorregando e quebrando o maldito pescoço. Corre até Amelia e bota o dedo em seus lábios

— Shhh — faz Rachel.

— Elaine, você está aí ou não? — insiste a voz na porta. — Achei que tivesse visto movimento aí dentro!

Amelia geme mais alto, e Rachel não tem escolha senão tapar a boca da menina. Amelia não consegue respirar direito pelo nariz. Começa a se debater, mas está fraca demais para opor resistência.

— Shhh — repete Rachel. — Calma. Está tudo bem, está tudo bem.

E a aperta contra o peito.

O barulho lá em cima cessou.

Passam-se dez segundos.

Quinze.

Vinte.

Trinta.

— Acho que não tem ninguém em casa — diz a voz lá fora.

Rachel ouve a mulher descendo a escada da varanda, e, instantes depois, escuta o pesado portão da frente sendo fechado. Ela tira a mão da boca de Amelia e a menininha arfa, desesperada por ar.

Rachel sobe correndo e vai até a janela do térreo. A bisbilhoteira é uma idosa de galochas e capa de chuva roxa.

— Meu Deus — diz Rachel para si mesma.

Completamente exausta, ela se senta no chão, esperando a chegada da polícia.

Como eles não chegam, ela volta ao porão para ficar com Amelia.

A menina parece um pouco melhor. Ou será que é porque Rachel quer muito isso?

Ela liga para Pete, mas ele não atende.

Então espera dois minutos e liga de novo. Nada.

Onde é que ele está? Que diabos está fazendo?

Tinha drogas naquela bolsa mesmo? Será que ele está chapado? Ela sabe que Pete passou um tempo na clínica dos veteranos em Worcester no último ano, mas não perguntou o que havia acontecido. Pete nunca foi de falar muito, e ela não queria pressioná-lo.

Onde é que ele está?

Será que abandonou as duas ali?

Amelia está deitada ao lado dela agora, tossindo.

Rachel a acomoda no saco de dormir e passa os braços ao redor dela, como uma mãe faria. Acaricia sua testa e a embala.

— Vai dar tudo certo, meu bem — diz com suavidade. — Querida, eu juro que daqui a uma hora ou duas você vai estar bem.

Rachel a embala, conversando com ela e ao mesmo tempo se sentindo a maior fraude do mundo. Cinco minutos se passam em câmera lenta. Ela chegou a pensar em deixá-la morrer. Estava preparada para deixá-la morrer. Ela a deixaria morrer se...

PÃ-PÃ-PÃ.

PÃ-PÃ-PÃ.

PÃ-PÃ-PÃ.

Rachel se arrasta de novo até o alto da escada.

PÃ-PÃ-PÃ.

PÃ-PÃ-PÃ.

PÃ-PÃ-PÃ.

Na ponta dos pés, vai até o quarto do segundo andar e olha pela janela.

É um policial de Newburyport.

A velha que veio até aqui atrás de Elaine chamou *mesmo* a porra da polícia.

— Tem alguém aí? — pergunta o policial, batendo mais uma vez.

Rachel prende a respiração. Se por acaso Amelia conseguir gritar, o policial certamente vai ouvir.

— Alguém em casa? — insiste o homem.

Ele olha pela fenda da caixa de correio e examina as janelas. Rachel se esconde atrás da cortina. Se estiver desconfiado, ele vai arrombar a porta. E aí?

Se Rachel atirar nele, não vai resolver o problema. Outros policiais vão aparecer para investigar. E depois outros. E o sequestro terá ido por água abaixo, e Kylie vai morrer. Mas, se ele encontrar Amelia, Rachel vai ser presa e Kylie morta.

O policial recua alguns passos e observa a lateral da casa. Se vir a janela que foi tapada recentemente com um tapume...

Rachel desce a escada correndo.

Amelia continua gorgolejando no porão. Um terrível som de quem está sufocando.

Talvez esteja até tendo uma parada cardíaca agora. Rachel atravessa a cozinha correndo, enfiando o .45 na parte de trás da calça. Precisa dar um jeito nesse policial. Se a brincadeira acabar, Kylie está morta. Simples assim.

Rachel sai pela varanda dos fundos e segue pelo caminho de areia até chegar à frente da casa.

— Ei, você aí! — grita ela, da rua.

O policial se vira para ela. Ela o reconhece. Já o viu alguma vezes na sorveteria de Ipswich. Certa vez ele multou Marty por eles terem estacionado perto demais do hidrante em frente a uma barraca de hortaliças. Ele tem 20 e poucos anos. Kenny não sei o quê.

— Oi — responde o policial.

— Você veio porque eu chamei? — pergunta ela.

— Você chamou a polícia?

— Elaine Appenzeller pediu pra eu ficar de olho na casa enquanto ela está na Flórida. Eu vi uns garotos brincando por aí. Mandei eles caírem fora e ameacei chamar a polícia. E aí...

— Eles não foram embora? É isso?

— Não. Mas agora eles foram, claro. Agora que você está aqui. Desculpa. Não devia ter chamado, não é? Quer dizer... Eles estavam invadindo a propriedade. Isso é contra a lei, certo?

— Como eles eram?

— Ah, não, não tem necessidade de nenhuma investigação! Eram só meninos de 10 anos. Olha... desculpa. Eu só estava querendo assustar os garotos quando disse que ia chamar a polícia, mas aí eles ficaram me encarando, do jeito que a garotada dessa idade faz... Aí eu falei "Vou apertar o número", e devo ter apertado mesmo...

Kenny sorri.

— A senhora fez o que devia fazer. Não sei se dá pra responsabilizar meninos de 10 anos por invasão, mas, se ninguém fizer nada a respeito, o passo seguinte é arrombar e invadir propriedades. A senhora nem imagina quantos desses casarões de veraneio são invadidos na baixa temporada.

— É mesmo?

— Se é. Em geral é garotada mesmo, claro. São pouquíssimos os casos de arrombamento de verdade... muitas vezes eles usam as casas pra consumo de drogas ou pra propósitos imorais.

— Propósitos imorais?

Kenny fica vermelho.

— Sexo — explica.

— Ah!

Os dois ficam se olhando.

— Bom, vou só ver se a porta da frente e a dos fundos estão trancadas e depois vou embora — diz ele.

Rachel não pode deixá-lo fazer isso. A porta dos fundos vai entregar tudo.

Ela se pergunta se Amelia ainda está viva lá embaixo no porão. Ela se pergunta como a Rachel de agora é capaz de pensar numa coisa dessas com tanta frieza e indiferença. A Rachel de ontem estaria com o coração partido. Mas a Rachel de ontem está morta e desaparecida.

Ela puxa o fio solto do suéter vermelho e apalpa o .45 nas costas. A arma do policial está no coldre. Ela podia obrigá-lo a entrar na casa sob a mira da arma e executá-lo, então tirar Amelia de lá e levá-la para outro esconderijo.

— A gente já não se viu algumas vezes em Ipswich, na sorveteria White Farms? — pergunta então.

— É, costumo ir lá — responde ele.

— Sou doida pelos crocantes. Qual o seu sabor favorito?

— Framboesa.

— Nunca experimentei.

— É muito bom.

— Sabe qual sabor eu nunca experimentei mas tenho vontade? O Escandaloso. Aquele que tem um pouco de tudo.

— É, sei qual é. Meio pesado.

— Quem sabe, se você não estiver fazendo nada, sei lá... — diz ela e sorri.

Kenny é meio lerdo para entender as coisas, e Rachel imagina que não seja todo dia que uma mulher mais velha e razoavelmente atraente dá em cima dele, mas o rapaz acaba entendendo que ela está flertando com ele. Na verdade, deve estar pensando que ela inventou essa história toda dos garotos no jardim só para que ele viesse até aqui.

— Se quiser me dar seu telefone, eu...

— Sim — responde Rachel. — Essa semana não dá, mas semana que vem, se você não estiver muito ocupado... Ou então a gente pode sair pra beber alguma coisa ou algo assim. Quer dizer, se estiver muito frio pra tomar sorvete — acrescenta, abrindo seu melhor sorriso.

Kenny sorri também.

— Tem papel e caneta? — pergunta ela, percebendo que ele não tem. — Na viatura?

Ela o acompanha até o veículo, acidentalmente tocando seu braço algumas vezes. Então lhe dá o número de seu telefone e lhe agradece.

— Vou verificar as trancas. De qualquer maneira, tenho que entrar pra colocar comida pros peixes — diz Rachel.

— Posso ir com você — Kenny se oferece.

Ela balança a cabeça.

— Não precisa, eu me viro sozinha, tenho um coração de leão... e acabei sendo proibida de entrar no zoológico de Boston por isso.

Kenny nunca tinha ouvido essa antes e acha graça. Ele entra na viatura e Rachel novamente sorri, acenando, quando ele dá a partida.

Quando o carro está fora de vista, ela corre até a porta dos fundos, entra pela cozinha e desce para o porão, colocando a touca ninja.

— Aguenta firme, querida! Aguenta firme!

Amelia está coberta de urticária e suor, mas, por incrível que pareça, está viva.

Mas para lá do que para cá.

— Ai meu Deus, meu bem, aguenta firme. Só mais um pouquinho.

Amelia está babando, e respira com cada vez mais dificuldade.

Rachel a retira do saco de dormir.

Ela está ardendo em febre. Revirando os olhos.

A respiração vai ficando mais lenta, cada vez mais e mais devagar, até parar completamente.

— Amelia?

Ela não está respirando. Meu Deus do céu! RCP. Como é que a gente...

Rachel se lembra do que é preciso fazer e começa a respiração boca a boca.

Inspira profundamente e expele o sopro de vida de volta para Amelia. Uma vez, duas.

Ela muda de posição e pressiona o peito de Amelia rápido e com força, trinta vezes.

A menininha está respirando de novo, mas agora ela precisa de ajuda. Rachel digita o número da emergência, mas não pressiona "ligar".

Um telefonema e os paramédicos virão salvar a vida de Amelia.

Vão salvar Amelia e condenar sua filha à morte.

Ela aperta o iPhone com tanta força que chega a pensar que o vidro pode rachar.

O rosto de Amelia.

O rosto de Kylie.

Não. Ela não pode fazer isso. Soluçando, no piso de concreto, coloca o celular no chão.

# 31

*Sábado, 7:27*

A porta no alto da escada do porão se abre.

— Café da manhã na hora certa hoje — diz o homem, descendo os degraus com um jarro de suco de laranja, torradas e uma tigela de cereal. Kylie procura a arma e lá está ela, presa à frente na cintura da calça, algo que o tio Pete costuma dizer que ninguém jamais deveria fazer com armas de fogo.

— Está acordada? — pergunta o homem.

— Estou — responde Kylie, sentando-se no saco de dormir.

— Ótimo. Gosta de geleia? Eu adoro. Nunca tinha comido até ir a Londres há alguns anos. Comi geleia com torrada no meu café da manhã.

— Sim, gosto sim. Minha mãe às vezes compra.

— Torradas, manteiga do Maine — de vacas alimentadas com pasto, é claro, pensa ela —, cereais e suco de laranja. Já dá para forrar o estômago.

Ele deposita a bandeja no chão.

De propósito, ela deixou *Moby Dick* aberto no chão, com as páginas voltadas para baixo, a dois quintos do fim. Kylie sabe que ele vai pegar o livro, impressionado.

— Caramba, você está indo muito bem. Já passou da metade...

Quando ele se abaixa, Kylie bate com a chave inglesa em sua cabeça. O fato de ele estar usando uma touca ninja facilita as coisas, porque ela pode fingir que não está agredindo um ser humano. O homem dá um gemido, e ela o golpeia de novo.

Ele cai para a frente e, com um baque meio patético, se estatela na beira do colchão.

Ela não tem a menor ideia de que parte do crânio atingiu, mas sabe que o golpe funcionou. Ele apagou.

Agora sabe que precisa correr contra o tempo.

Precisa virá-lo de barriga para cima, pegar a chave das algemas no bolso dele, livrar-se delas e subir correndo a escada.

Lá fora pode haver um cão, ou a mulher pode estar lá, ou pode haver qualquer outra coisa... Ela estará com a arma. Terá de atirar. Se não houver ninguém lá fora, terá de correr direto para a cerca o mais rápido possível. Se estiver na região de New Hampshire onde acredita estar, o terreno será lamacento e pantanoso, mas, se seguir em direção a leste, chegará à I-95 ou à Rota 1 ou ao mar. E precisará continuar correndo sem parar, mesmo que eles gritem para ela parar.

O sujeito é pesado, mas ela consegue virá-lo de barriga para cima, empurrando o peito suado e as axilas cheirando a cebola.

Tira a arma do cinto dele e procura a chave das algemas em todos os bolsos.

Nada de carteira, nem de identidade, nada, muito menos qualquer chave.

Ela procura de novo, só para ter certeza. Ele está com uma calça marrom antiquada com bolsos fundos que estão completamente vazios. Não há bolsos traseiros, mas a camisa tem um bolso na frente. Seria o lugar perfeito para esconder a chave da algema.

*Claro!*, pensa ela, mas também não tem nenhuma chave ali também. *Droga!*

Plano B, então. Kylie examina a arma. Seis balas no tambor. *Ok*, pensa ela, *agora é só ele acordar.*

Um minuto se passa.

Dois.

Ai meu Deus, será que ela o matou? Ela só bateu na cabeça dele com a chave inglesa. Nos filmes ninguém morre assim. Ela não queria matá-lo...

O homem começa a se mexer.

— Ai, minha cabeça — reclama ele, com um sorriso débil. — Bem no cocuruto. Me pegou direitinho.

Ele solta um gemido, e, depois de alguns segundos, se senta e olha para ela. Kylie está com a arma na mão. O revólver carregado.

— Bateu na minha cabeça com o quê? — pergunta ele, gemendo e enfiando as mãos sob a touca ninja para esfregar os olhos.

— Achei uma chave inglesa no chão — responde Kylie.

— Que chave inglesa?

Kylie levanta a chave inglesa com a mão esquerda.

— Ah, meu Deus! Como foi que não vimos isso?

— Estava debaixo do boiler.

— Impossível! Eu chequei o porão todo.

— Mas você tinha que estar num certo ponto em determinado momento do dia pra ver. Eu me lembrei do que o Howard Carter falou quando achou a tumba de Tutancâmon. É preciso estar olhando, e não apenas vendo.

O sujeito faz que sim com a cabeça.

— Interessante. Você é muito inteligente, Kylie. Muito bem, então o que deveria acontecer agora no seu plano?

— Eu te revistei. Você não está com a chave das algemas, mas *ela* deve estar. Quero que você grite pra ela daqui pra que ela traga a chave.

— E se eu não fizer isso?

— Eu atiro em você.

— E você acha que é capaz de fazer isso?

— Sim. Acho que sim. Meu tio Pete me levava pra praticar tiro ao alvo de vez em quando. Eu sei atirar.

— Mas é diferente... atirar num alvo, num pedaço de papel... e numa pessoa...

— Vou dar um tiro na sua perna pra mostrar que estou falando sério.

— E depois?

— Ela vai me dar a chave e eu vou embora.

— E por que ela deixaria você ir embora?

— Porque senão eu mato você — responde Kylie. — Mas eu sei que vocês não queriam fazer isso tudo, então vou fazer uma promessa. Depois que eu sair daqui, vou falar pra minha mãe que não me lembro de nada. Vou esperar vinte e quatro horas pra dizer à polícia onde fica essa casa. Vocês vão ter um dia inteiro pra fugir pra onde quiserem. Pra qualquer país onde não tenha... ééé... um desses...

— Tratados de extradição?

— Isso.

O homem balança a cabeça, pesaroso.

— Sinto muito, Kylie. Valeu a tentativa, mas não é assim que funciona. A Heather não está nem aí pra mim. Ela deixaria você atirar em mim. Deixaria você meter quantas balas quisesse em mim.

— Claro que ela vai se importar! Chama ela. Diz pra ela trazer a chave!

— Não. — Ele suspira. — Há muitos anos ela não está nem aí pra mim, se é que algum dia esteve. O Jared é filho dela do primeiro casamento. Eu fui uma espécie de... quebra-galho, eu acho. Um quebra-galho a quem ela acabou ficando presa. Eu amo a Heather, mas acho que o sentimento nunca foi recíproco.

Kylie faz um registro mental dos dois nomes que ele deixou escapar por estar atordoado, Heather e Jared. Informações que podem vir a ser úteis, mas, no momento, ela precisa é se mandar dali.

— Não tô nem aí pra nada disso, meu senhor. O que eu quero é sair daqui. E não estou blefando.

— Não acho que você esteja blefando. Você parece mesmo uma mocinha bem determinada. Devia puxar o gatilho.

— Eu vou mesmo.

— Pois então puxe.

Ela se levanta, aponta o revólver para o joelho do homem e puxa o gatilho do jeito que seu tio Pete lhe ensinou.

O cão bate no percussor. Ouve-se um clique, e, depois, silêncio. Ela puxa o gatilho de novo. O tambor gira; o cão recua e cai sobre outro percussor. Outro clique, novamente seguido de silêncio. Ela puxa o gatilho mais quatro vezes até passar pelas seis balas da arma.

— Não estou entendendo — diz.

O homem estende o braço e toma a arma dela. Abre o revólver e lhe mostra os seis reluzentes cartuchos *vazios* de metal que colocou nela.

# 32

*Sábado, 7:35*

O uve-se um barulho lá em cima na cozinha.
Será que o policial voltou?

Rachel pega a arma e aponta para o alto da escada do porão.

— Quem é? — pergunta.

Ela mira com a arma. Prende a respiração.

Pete desce a escada correndo.

— Consegui a caneta de adrenalina. Chegou e estava no posto de coleta! — diz ele.

— Graças a Deus!

Rachel recua enquanto Pete aplica a injeção na perna de Amelia. O efeito é quase imediato. Parece um milagre. Amelia arfa e começa a tossir.

Ela tosse, aspira o ar, tosse de novo.

Pete lhe dá água e ela bebe, ofegante.

Ele toma seu pulso.

— Voltando ao normal. E ela está respirando melhor.

Rachel assente, sobe a escada, encontra o armário de bebidas dos Appenzellers e se serve de uma generosa dose de uísque.

Bebe e volta a encher o copo.

Quarenta e cinco minutos depois, Pete vem ao seu encontro.

— Como ela está? — pergunta Rachel.

— Bem melhor — responde ele. — A febre baixou bastante.

— Ela estava muito mal. Acho que até parou de respirar.

— Foi culpa minha. Eu não verifiquei o cereal.

— E eu ia deixar a menina morrer, Pete.

Pete balança a cabeça, mas sabe que ela teria feito isso mesmo, e ele provavelmente também.

— Virei um deles — sussurra Rachel.

Eles se entreolham por um instante. Os olhos de ambos contam a mesma história: vergonha, cansaço, medo.

— Quando você saiu, uma mulher veio até aqui atrás da Elaine Appenzeller. Ela foi embora, mas chamou a polícia — conta Rachel.

— A polícia veio aqui?

— Veio.

— Fomos descobertos?

— Acho que não. Eu flertei com o policial, e acho que ele deve estar pensando que eu sou uma coroa oferecida que manda alarmes falsos pra polícia só pra conseguir transar.

— Você não é coroa — retruca Pete com um sorriso, tentando melhorar o clima.

*Provavelmente eu estou morrendo, Pete*, pensa Rachel, *dá para ser mais coroa do que isso?*

— Então Amelia está bem?

— Sim, está melhorando.

— Vou lá embaixo dar uma olhada nela.

A respiração e o estado geral de Amelia só voltam plenamente ao normal depois de uma hora e meia. Se um simples vestígio de frutos de casca rija fez isso com ela, uma quantidade maior certamente a teria matado.

— Por que vocês estão sempre com essas máscaras? — pergunta Amelia.

— É pra que, quando a gente te devolver pra sua mamãe, você não seja capaz de dizer pra ela como a gente era — responde Rachel.

— A mamãe não sabe como vocês são?

— Não.

— Se você for amiga dela no Facebook ela vai saber — Amelia resolve o problema.

— Quem sabe... Quer uma caixinha de suco?

— É de maçã?

— É — diz Rachel, entregando-lhe o suco.

— Detesto suco de maçã. Todo mundo sabe que eu detesto suco de maçã. — Amelia suspira e joga a caixinha de suco longe, e depois joga também o cavalo de Lego com que brincava. Ele se desfaz em meia dúzia de pedaços. — Odeio esse lugar e odeio você! — berra.

— Você não pode falar alto, querida — diz Rachel. Eles tinham resolvido a questão do isolamento acústico, mas mesmo assim...

— Por quê?

— Porque senão a gente vai ter que botar fita isolante na sua boca, pra você ficar quieta.

Amelia olha para ela espantada.

— E como eu iria respirar?

— Pelo nariz.

— Você vai fazer isso mesmo?

— Vou.

— Você é má.

Rachel concorda com ela. A garotinha tem razão. Ela é má. Tão má que estava disposta a deixá-la morrer ali mesmo.

Rachel pega um celular descartável na bolsa.

— Quer falar com a mamãe? — pergunta.

— Quero! — responde Amelia.

Rachel digita o número de Helen Dunleavy.

— Alô? — diz Helen com voz de medo e cansaço.

— Quer falar com a Amelia?

— Sim, por favor.

Ela põe o celular no viva voz e o entrega à menina.

— Meu amor, é você? — pergunta Helen.

— Mamãe, quando eu vou pra casa?

— Logo, logo, meu bem. Não vai demorar.

— Eu não gosto daqui. É escuro, e eu tô com medo. Quando o papai vem me buscar? Não tô me sentindo bem. Aqui é chato.

— Não vai demorar, meu amor. Ele vai te buscar logo.

— Eu vou ter que perder muitas aulas?

— Acho que sim. Não sei.

— Odeio essa corrente na minha mão. Odeio!

— Eu sei.

— Dá tchau pra mamãe — intervém Rachel, estendendo a mão para pegar o celular.

— Tenho de ir agora — diz Amelia.

— Tchau, meu amor. Eu te amo!

Rachel pega o telefone e começa a subir a escada.

— Como você pôde ver, ela está bem e em segurança. Por enquanto. Você precisa andar logo com as partes um e dois.

Rachel fecha a porta do porão e segue para a cozinha.

— Acho que conseguimos transferir o dinheiro essa noite — diz Helen.

— Transfere agora! E começa a procurar um alvo. Se for preciso, vamos matar a Amelia. Eu quero a minha filha de volta, e você está no meu caminho — diz Rachel e depois quebra o celular ao meio. Levanta a tampa traseira do aparelho, retira o cartão SIM e o pisoteia até que ele se parta em dois. Então joga os pedaços no saco de lixo que Pete deixou na cozinha.

Depois fica parada ali, tremendo de raiva e frustração.

Linhas horizontais de poeira pairam nos raios de luz do sol que entram pelas janelas vedadas. Ela ouve o mar quebrando na praia a quase cem metros dali, e lá embaixo a menina está murmurando sozinha.

Ela inspira, expira, inspira, expira. A vida é uma cascata de agoras caindo um por cima do outro sem nenhum significado nem propósito. Dentre todos os filósofos, Schopenhauer foi o único que entendeu isso.

— Vou voltar pra casa — grita ela para Pete e, quando não vê mais ninguém por perto, sai pelos fundos e caminha pelas dunas. Sente vontade de chorar, mas já chorou tudo que tinha para chorar. Virou uma pedra. O Rochedo de Gibraltar. E de novo esse pensamento: a antiga Rachel se foi. Como Lady Macbeth, ela não tem mais lágrimas para chorar há uma eternidade. Ela agora é outra pessoa.

# 33

*Sábado, 7:41*

O homem leva alguns minutos para se recompor. Kylie olha para ele sem acreditar.

Seu plano A já era; e o plano B, idem.

E ela não tem um plano C.

— Não estou entendendo... Por que você não carregou o revólver? — pergunta ela finalmente.

— Você acha que eu seria capaz de apontar uma arma carregada pra uma criança? Eu? Se toda a minha vida profissional foi voltada pra... aai, minha cabeça. E ainda por cima depois daquele incidente com o... depois do que aconteceu quando pegamos você... Caramba. Ainda está latejando. Você bateu em mim duas vezes? Não foi pouca coisa, não. Agora seja boazinha e me dá essa chave inglesa.

Kylie entrega a chave inglesa ao homem, e ele a deposita na bandeja.

— Preciso confessar que eu te admiro, Kylie. Você é engenhosa, e também é determinada e corajosa. Se a situação fosse diferente, eu estaria torcendo pelo seu sucesso.

— Então, por favor, me deixa...

— Mas não fique pensando que eu sou um bundão ou que não estou falando sério. Estou falando muito sério. Já estamos muito perto do fim. E já passamos por muita coisa. Então eu acho que vou ter que te punir pra que você não faça nada assim de novo.

— Eu não vou fazer. Não tenho como.

— Agora é um pouco tarde pra você querer me prometer isso.

O homem se inclina para a frente e lhe dá um tapa tão forte que a corrente se retesa e Kylie gira, caindo no piso de concreto.

Um zumbido em sua cabeça.

Pontinhos brancos em seu campo de visão.

Escuridão.

Uma elipse do tempo.

Pontinhos brancos de novo.

Dor.

Sangue escorrendo das narinas e da boca.

Onde ela está?

Num lugar com muito mofo.

Um sótão?

Um porão?

Um...

Isso mesmo.

Há quanto tempo ela está inconsciente? Um minuto? Dois? Um dia?

Quando abre os olhos, o homem já não está mais ali. Levou a chave inglesa e o revólver com ele. A bandeja continua ali.

Seu rosto está ardendo. A cabeça parece vazia.

Ela se senta. Se tentar ficar de pé, sabe que vai cair de novo.

Sua visão ainda está embaçada. A parede é um grande borrão colorido.

Gotas de sangue pingam do nariz no saco de dormir.

Ping. Ping. Ping.

Uma poça de sangue vermelho na lustrosa superfície de náilon, num formato parecido com o mapa da América do Sul.

Ela molha o dedo no leite da tigela de cereal. Ainda está gelado. Isso quer dizer que ela ficou inconsciente por apenas alguns minutos.

Ela começa a chorar. Sente-se tão sozinha e com muito medo. Abandonada pelo mundo inteiro, sem ideias, nem esperança, ou nenhum plano.

# 34

*Sábado, 16:00*

Rachel vai de carro até um shopping em New Hampshire e volta com um kit de primeiros socorros, bonecas, DVDs, uma tenda de montar de princesa e jogos. Pura culpa. Pura culpa depois do fato consumado. Agora Amelia está melhor. Jogou Serpentes e Escadas com Pete e comeu um sanduíche de presunto.

Eles montam a tendinha e colocam *Frozen, uma aventura congelante* no DVD portátil. E observam Amelia vendo o filme durante uma hora, até que o Wickr dá um alerta no celular de Rachel. Ela sobe para ver o que é.

Uma mensagem de 2348383hudykdy2.

O resgate dos Dunleavys foi pago, diz simplesmente a mensagem.

Rachel pega um dos celulares descartáveis e liga para os Dunleavys.

— Alô? — atende Helen.

— O resgate já foi pago. Você sabe o que fazer agora.

— Como é que a gente vai fazer isso? Isso é loucura. É impossível — diz Helen.

Uma breve discussão, e alguém fala:

— Não.

Mike Dunleavy pegou o telefone.

— Olha só, escuta aqui... — começa ele, mas Rachel o corta imediatamente.

— Passa o telefone pra sua mulher ou a sua filha morre — diz ela.

— Eu quero saber quem é...

— Coloca a sua mulher na linha agora, seu babaca! Estou com um revólver apontado pra cabeça da Amelia — grita ela.

Um segundo depois, Helen está de volta à linha.

— Desculpa...

— Você vai se arrepender, sua piranha cretina. Trata de fazer o que tem que ser feito ou você nunca mais vai ver a Amelia. Assim que tiver uma lista de alvos, manda pro contato no Wickr pra aprovação final — rosna Rachel, desligando.

Ela retira o cartão SIM do aparelho e o esmaga, junto com o celular, no chão da cozinha. Joga o celular quebrado no saco de lixo.

Minutos depois, acessa o espelhamento do computador da casa dos Dunleavys no laptop de Pete e vê que eles de fato estão olhando perfis no Facebook e no Instagram. Muito bem, é assim que se faz hoje em dia.

Pete vem subindo a escada.

— Novidades?

— Eles pagaram o resgate.

— Eles tinham como pagar. É a segunda parte...

— É... Como está a nossa menina?

— Está bem. Ainda está vendo filmes da Disney. Prometi jogar Operando com ela mais tarde.

Rachel faz que sim com a cabeça, distraidamente.

— Olha, Rachel, você pode ir pra casa. Vou ficar bem aqui — diz Pete.

— Não, vou passar a noite com a Amelia — insiste ela.

— Ela pediu que eu ficasse essa noite, e não você — explica ele com delicadeza.

— Por quê?

— Ela tem medo de você.

— Ahh.

— É melhor eu ficar. Estou acostumado com essas coisas. Passar a noite num saco de dormir no chão não é problema pra mim.

Rachel concorda.

— Acho que é isso então.

— É...

Eles se olham sem dizer nada. Rachel o observa. Ela sabe que tem alguma coisa errada, mas ainda não descobriu o que é. Alguma coisa a ver com aquela bolsa que parecia ter drogas?

— Você está bem, não está, Pete? — pergunta ela.

— Sim, estou bem — responde ele.

— Estou realmente contando com você.

— Estou bem. Eu te garanto — reforça ele.

Pete sabe que ela sabe. Já está quase na hora de ele arrumar um jeito de fazer de novo. Está precisando. Seu corpo está implorando. Ele achou que poderia usar a própria experiência para se forçar a parar, mas não é tão simples assim. Não é à toa que isso se chama vício.

Rachel, por fim, se levanta.

— Me liga — diz ela.

— Pode deixar.

Ela dá um triste adeus para ele e vai embora.

O mar fustiga as dunas e um vento frio e penetrante vem do norte sobre Rachel. Cai uma chuva de vento, e relâmpagos castigam os rochedos de Dry Salvages, em Cape Ann.

Rachel vai para casa e pega uma Sam Adams na geladeira. Mas não fica satisfeita com uma cerveja. Ela enche meio copo com vodca e acrescenta água tônica. Pensa então na primeira ligação anônima. Aquela voz. Aquela história de os vivos serem apenas uma espécie dos mortos. Era o tipo de coisa que ela dizia aos amigos na época de caloura. Profundidade ao alcance de jovens. Como se quem quer que estivesse por trás da Corrente quisesse bancar o cinquentão maduro, mas fosse na verdade da sua idade ou até mais jovem.

Rachel imaginava que só mesmo depois de uma vida inteira alguém pudesse ser tão mau, mas não. *E você, Rachel? Uma sequestradora, torturadora de crianças, mãe incompetente. Tudo ao mesmo tempo. E lá no fundo do seu coração você sabe que teria deixado Amelia morrer. Havia a intenção, e é isso que importa na filosofia moral, na vida e perante a lei.*

Sua queda foi vertiginosa e rápida. Você está na jaula, despencando para o inferno. E vai piorar. Sempre piora. Primeiro vem o câncer, depois o divórcio, depois sua filha é sequestrada e você se transforma num monstro.

# 35

*Domingo, 2:17*

Mike e Helen Dunleavy eram tudo o que Rachel esperava que fossem. Apesar de todo o pânico e de toda a procrastinação da manhã de sábado, no sábado à tarde mesmo eles já tinham dado um jeito.

Escolheram um garoto de East Providence chamado Henry Hogg, menino cadeirante cujo pai era vice-presidente de uma empresa de petróleo, de modo que poderia pagar cento e cinquenta mil dólares sem pestanejar. Na noite de sábado, o pai de Henry estava num jantar do Rotary Club em Boston, e, às nove horas, a madrasta pegou o menino na casa de um amigo dele, a três quarteirões da sua casa. E foi empurrando a cadeira de rodas sozinha pelas ruas de Providence.

Os Dunleavys deram um jeito de fazer com que o menino nunca chegasse à sua casa.

Kylie não está sabendo de nada disso, mas, pouco depois da meia-noite de domingo, a porta do porão se abre e a mulher, Heather, manda a menina se levantar.

Rachel só fica sabendo disso quando seu telefone toca, às duas e dezessete da manhã de domingo.

Ela está em casa, enroscada no sofá, caindo no sono e acordando o tempo todo. Completamente destruída. Parou de comer, parou de tomar banho. Não consegue dormir por mais de alguns minutos.

A cabeça não para de latejar. O seio esquerdo dói.

O *I Ching* está aberto perto dela no hexagrama *hsieh*: liberação. Seus dedos repousam na frase *Matam-se três raposas no campo e recebe-se uma flecha amarela.* Será que a flecha amarela é um sinal de que sua filha está bem?

O telefonema a arranca do torpor e ela agarra o celular como se ele fosse um colete salva-vidas.

*Número desconhecido.*

— Alô? — diz Rachel.

— Rachel, tenho ótimas notícias pra você — diz a mulher que está com Kylie.

— Sim?

— Kylie será libertada dentro de uma hora. Ela vai receber um celular descartável e ligar pra você.

Rachel cai em prantos.

— Ai, meu Deus! Você está falando sério?

— Sim. E ela está bem. Não tocamos nela. Mas você não pode esquecer que tanto você como ela ainda correm sério perigo. Você precisa ficar com a sua vítima até receber o ok da Corrente. Se tentar desertar, eles te matam. Lembre-se da família Williams. Eles podem me mandar matar você e a Kylie, e eu vou fazer isso pra proteger o meu filho. Caso contrário, eles vão mobilizar os que estão acima de mim na Corrente pra me matar, matar você e os nossos filhos. Eles não estão de brincadeira. São gente do mal.

— Eu sei.

— Tive que resistir à tentação de soltar a Kylie quando o meu filho voltou pra casa são e salvo. Queria acabar logo com esse negócio, mas sabia que, se fizesse isso, ela, você, eu e o meu filho estaríamos correndo perigo.

— Juro que não vou botar ninguém em perigo. Onde está a minha Kylie?

— Vamos vendar a sua filha e circular com ela de carro durante quarenta e cinco minutos, e depois deixá-la em algum ponto movimentado. Ela vai receber um celular pra te dizer onde está.

— Obrigada.

— Obrigada, Rachel, por não ter estragado tudo. Tivemos muito azar, mas agora acabou. Por favor, permita que isso acabe, não deixe as pessoas sob o seu comando estragarem tudo. Adeus, Rachel.

Ela desliga.

Rachel telefona para Pete na casa dos Appenzellers e lhe dá a notícia. Ele fica exultante.

— Não acredito. Espero que seja verdade.

— Também espero — diz Rachel. — Estou rezando pra isso.

— Eu também.

— Como está a Amelia?

— Está dormindo na tendinha.

— Melhor eu desligar.

— Vai me mantendo informado.

Passa-se uma hora.

Uma hora e quinze.

Uma hora e vinte.

Uma hora e vinte e cinco.

— Será que alguma coisa...

O iPhone de Rachel começa a tocar. *Número desconhecido.*

— Alô?

— Mamãe! — exclama Kylie.

— Kylie, onde você está?

— Não sei. Eles disseram pra eu esperar um minuto antes de tirar a venda. Eles foram embora, e eu estou aqui numa estrada, sei lá, no fim do mundo. Está escuro.

— Consegue ver alguma coisa?

— Parece que lá na frente tem uma estrada maior.

— Vai andando pra lá. Ah, Kylie, você está livre mesmo?

— Mãe, eu estou livre. Vem me buscar!

— Onde você está, querida? Assim que eu souber onde você está, vou te buscar.

**179**

— Acho que estou vendo uma placa da Dunkin' Donuts. É, sim. Tem uma Dunkin' Donuts. É um posto de gasolina com uma loja de conveniência. Dá pra ver daqui!

— Está aberto?

— Sim, acho que está.

— Vai até lá e pergunta onde você está. Não desliga, cuidado ao atravessar a estrada, e fica na linha.

— Não, eu preciso desligar, eles não carregaram o celular todo, só tem mais uma barrinha de bateria. Eu ligo do posto.

— Não! Kylie! Não desliga! Por favor!

O celular fica mudo.

— Não!

Cinco minutos de tensão, até que ele toca de novo.

— Mãe, eu estou na Rota 101, dentro da Dunkin' Donuts de um posto Sunoco.

— Em qual cidade?

— Não sei, mãe, e não quero perguntar de novo. É meio estranho eu aparecer aqui assim do nada a essa hora da noite e não saber onde estou.

— Meu Deus, Kylie. É só perguntar.

— Mãe, olha só, bota no Google. Eu estou em New Hampshire, na 101, bem na altura da I-95.

Rachel pesquisa no Google.

— É o Sunoco perto de Exeter?

— Sim. Tem uma placa indicando Exeter.

— Chego aí em vinte minutos! Você espera vinte minutos?

— Tá, mãe.

— Pede um copo de água se você não tiver dinheiro pra comprar comida.

— Não, eles me deram dinheiro. Vou comprar um donut e uma Coca. Pedi o meu celular de volta e eles falaram que não estava com eles.

— Nós achamos o seu celular — diz Rachel, correndo até o carro.

— Você pode trazer ele?

— Depois. Agora já estou no carro.

— O que você falou pro Stuart? — pergunta Kylie.

— Eu disse pra ele que você estava doente e falei pro seu pai que você tinha ido pra Nova York. Meu Deus do céu, Kylie, você está aí mesmo? Está voltando pra mim de verdade?

— Sou eu mesmo, mãe. Estou com fome. Vou comprar um donut. Ou até dois. Vou desligar e comprar um donut, mãe — diz Kylie.

— Não desliga! Vou chegar num minuto — diz Rachel, mas Kylie já havia desligado de novo.

A I-95 fica a poucos minutos de distância, e Rachel a percorre a cento e vinte por hora, praticamente a velocidade máxima do Volvo.

Com o Google Maps, ela chega ao desvio da 101 e lá, bem à sua frente, está o posto Sunoco.

Kylie está sentada sozinha a uma mesa à janela do Dunkin' Donuts. Os cabelos castanhos, o rosto cheio de sardas, a faixa prateada na cabeça. É ela!

Parece tão pequena e frágil sob aquela luz forte!

— Kylie! — grita Rachel.

Ela vira o carro, parando em uma vaga, abre a porta e sai correndo.

As duas se abraçam, em prantos.

Kylie não para de chorar. Rachel não para de chorar.

É de verdade mesmo.

Está acontecendo mesmo.

Sua menina voltou. O *I Ching* prometia uma flecha amarela quando tudo acabasse.

*Não há nenhuma flecha amarela por ali, mas Kylie voltou paro o seu mundo. Obrigada, meu Deus. Obrigada, Deus. Obrigada.*

— Ah, mamãe. Achei que a gente nunca mais ia se ver — diz Kylie.

Rachel nem consegue acreditar. Não tem nem certeza se o mundo comporta todo o alívio e toda a felicidade que está sentindo.

— Eu sabia que ia ver você de novo! Sabia que ia ter você de volta — responde Rachel, apertando-a contra o peito. Apertando muito. Sua menininha, com seu cheiro de sempre. Ela está trêmula e fria. Deve estar com fome, e muito, muito assustada.

As lágrimas correm.

Rios de alívio e felicidade.

Uma alegria esquisita, exagerada, meio troncha.

— Está com fome? — pergunta Rachel.

— Não. Comi um donut, e eles me davam comida lá.

— O que eles te davam?

— Coisas normais. Cereais. Biscoito.

— Vamos. Vamos embora daqui. Vamos pra casa. Tio Pete está lá.

— Tio Pete?

— Sim, ele está me ajudando.

— Você não contou pro papai?

— Não.

— Por causa da Tammy?

Rachel assente.

— Eles disseram que, se eu contasse alguma coisa, a gente estaria correndo perigo — diz Kylie.

— Me falaram a mesma coisa. Vamos pra casa.

— Preciso ir ao banheiro — diz Kylie.

— Eu vou com você.

— Não, mãe, não. Está tudo bem.

— Eu não vou perder você de vista.

— Mãe, você não vai entrar no banheiro comigo. Eu volto num minuto.

Rachel a acompanha até o banheiro da Dunkin' Donuts e fica esperando na porta. É um desses banheiros unissex que comportam apenas uma pessoa de cada vez, de modo que não há como ter ninguém lá dentro para raptar Kylie e fugir com ela por uma janela ou algo parecido, mas, ainda assim, Rachel não suporta perder contato visual com ela, nem que seja por alguns segundos.

A caixa, uma mulher de meia-idade, olha para ela.

— Sua filha? — pergunta.

— É.

— Eu já ia chamar a polícia. Achei que ela estivesse fugindo...

Rachel sorri e manda uma mensagem para Pete dizendo que Kylie está bem.

— Tem que ficar de olho mesmo nessa idade — diz a mulher no caixa.

— Adolescência é difícil. Eu sei muito bem disso. Tenho quatro filhas.

— E ela é a minha vida — responde Rachel.

A mulher assente.

— Não dá para perder os filhos de vista.

— Pode crer.

Kylie sai do banheiro e Rachel a abraça. As duas saem do posto de mãos dadas.

— Quero tomar um banho quente beeem demorado quando chegar em casa — diz Kylie assim que elas entram no carro.

— Claro. O que você quiser.

— Estou me sentindo imunda.

— Mas você está bem? Eles tocaram em você? Te machucaram?

— Não... sim. O homem, ontem. Que dia é hoje?

— Domingo de manhã, eu acho.

— Eu tentei fugir e ele me bateu — conta Kylie, sem rodeios.

— Meu Deus! Ele bateu em você!

— Sim. E o mais engraçado é que ele não era o pior. A malvada era ela. Ela era assustadora — conta Kylie e começa a chorar de novo.

Rachel lhe dá um abraço apertado.

— Vamos. Vamos embora daqui. Quero ir pra casa. Quero ver meu gato e o tio Pete — fala Kylie.

Rachel dá a partida, liga os faróis e ruma para o sul.

— Tem mais uma coisa, mãe — diz Kylie.

— O quê? — pergunta Rachel, esperando o pior.

— Não tenho muita certeza, mas acho que eles podem ter atirado num policial. Um policial parou a gente, e acho que eles atiraram nele.

Rachel faz que sim com a cabeça.

— Acho que li alguma coisa sobre um policial de New Hampshire ter levado um tiro na quinta de manhã.

Kylie engole em seco.

— E ele morreu?

— Não sei — mente Rachel.

— A gente precisa ir à polícia — diz Kylie.

— Não! É muito perigoso. Eles matam a gente. Eles vão caçar a gente. Você, eu, o Pete, seu pai, todos nós. A gente não pode falar nem fazer nada, Kylie.

— Então o que a gente faz?

— A gente não faz nada. Vamos ficar de boca fechada e tentar esquecer isso.

— Não!

— Não temos outra saída, Kylie. Sinto muito, mas é o único jeito.

Quando elas chegam a Plum Island, dez minutos depois, Pete está esperando pelas duas. Quando Kylie salta do carro, ele a abraça e a levanta e gira a sobrinha no ar.

— Lindinha, você está aqui! — diz ele, entrando em casa com ela.

Eli pula no sofá junto a Kylie, e ela o pega e começa a beijá-lo.

— Como está a?... — sussurra Rachel para Pete.

— Dormindo. Volto pra lá em cinco minutos. Só queria ver vocês — responde ele.

— Tio Pete — chama Kylie, estendendo os braços para mais um abraço.

Rachel se senta ao lado da filha e Pete se acomoda do outro lado. Eli se aconchega em seu colo. *É um milagre, é simplesmente um milagre,* pensa Rachel. Às vezes as crianças voltam, mas, muitas vezes, não. Principalmente as meninas.

— Você sabe tudo o que aconteceu? — pergunta Kylie a Pete.

— Sei. Ando ajudando a sua mãe.

— Abraço coletivo — pede Kylie, chorando de novo.

Pete abraça as duas.

— Nem consigo acreditar — diz Kylie. — Achei que ia ficar um milhão de anos lá.

Então os três ficam ali por alguns minutos, até que Kylie olha para os dois com um sorrisinho forçado e diz:

184

— Estou com fome.

— O que você quiser — declara Rachel.

— Pizza.

— Vou botar uma no micro-ondas.

Ela tenta se levantar para ir até a cozinha, mas Kylie não a solta.

— Você está bem, Kylie? — pergunta Pete. — Eles machucaram você?

— O homem me bateu depois que eu bati nele pra tentar fugir. Doeu muito.

— Merda — diz Pete, com os punhos cerrados.

— Você deve ter ficado apavorada — comenta Rachel.

Kylie começa a falar, e Pete e Rachel a ouvem.

Ela conta tudo aos dois.

Eles deixam que ela desabafe. Se ela quer falar, que fale. Kylie não é de se fechar, e Rachel é grata por isso. Ela acaricia os cabelos da filha e sorri ao ouvir seu relato de coragem.

Então vai preparar a pizza, e Pete volta à casa dos Appenzellers para ver como Amelia está.

Kylie sobe ao seu quarto para ver como estão suas coisas.

— Mãe, posso mandar mensagens pro Stuart e pros meus amigos agora? Será que está tudo bem se eu falar com eles? — pergunta Kylie.

— Sim, mas você vai ter que falar que teve um problema de estômago, tá?

— Tudo bem. E o que eu digo pro papai?

— Ai, droga. Aí já é outra história. Você tem que falar pro seu pai que foi a Nova York — diz Rachel, explicando a situação que ela inventou envolvendo o pai, Tammy e a avó.

— Preciso do meu celular!

Rachel vai buscá-lo.

— Eu não podia mandar mensagens fingindo que era você porque não sabia a sua senha.

— É superóbvia: um-dois-nove-quatro.

— Como assim?

— É o aniversário de Harry Styles! Caraca, tem um milhão de mensagens!

— Você tem que dizer pra todo mundo que estava doente.

— Pode deixar. Mas segunda eu quero ir pra escola. Que dia é amanhã?

— Segunda.

— Quero ir pra escola.

— Não acho que seja uma boa ideia. Quero levar você num médico.

— Eu estou bem. Quero ir pra escola. Quero encontrar todo mundo.

— Tem certeza?

— Não quero ficar confinada numa casa de novo.

— Bom, agora não tem mais essa história de ônibus escolar. Não sei onde eu estava com a cabeça.

— Ah, cadê o meu coelhinho de pelúcia? Cadê o Marshmallow?

— Vou trazer ele de volta hoje à noite.

— Ele não sumiu?

— Não.

Kylie manda mensagens para os amigos, que provavelmente estão dormindo. Ela e Rachel se deitam na cama para ver seus clipes favoritos no YouTube: "Take On Me", do A-Ha, a dança do peixe na cara do Monty Python, meia dúzia de vídeos do grupo de rap Brockhampton, o trecho de *Diabo a quatro* em que Groucho Marx desconfia do próprio reflexo.

Kylie toma um banho e diz que quer ficar um pouco sozinha, então, meia hora depois, quando Rachel vai ver como a filha está, a menina está dormindo profundamente. Rachel desmorona no sofá e chora.

Pete volta às seis da manhã e bota algumas toras de madeira na lareira.

— Tudo bem por lá? — pergunta Rachel.

— Amelia ainda está dormindo.

Pete prepara um bule de café, e os dois se sentam em frente à lareira.

Tudo parece normal de novo. Barcos de pesca rumando para o rio Merrimack. Bernstein tocando na WCRB. O *Globe* sendo jogado num invólucro de plástico na frente da casa.

— Nem acredito que ela está em casa — comenta Rachel. — Cheguei a pensar que nunca mais veria a minha filha.

Eles observam a lenha ficar esbranquiçada e se transformar em cinzas. O celular de Rachel toca. *Número desconhecido*. Ela atende no viva voz.

É a voz distorcida. É a Corrente falando diretamente com ela:

— Eu sei o que você está pensando. É o que todo mundo pensa quando tem a pessoa que ama de volta. Você acha que pode libertar seu refém e acabar com isso. Mas a verdade é que você não pode lutar contra a tradição. Sabe o que é uma tradição, Rachel?

— Como assim?

— Uma tradição é um argumento vivo. Um argumento vivo em favor de uma prática que começou há muito tempo. E que funciona na nossa tradição particular. Se você resolver bancar a esperta com a Corrente, pode ter certeza de que ela vai pegar você e a sua família. Não adianta ir pra Arábia Saudita, pro Japão ou pra qualquer lugar. Nem mudar de nome ou assumir outra identidade. A gente sempre vai dar um jeito de te encontrar.

— Já entendi.

— Entendeu? Espero que sim. Porque ainda não acabou. Só vai acabar quando as pessoas que você recrutou fizerem o que têm que fazer sem bancar os espertinhos e as que elas tiverem recrutado também fizerem o que precisam fazer sem estragar tudo. Tem alguns anos já que não temos nenhuma deserção na Corrente, mas pode acontecer. As pessoas acham que podem derrotar o sistema. Mas não podem. Ninguém é capaz disso, nem você vai ser.

— A família Williams.

— Houve outras tentativas também. Ninguém nunca conseguiu.

— Vou cumprir a minha palavra.

— É melhor mesmo. Transferimos dez mil dólares pra sua conta hoje de manhã, dez por cento do que os Dunleavys pagaram. Tiramos da mesma carteira Bitcoin na qual eles depositaram. Você jamais teria como explicar isso pras autoridades. Mesmo se você conseguisse escapar dos nossos assassinos, algo que até hoje ninguém nunca conseguiu, a gente divulgaria todas essas informações e você seria presa. Não faltam provas pra incriminar você como o gênio por trás de uma sofisticada quadrilha de sequestradores. Você é inteligente. Consegue ver o quadro todo, não consegue?

— Sim, consigo.

— Ótimo — diz a voz. — Provavelmente não vamos voltar a nos falar. Adeus, Rachel, foi um prazer fazer negócio com você.

— Não posso dizer o mesmo.

— Podia ter sido pior. Podia ter sido muito pior.

Quando a ligação é encerrada, Rachel estremece e Pete a abraça. Ela está muito pálida, magra e frágil, e seu coração bate depressa. Como um pássaro ferido colocado numa caixa de sapato para que se cuide dele até que se recupere, na esperança de que um dia volte a voar.

# 36

*Domingo, 16:00*

Kylie finalmente desce a escada. Tem numa das mãos seu iPad e, na outra, o celular. Eli está encarapitado em seu ombro.

— Recebi mais de cento e cinquenta notificações no Facebook, no Instagram e no Twitter — diz, tentando parecer animada.

Rachel sorri. Lá se vão suas esperanças de radicalizar totalmente e acabar com essa história de redes sociais. Kylie sorri para a mãe. *Nós duas fingindo uma para a outra*, pensa Rachel.

— Você é uma garota popular — diz Rachel.

— Falei com o Stuart. Parece que todo mundo engoliu a história da doença. Mandei mensagem pra vovó também. Ela está bem. Mandei até um e-mail pro papai.

— Desculpa ter obrigado você a fazer isso...

Kylie assente, mas não diz que *está tudo bem*, porque não está tudo bem quando você faz a filha mentir para os amigos e a família.

— Não falou nada de mais, não é?

— Não.

— Qualquer coisa que disser nas redes, o mundo inteiro vai ver.

— Eu sei, mãe. Nunca vou poder contar pra ninguém, não é?

— Não... Mas você está bem, querida? — insiste Rachel, acariciando o rosto da filha.

— Mais ou menos — responde Kylie. — Fiquei com muito medo lá embaixo. Tinha vezes que eu achava que ia... sei lá... *desaparecer*? Sabe aquela história... de quando as pessoas acham que se alguém sair da sala deixa de existir?

— Solipsismo?

— Era o que eu achava que ia acontecer comigo naquele porão. Achava que estava deixando de existir porque ninguém mais estava pensando em mim.

Rachel a abraça forte.

— Tudo o que eu fiz foi pensar em você! Cada segundo de cada minuto de todos os dias.

— E tinha vezes que eu achava que aqueles dois simplesmente iam me deixar lá. Sei lá, se achassem que tinham sido descobertos, iriam embora, e eu ficaria sem comida e sem água e acabaria morrendo.

— Eu jamais teria deixado isso acontecer — diz Rachel. — Nunca. Teria encontrado você de algum jeito.

Kylie faz que sim com a cabeça, mas Rachel percebe que ela não acredita nisso. Como ela iria encontrar Kylie? Rachel não a encontraria. Sua filha teria ficado presa naquele porão para sempre.

Kylie caminha até a porta telada e olha para a bacia das marés.

— Seu chinelo está fazendo um barulho engraçado — comenta Rachel, tentando melhorar o clima.

Kylie se vira para ela.

— Mãe?

— Diga.

— Eles me explicaram que só podiam me soltar quando você desse continuidade à Corrente.

Rachel baixa os olhos.

— Mãe?

Rachel engole em seco. Ela não pode mentir sobre isso. Só pioraria as coisas.

— É isso mesmo.

— Então, espera... Quer dizer que você... que você... — Kylie está horrorizada.

— Sinto muito. Eu... eu... eu tinha que fazer isso.

— Você sequestrou uma pessoa?

— Eu tive que fazer isso.

— Ainda está com ela?

— Estou. Não posso libertar a pessoa enquanto a Corrente não continuar.

— Meu Deus! — diz Kylie, os olhos arregalados. — Onde?

— Nós encontramos... Eu achei uma casa vazia do outro lado da bacia das marés. Uma casa com um porão.

— Essa pessoa está lá agora? Sozinha?

— O Pete foi pra lá.

— É menino ou menina?

— Quanto menos você souber, melhor.

— Eu quero saber!

— É uma menina — responde Rachel, tomada por uma onda de vergonha.

Um espesso rio de vergonha, marrom da cor da merda.

— Você não pode simplesmente deixar ela ir embora?

Rachel luta contra um nó na garganta e a vontade de fugir e se obriga a enfrentar a situação. Olha bem nos olhos de Kylie e balança a cabeça.

— A gen... a gente não pode procurar o FBI e pedir pra eles esconderem a gente e dar identidades novas pra gente ou algo assim? — pergunta Kylie.

— Não é tão simples assim. A gente... Eu sequestrei uma pessoa. Eu seria presa. E você não estaria em segurança. Acredito neles quando dizem que ninguém nunca conseguiu quebrar a Corrente. Acho que eles iam nos encontrar em qualquer lugar. Não posso correr esse risco.

— Posso ver a menina? Posso falar com ela?

Rachel estremece à simples ideia de envolver Kylie ainda mais nessa história.

— Não, você vai voltar pra escola. A gente cuida disso. Eu e o Pete.

— Qual é o nome dela?

— É melhor você não saber.

— Ela está com o Marshmallow?

— Está. — Rachel tenta abraçá-la, mas Kylie a repele.

— Não me toca! — diz.

— Posso trazer o Marshmallow de volta. Eu...

— Não é isso! Não tem nada a ver com o Marshmallow. É o que você fez. Como você foi capaz de sequestrar uma criança, mãe? Como conseguiu fazer isso?

— Não sei. Não tinha outro jeito.

— Você machucou ela?

— Não. Não chegou a tanto — responde Rachel, nadando de novo no rio de mentiras e vergonha.

— Como você conseguiu fazer isso, mãe?

— Não sei.

Kylie recua um passo e depois outro, até bater na porta de tela.

Rachel olha para as próprias unhas sujas e se vê de relance no espelho. Parece um desses profetas esquálidos e meio doidos tentando reconquistar um ex-seguidor que abandonou o barco. Mas não, não é isso. É pior ainda. Ela é um demônio, arrastando a própria filha com ela para o fundo do poço. O oposto da boa e generosa Deméter. Ela obrigou Kylie a mentir. Envolveu-a num crime. Essa fissura entre as duas vai se transformar num abismo. Nada jamais voltará a ser o que era.

Ela olha nos olhos cheios de lágrimas de Kylie, que refletem um sentimento de traição.

Rachel imagina um vapor sulforoso no ar. Não, elas ainda não escaparam do inferno. A fuga levará meses, talvez anos.

Kylie começa a soluçar.

— Você teve que fazer isso pra que eu pudesse voltar?

— Tive.

— Você e o tio Pete?

— É.

Kylie abre a porta, e entra um vento frio da bacia das marés.

— Vamos lá fora? — pergunta ela.

— Está um gelo — diz Rachel.

— A gente se enrola na manta. Não quero ficar dentro de casa.

Elas vão para o deque.

— Posso te abraçar? — pergunta Rachel, hesitante.

— Pode — responde Kylie, dócil.

Kylie se senta no colo da mãe na espreguiçadeira, enrolada em um cobertor, o longo cinto do roupão de Rachel envolvendo as duas como um cordão umbilical. Elas não dizem nada. Apenas ficam ali.

O dia vai morrendo numa linha de vermelhos e amarelos ao longo do vale de Merrimack. Escurece, e, quando as estrelas surgem no céu, mãe e filha são tragadas pela noite. Uma noite que será longa e terrível.

# 37

*Domingo, 22:45*

S eu instinto estava certo. Alguém está tentando ferrar com a Corrente. Quer dizer... seu instinto está *parcialmente* certo. No entanto, o problema não é Rachel Klein. E o problema não é Helen Dunleavy. O problema é Seamus Hogg. Usando tecnologia básica de espionagem, ela grampeou os telefones dos Hoggs e leu os e-mails de Seamus. Seamus mandou um e-mail para o tio, um sujeito chamado Thomas Anderson Hogg, que mora em Stamford, Connecticut, perguntando se eles podiam se encontrar em um Starbucks de Stamford amanhã de manhã às dez.

O que é um grande problema, porque Thomas Anderson Hogg é delegado federal aposentado.

Seamus vai abrir o bico.

E não é nem com a polícia, e sim com o maldito U. S. Marshals.

Ela volta a examinar os dados sobre Rachel. Até agora, um elo banal, mas surpreendentemente competente da cadeia. Ela fez tudo certo. Pagou o resgate rápido, pagou o resgate adicional rápido, se saiu bem no sequestro.

Ela se mostrou capaz e eficiente. Está tendo ajuda do ex-cunhado, outra figura interessante. Foi licenciado com honras dos Fuzileiros Navais, mas não saiu impune do incidente de setembro de 2012 em Camp

Bastion. Sem pensão. Só benefícios básicos de veterano. Foi preso em Worcester, Massachusetts, em 2017, por posse de um grama de heroína. As acusações foram retiradas depois. A foto três por quatro mostra um sujeito que envelheceu prematuramente, sério e assombrado.

Será que o ex-marido também estaria ajudando?

Ela busca no Google o ex-marido de Rachel, Marty O'Neill.

Este sim, um cara bonitão. Bem bonito mesmo. Estranho que ela ainda não tivesse esbarrado com ele antes. O espectro de solteiros cobiçáveis em Boston é bem pequeno. Formado em Harvard, advogado, namora uma loirinha meio desligada. Nascido em Worcester, mora em Boston e é sócio de um grande escritório de advocacia, Banner & Witcoff. Sim, ele é o inteligente da família.

Pois então vamos ver como eles lidam coletivamente com uma surpresinha.

Ela acessa o Wickr e escreve uma mensagem para Rachel:

Seamus Hogg desertou. Vai abrir o bico. Ele mandou um e-mail para o tio, um delegado federal aposentado, e vai se encontrar com ele amanhã às dez da manhã em Stamford, Connecticut. E é claro que esse encontro não pode acontecer. Os Dunleavys estragaram tudo. Escolheram um alvo não confiável. E a cagada deles vai recair sobre você, Rachel. Mate a sua refém e escolha outro alvo ou então impeça esse encontro e trate de lembrar aos Dunleavys e aos Hoggs que eles fazem parte da Corrente. Se você não fizer nenhuma dessas duas coisas, você e a sua família vão arcar com as consequências. Sabemos onde você mora. E vamos encontrar você aonde quer que vá.

# 38

*Domingo, 22:59*

O Atlântico negro. O céu negro. Uma poeira de estrelas mortiças. Rachel está fumando um cigarro no deque quando um alerta dispara no Wickr no seu celular. Uma mensagem para ela.

Ela lê a mensagem, a digere, entra em pânico, se acalma, pega um celular descartável, liga para Pete na casa dos Appenzellers e lê a mensagem para ele.

— Não seriam os Dunleavys que deveriam resolver isso?

— Esses desgraçados da Corrente entraram em contato *comigo*. É o revide, eles avisaram, Pete. Se os Hoggs foderam com tudo, quer dizer que os Dunleavys ferraram tudo, e que eu tenho que matar a Amelia e arrumar outro alvo, senão eles vêm atrás de mim.

— Espera aí. Eu vou praí — diz Pete. — Amelia está dormindo.

Rachel digita o número de Helen Dunleavy, mas o telefone toca e toca e a chamada acaba caindo na caixa postal. Ela liga de novo, mas ninguém atende. Espera um minuto e tenta pela terceira vez, mas nada ainda: ou aquela piranha imbecil está morta ou desligou o telefone.

O computador também está desligado. Nenhum sinal de qualquer dispositivo eletrônico deles. O que será que aconteceu com eles? Que porra é essa?

Ela entra no Wickr e manda mensagem para 2348383hudykdy2: Os Dunleavys não estão atendendo o telefone.

Imediatamente vem uma resposta: Isso não é problema nosso, Rachel. Isso é problema seu.

Pete chega um minuto depois.

— O que os Dunleavys falaram? — pergunta ele.

— Não atendem. Os imbecis desligaram o telefone.

— Então o que a gente vai fazer?

— Eu não vou matar a Amelia e começar tudo de novo.

— É claro que não.

Pete torce para que Rachel não note seu olhar vidrado. Ele se picou tem uns quinze minutos. Achava que não aconteceria mais nada essa noite, e seu corpo exigia o narcótico. Não conseguiu resistir e se drogou na cozinha dos Appenzellers.

— Pete?

— Não sei o que fazer — diz ele, meio arrastado.

— A gente vai agora mesmo à casa dos Dunleavys dizer que eles têm que botar esse cara na linha.

— Liga pra eles.

— Já liguei! Eles não estão atendendo. Você não está ouvindo?

— Que tipo de pessoa desliga o telefone com a filha sequestrada? — pergunta Pete.

— Talvez eles já estejam mortos. Talvez a situação já tenha se voltado contra eles, e nós vamos ser os próximos — diz Rachel.

— Eles podem estar vindo atrás da gente agora mesmo.

— Vamos levar a Kylie pra casa dos Appenzellers. Ninguém sabe do lugar, só a gente — sugere Rachel.

— Vou arrumar as coisas.

Rachel vai até o quarto de Kylie. Ela ainda está acordada, com o iPad na mão.

— Sinto muito, meu bem, mas não é seguro você passar a noite aqui hoje. Aconteceram umas coisas na Corrente.

Kylie fica apavorada.

— O quê? Eles estão vindo atrás da gente?

— Não. Ainda não. Preciso resolver uma coisa. Vou levar você pra casa dos Appenzellers. Lá você vai estar segura.

— Eles estão vindo atrás de mim de novo, não estão?

— Não. Não é isso. Não é com você. Não se preocupe. É só uma precaução. Seu tio e eu vamos cuidar de tudo. Vamos, arruma as suas coisas.

Rachel e Kylie vão de carro para a casa dos Appenzellers e entram pelos fundos. Pete está esperando na cozinha com seu .45 e a escopeta de Rachel.

Kylie olha para as armas, engole em seco e abraça Pete.

— A menininha está aqui? — pergunta ela.

Rachel faz que sim com a cabeça.

— Onde?

— Porão. Dormindo — responde Pete.

— Pete e eu vamos ter que sair. A Amelia provavelmente não vai acordar, mas, se você tiver que descer, coloca isso — diz Rachel, entregando-lhe uma touca ninja preta.

— Pra ela não poder me reconhecer — conclui Kylie, fascinada e horrorizada.

— Estava rezando pra que você não se envolvesse ainda mais nessa história, mas, se a Amelia começar a chorar, você terá que descer pra acalmar a menina — diz Rachel. — Não podemos deixar ela fazer muito barulho.

— Mas acho que ela vai dormir até de manhã. Fiz ela pular corda durante uma hora — diz Pete.

— Aonde vocês vão? — pergunta Kylie à mãe.

— Temos que cuidar de um assunto urgente.

— Que tipo de assunto urgente?

— Está tudo bem, querida, não é nada grave, mas nós dois precisamos ir e você vai ter que ficar aqui com a Amelia.

— Vocês têm que me dizer o que está acontecendo!

Rachel assente. Ela merece saber.

— Uma das famílias mais adiante na Corrente está pensando em chamar a polícia. Nós precisamos impedir que isso aconteça. Se eles chamarem a polícia, todos nós estaremos em perigo.

— E aonde vocês vão?

— Providence.

— Você vai até lá pra falar pra eles pagarem o resgate e fazer tudo que vocês fizeram?

— Isso.

— E se... E se vocês não voltarem?

— Se a gente não voltar até de manhã, liga pro seu pai vir te buscar. Fique aqui nessa casa. Não vá pra casa. Quando ele chegar, conte tudo pra ele. Mas até lá é melhor deixar o seu celular desligado.

Kylie faz que sim, séria.

— A que horas de manhã?

— Se não tiver notícias da gente até, digamos, onze horas, provavelmente é porque tivemos problemas — diz Pete.

— Tipo... morreram? — pergunta Kylie, o lábio trêmulo.

— Não necessariamente. Só que alguma coisa deu errado — explica Rachel, mesmo achando que *morreram* seja mais provável.

Kylie abraça os dois.

— Vai dar tudo certo — diz. — E eu vou ficar de olho nela.

Sua filha agora está envolvida num esquema de sequestros. Rachel se sente mortificada e furiosa. Mas não pode se deixar levar por esse tipo de sentimento. O relógio não para. Ela enxuga as lágrimas do rosto.

— Vamos ao que interessa então — diz ela a Pete. — Eu dirijo.

# 39

*Domingo, 23:27*

Pântano à esquerda, charco à direita. Farol alto ligado. Cheiro de lubrificante de armas, suor, medo. Ninguém diz nada. Rachel está dirigindo. Pete está ao seu lado de escopeta em punho.

Beverly, Massachusetts.

Velhas casas de madeira. Carvalhos. Um ou outro prédio de apartamentos. Silêncio. Luzes azuis de TVs e alarmes contra roubo.

Tédio noturno numa rua residencial. O que é bom. Menos xeretas pela frente.

Poseidon Street.

As luzes estão apagadas na casa dos Dunleavys.

— Dá a volta no quarteirão — diz Pete. — Não para.

Rachel lhe obedece, estacionando uma rua adiante.

Tudo tranquilo. Ninguém por perto. Só uma pergunta: por que Helen Dunleavy não atende o maldito telefone?

Rachel imagina a família inteira amarrada a cadeiras na cozinha com a garganta cortada.

— A gente pode entrar pelo matagal do lado da casa deles — diz Pete. — E depois pela porta dos fundos.

— Como? — pergunta Rachel.

Pete mostra uma chave inglesa e um kit de arrombamento.

— Se é para fazer isso, vamos fazer direito... — diz.

— É. A gente já enfiou os pés pelas mãos — comenta ela.

*Enfiar os pés pelas mãos*, nesse caso, é um eufemismo. Agora ela vai ter de dar uma de Lady Macbeth. Agir. Acreditando no que está fazendo. Assumindo o que está fazendo. Por Pete, por si mesma, por Kylie: a vida de sua família inteira está em jogo.

— Tenho um kit de pulso eletromagnético pra neutralizar o sistema de alarme, se eles tiverem um. Assim que entrarmos, usamos revólveres — diz ele, entregando-lhe o .38 que ele guarda no porta-luvas. Ele também tem um .45 e uma 9 milímetros.

Revólveres. A parte mais horrível.

Pete passa com dificuldade por cima da cerca dos Dunleavys. Rachel fica olhando para ele. Qual o problema dele? Ela se pergunta mais uma vez se ele está usando alguma coisa ou se está com algum ferimento que não comentou. Ela precisa que ele esteja cem por cento.

— Você está bem, Pete? — pergunta Rachel, em tom severo.

— Claro! Tudo certo. Você está bem?

Ela olha feio para ele no escuro.

— É melhor a gente ir logo, não? — pergunta ele.

— É.

O quintal dos Dunleavys. Brinquedos, móveis de jardim, um balanço. A porta dos fundos, que dá entrada para a cozinha.

— Vamos — diz Rachel.

Lanternas acesas. Pulso eletromagnético acionado.

Pete começa a remexer na fechadura. Um ligeiro tremor em sua mão direita.

— Você consegue fazer isso?

— Claro. Já fiz isso antes. Consigo dar um jeito nisso rapidinho — diz ele.

Três minutos. Quatro minutos.

— Tem certeza?

A porta finalmente destrava. Pete gira a maçaneta. Não há correntinha de segurança. Nenhum alarme é disparado.

— Tudo certo? — pergunta Rachel.

— Tudo.

Eles vestem as toucas ninja e entram na cozinha. Rachel vasculha o ambiente com a lanterna.

Nada de cadáveres. Nem de assassinos.

— A gente sabe pra onde está indo? — sussurra ela.

— Tranquilo — responde Pete. — Me siga.

Ela o segue escada acima.

Chão atapetado. Quadros nas paredes. Um grande relógio no alto da escada. Um espelho que a assusta por um breve instante, quando vê nele uma pessoa com uma arma.

— Primeiro quarto à esquerda — sussurra Pete baixinho.

Passam pela porta do quarto. Cheiro de corpo. Cheiro de bebida. Uma mulher roncando na cama. Lanternas apontadas para os cantos. Mais ninguém por ali. Pete segue na ponta dos pés até a cama, ajoelha e põe a mão na boca da mulher. Ela geme sob a mão dele e Pete a mantém quieta.

Rachel checa o banheiro da suíte enquanto Pete abafa os gritos da mulher com sua enorme mão.

— Está limpo — diz Rachel.

— Você é Helen Dunleavy? — pergunta Pete. — Responde com a cabeça.

Ela faz que sim.

— Onde está o seu marido? — pergunta ele. — Uma palavra só. Qual cômodo? Só sussurra. Se falar alto está morta.

— Porão — responde Helen.

— Tentei ligar pra você. Reconhece a minha voz? — pergunta Rachel.

— É você que está com a Amelia — diz Helen, e começa a chorar.

— Cadê o garoto? Henry Hogg? — pergunta Rachel.

— Porão.

— Com o seu marido?

— A gente se alterna pra...

Rachel olha para Pete.

— Traz o marido pra cá. Eu fico com ela.

Ela acende a luz do quarto e aponta o .38 para Helen enquanto Pete vai até o porão.

— O que aconteceu com o seu celular? — pergunta Rachel, irritada. — Por que ele não está ligado? Por que você não está dormindo com ele embaixo do travesseiro como qualquer pessoa normal faria numa situação dessas?

— Eu... eu... eu não sei. Não está aí na cômoda? — pergunta Helen, a expressão cansada, assustada. Os olhos dela estão vermelhos e fundos. Isso já diz alguma coisa.

Rachel olha para a cômoda. O celular está apagado.

— Você esqueceu de carregar.

— Eu... não sabia.

— Dormindo tranquilamente enquanto a sua filha está lá, nas mãos de sequestradores? Qual é o seu problema?

— Eu... eu estava só tirando um... — começa ela, quando a porta do quarto se abre.

Mike Dunleavy entra com as mãos para cima. Ele não se parece com as fotos que estão na internet ou no Facebook. Parece muito mais velho, mais grisalho, mais gordo, mais burro. Ele não era o cara esperto cheio da grana? Agora parece um daqueles pais lesados que chegam atrasados para pegar os filhos na escola porque esqueceram que era o seu dia. Não é de se admirar que esses idiotas tenham estragado tudo. Como foi que conseguiram sequestrar alguém? Vai ver estão até mentindo.

— O menino está no porão? — pergunta Rachel a Pete.

— Sim, claro — responde ele, soltando uma espécie de assobio, como quem quer dizer que a coisa lá embaixo não é nada bonita de se ver.

— Foram vocês que pegaram a Amelia? — pergunta Mike, com um leve sotaque inglês.

— Estamos com ela.

— Ela está bem? — pergunta Helen, desesperada.

— Ela está bem. Estamos cuidando dela.

— Por que vocês estão aqui? — quer saber Mike. — Fizemos tudo o que vocês pediram.

— Não. Vocês estragaram tudo. Tentamos ligar, mas o celular de vocês morreu e o seu computador está desligado — diz Rachel.

Helen está olhando para ela de um jeito estranho. *Se ela disser algo do tipo "Acho que sei quem você é", meu Deus do céu, vou ter de atirar nela aqui mesmo*, pensa Rachel.

— É por causa dos Hoggs, não é? — pergunta Helen. — Eles fizeram alguma coisa.

— É o que eles estão prestes a fazer — explica Pete.

— Meu Deus! O que eles vão fazer? — pergunta Helen.

— Seamus tem um tio que é delegado e marcou um encontro com ele amanhã em Stamford — informa Rachel.

— O qu... o que isso quer dizer? — pergunta Helen, chocada.

— Teoricamente, isso significa que vocês têm que matar o pequeno Henry e começar de novo, senão a gente tem que matar a Amelia e começar de novo. Simples assim. Eu não vou deixar a Corrente chegar perto de mim nem da minha família. Estão entendendo? — rosna Rachel.

— Deve ter outra... — começa Mike.

— E tem. Nós três pegamos o carro e vamos pra Providence e explicamos tudo pessoalmente pro Sr. Hogg — diz Rachel.

— Nós três? — pergunta Pete.

— Nós três — insiste Rachel. — Não dá pra confiar nesses palhaços. Ela se vira para Helen.

— Você fica aqui tomando conta do garoto. O seu marido vem com a gente. Vamos no carro de vocês. É uma BMW, não é?

— É — confirma Mike.

— Deve ser rápida o suficiente. Vai calçar um sapato. Ah... e tratem de achar o Sr. Boo. Precisamos do Sr. Boo — diz Rachel.

— Sr. Boo? — Mike não entende direito.

— O ursinho de Amelia. Ela quer ele.

Helen vai buscar o Sr. Boo.

— Se você chamar a polícia ou avisar os Hoggs ou fizer qualquer besteira enquanto a gente estiver fora, Amelia está morta. Eles vão matar a sua filha e depois vão vir atrás de você e do Toby. Está entendendo? — pergunta Rachel.

Helen faz que sim com a cabeça.

Eles vão até a BMW de Mike, um carrão preto, top de linha. O tipo de carro que dão para quem faz muito dinheiro no Standard. Luxuoso. Confortável. Rápido.

Mike entrega as chaves a Rachel. Ela se senta ao volante.

Pete vai atrás com Mike.

Ela vira a chave na ignição, e o carro ganha vida.

Ela olha pelo retrovisor. Pete ainda está meio zonzo. Mike, se cagando de medo. Ela dá conta dos dois perfeitamente. Vai dar conta dos dois.

— Coloquem os cintos.

# 40

*Domingo, 23:59*

Ela começa a se fundir com o tráfego.

A rodovia zumbe. A rodovia canta. A rodovia brilha.

Uma víbora se arrastando para o sul.

Diesel e gasolina.

Água e luz.

Vapor de sódio e neon.

A Interestadual 95 à meia-noite. A espinha dorsal dos Estados Unidos, entrelaçando linhas de vida, destinos, narrativas sem nenhuma relação umas com as outras.

A rodovia está sem rumo. A rodovia sonha. A rodovia se examina.

Todos esses filamentos de destino se entrelaçando nessa meia-noite fria.

Cidades e saídas deslizando para o sul, fechando outras possibilidades, outros caminhos. Peabody. Newton. Norwood.

O mapa do Google fazendo seu próprio mapa do zodíaco.

Pawtucket.

Providence.

A saída para a Brown University. Região de Lovecraft. Uma velha estrada marginal para Providence Oriental. Casarões. Casarões ainda maiores.

Maple Avenue. Bluff Street. Narragansett Avenue.

— Aqui — diz Mike.

— É aqui?

— É.

A casa é uma construção enorme e feia imitando o estilo Tudor, uma dessas mansões massificadas do início dos anos 2000, numa rua cheia de residências semelhantes.

Eles passam pela casa e estacionam logo adiante.

— Entrada principal ou a dos fundos? — pergunta Rachel a Pete.

— Difícil saber — resmunga ele. — Não sabemos se tem cães, alarmes, essas coisas...

— Pelos fundos, então — decide Rachel.

Os três saltam da BMW, dão a volta no quarteirão até o quintal dos Hoggs e pulam uma cerca de metal nos fundos da casa. Nenhum cão vem atrás deles. Nem refletores se acendem. Nenhum tiro repercutindo na noite.

A porta dos fundos parece bem resistente, mas tem outra porta que dá para uma espécie de entrada secundária na lateral da casa. Tem apenas um fecho sem tranca do outro lado de um vidro. Pete aciona seu kit de pulso eletromagnético e quebra o vidro.

Eles ficam esperando alguma reação. Um grito. Uma luz se acendendo.

Nada.

Pete passa a mão pelo vidro quebrado e abre o fecho da porta.

Eles entram e se dão conta de que estão num pequeno e estreito vestíbulo de madeira cheio de casacos e botas.

Lanternas acesas.

Do vestíbulo, eles seguem para a cozinha e depois para a sala de jantar.

Uma sala de jantar com quadros nas paredes.

A lanterna de Rachel ilumina um retrato de família. Dois meninos, um homem e sua mulher. Sujeito alto de cabelos negros lustrosos. Esposa baixa, fofinha e atraente, com cara de gente boa. Os garotos parecem ter a mesma idade, pré-adolescentes. Um deles está numa cadeira de rodas. Por que será que os Dunleavys sequestraram o da cadeira de rodas? Por que dificultar tanto as coisas?

Que tipo de gente é capaz de sequestrar uma criança incapacitada?

E que tipo de pessoa é capaz de sequestrar uma criança que pode morrer de reação anafilática a frutos de casca rija?

Que tipo de gente sequestra uma criança?

Eles entram numa sala de jogos com uma mesa de sinuca profissional, um alvo de dardo e um Nintendo Wii. Pelo menos parece que os Hoggs têm dinheiro.

— Acho melhor você ficar com isso — diz Pete, meio distraído, entregando a Mike uma pistola 9 milímetros.

Rachel olha para ele, pasma. Por que diabos ele daria...

Mike se vira e aponta a pistola para a cabeça dela.

— Agora, sua piranha cretina, você vai ter o que merece. Vai soltar a Amelia hoje mesmo ou eu...

— Você o quê? — rebate Rachel. — Acha que a gente seria burro de te dar uma arma carregada?

Mike fica olhando para a arma.

— Eu...

Rachel arranca a pistola das mãos dele e a entrega a Pete, que finalmente parece se dar conta do erro que cometeu.

Rachel encosta o cano do .38 na bochecha de Mike.

— Você ainda não entendeu como isso funciona, não é? Mesmo que a gente liberte a Amelia, não significa que acabou. A Corrente tem que continuar. É assim que funciona. Eles vão matar você e a Amelia e a sua mulher e o Toby. Matam vocês todos e começam de novo. E vão me matar também, e a minha família toda.

Mike balança a cabeça.

— Mas eu... — começa.

Rachel aponta a pistola para a cara dele. Mike recua cambaleando até esbarrar em um aquário. Ela agarra a lapela do casaco dele e o impede de cair.

E o puxa para perto.

— Entendeu agora?

— Acho que sim — choraminga Mike.

Rachel pressiona o cano da arma embaixo do queixo dele.

— Entendeu mesmo? — insiste.

— Entendi — geme ele, começando a chorar de verdade.

Ela tira a touca ninja de Mike e deixa a arma pender ao lado do corpo. Olha para ele e o encara por um, dois, três segundos.

— Fecha os olhos — diz ela.

Ele lhe obedece e Rachel tira a própria touca ninja, abaixa a cabeça dele e encosta sua testa na dele.

— Você não consegue entender? Eu estou te salvando, Michael — diz ela suavemente. — Estou salvando você e a sua família.

Ele assente.

Ele finalmente entende. Testa com testa. Vítima e cúmplice. Cúmplice e vítima.

— Vai dar tudo certo — sussurra ela.

— Tem certeza? — pergunta ele.

— Tenho. Eu juro.

Ela coloca a touca ninja de novo e entrega a de Mike.

Então olha para Pete.

— O que está acontecendo com você? Vê se toma jeito — murmura para ele.

Um cachorro entra por uma porta lateral, um pastor-alemão grandalhão marrom amarelado. E congela ao vê-los ali.

— E aí, garoto — chama Pete. O cachorro se aproxima, cheira sua mão e gosta do que sentiu.

Pete afaga sua cabeça. O cão cheira Rachel e Mike e, satisfeito, vai para a cozinha.

De um quarto na frente da casa vem o barulho ensurdecedor de uma televisão ligada.

Eles seguem na direção do som por um corredor com mais retratos de família.

Na sala, deparam-se com um homem grandalhão cochilando numa cadeira reclinável em frente à Fox News. Um sujeito poderoso, de queixo duplo, derrubado pelos acontecimentos, como Gulliver.

Ele estava lendo a Bíblia, que caiu no chão ao seu lado. No colo, um revólver.

Rachel faz sinal com a cabeça para Pete.

Pete pega cuidadosamente a arma e a guarda no bolso do casaco.

— É o Seamus Hogg? — sussurra Rachel.

Mike faz sinal positivo.

Rachel pega a Bíblia.

Ele estava no Deuteronômio.

*Agora*, pensa ela, *está na hora de ensinar a esse homem uma nova religião.*

# 41

*Segunda-feira, 4:17*

Praia vazia. Céu apático. Ondas se sucedendo no frio oceano negro. Rachel sobe os degraus dos fundos da casa dos Appenzellers.

Vista de fora, a casa parece deserta.

Passa pela cozinha.

Chega à escada que dá para o porão.

— Kylie?

Vozes lá embaixo.

Ângulo holandês. Primeiro plano do rosto de Rachel. Meu Deus. Mais essa agora?

Ela pega a 9 milímetros, mantém a arma à sua frente e começa a descer as escadas.

Kylie e Amelia estão na tendinha.

Estão jogando Operando. Kylie não está usando a touca ninja. As duas comem batatinhas, Amelia está dando gargalhadas.

É a primeira vez que Rachel escuta a risada da menina.

Ela se senta na escada do porão e põe a arma de lado.

Quer ficar irritada com Kylie por não ter seguido o protocolo. Mas não consegue. Kylie está cuidando da menininha do jeito que qualquer ser humano cuidaria de outro ser humano.

Kylie tem mais empatia do que ela. É mais corajosa também.

Rachel volta para o andar de cima.

Coloca a arma em cima da mesa da cozinha e se senta.

Tudo que sente é desprezo e nojo de si mesma. Nada disso teria acontecido se ela tivesse sido uma boa mãe.

Por um momento, ela se pergunta como seria enfiar o cano da arma na própria boca. Aquele aço frio repousando na língua, como se fosse certo ele estar ali. O pensamento a assusta, e ela afasta a arma.

— Quando isso vai acabar? — sussurra para a escuridão.

A escuridão não se manifesta.

# 42

*Segunda-feira, 18:00*

Seamus Hogg foi muito bem instruído. Agora ele entende. Traça um plano e o executa com rapidez. Aparentemente, ele aprendeu rápido sobre sequestro de crianças. Vai dirigindo até Enfield, Connecticut, e espera do lado de fora de um campo de futebol por um menino de 14 anos chamado Gary Bishop, que joga como *defensive tackle*.

Rachel não entende muito de futebol americano, mas sabe que a posição de *defensive tackle* é importante. Isso a preocupa, mas o alvo foi aprovado pelo contato do Wickr. Quão cuidadosos eles são na hora de verificar essas coisas? Será que eles se importam com a possibilidade de dar tudo errado? Será que às vezes eles querem que dê tudo errado? Como funciona a cabeça de um monstro?

Ela olha para o relógio acima do marcador de marés.

18:01.

E sai para esperar no deque.

Kylie está na sala fazendo seu dever de casa. Está fingindo que está tudo normal, sentada ali fazendo o dever de matemática, mas de vez em quando suspira. Rachel tenta sentar ao seu lado, mas Kylie prefere ficar sozinha. Então Rachel a observa pela vidraça. Dia tranquilo na escola, contou ela. Estava com uma aparência péssima e não foi difícil convencer todo mundo de que estivera mesmo doente.

Pete está na casa dos Appenzellers com Amelia. Ela agora está na sua tenda de princesa jogando Operando sozinha. Amelia odeia Rachel. Foi o que ela disse a Pete.

— Não quero a moça. Odeio ela.

Rachel a entende perfeitamente.

Ela olha para seu celular e para o telefone descartável ao lado dele no deque: 19:15.

Se der tudo errado de novo, será que os Dunleavys vão mesmo matar Henry Hogg e recomeçar tudo do zero?

Se eles não conseguirem fazer isso, será que ela terá de matar a pequena Amelia na casa dos Appenzellers? Matar aquela adorável menininha, triste e apavorada, naquela tenda? O revólver .38 está no bolso de seu roupão. Terá de ser ela a fazer. Deixar Pete fazer isso seria fugir de suas responsabilidades. Pete já usou armas. Ela sabe disso. Provavelmente já matou pessoas. No Afeganistão, ele esteve em vários tiroteios. No Iraque, então, não dá nem para contar.

Mas foi ela quem o envolveu nessa história. De modo que tem de ser ela. Não há escapatória.

Ela pediria a Pete que esperasse na cozinha e desceria até o porão calçando apenas meias. Amelia não ouviria seus passos pelo piso de concreto. Rachel atiraria na nuca da menina enquanto ela estivesse brincando. Amelia jamais saberia o que aconteceu. Da existência para a não existência num estalar de dedos.

Matar uma criança... A pior coisa que uma pessoa pode fazer na vida.

Mas isso seria melhor do que ver Kylie ser sugada de novo para esse buraco.

Rachel começa a chorar. Ondas avassaladoras de angústia e raiva. Será que eles acham graça disso? Obrigar pessoas dignas a fazer coisas terríveis? Qualquer ser humano neste planeta pode ser forçado a violar as próprias crenças e seus princípios mais arraigados. Isso não é hilário?

Ela espera até sete e vinte e cinco e telefona para os Dunleavys.

— E aí?

— Acabamos de ligar pro Seamus Hogg. O sequestro deu certo. O garoto quase não deu trabalho. Está com ele.

— Ótimo.

— E a Amelia?

— Amelia está bem. Está jogando Operando de novo. Está segura.

Rachel desliga.

Vai até seu quarto e se senta na beirada da cama.

Põe o .38 em cima da cômoda, solta levemente o cão, aciona de novo a trava, libera o tambor, retira as balas, coloca-as na gaveta da cômoda e respira.

Uma hora depois, há um alerta do Wickr em seu celular. O contato dela informa que ela pode soltar Amelia Dunleavy.

Depois de um leve contratempo, a Corrente está novamente funcionando às mil maravilhas.

Rachel liga para Helen Dunleavy de um celular descartável.

— Alô?

— Vamos libertar a Amelia dentro de meia hora. Vamos ligar com as instruções — diz Rachel e desliga.

Ela vai até a casa dos Appenzellers, veste a touca ninja e desacorrenta Amelia com ajuda de Pete e a tiram do porão. Os dois calçam luvas e Rachel veste a menina com um par de jeans e um suéter, ambos livres de digitais. Quando a rua está vazia, eles a cobrem com uma toalha e a colocam no banco de trás da caminhonete de Pete.

Eles dirigem até o parquinho de Rowley Common e tiram-na do carro. Eles falam para Amelia ficar com a toalha na cabeça e contar até sessenta e depois ir brincar no balanço até sua mãe chegar para buscá--la. Eles deixam o Sr. Boo, devidamente limpo, com ela e um polvo de brinquedo pelo qual ela se afeiçoou.

Eles estacionam o Dodge do outro lado da rua. Pete fica observando Amelia pelo binóculo enquanto Rachel liga para os Dunleavys. Ela os lembra mais uma vez da Corrente, do revide e das terríveis consequências de libertar a vítima antes da hora ou de abrir o bico com alguém. Eles já ouviram o discurso pela voz da Corrente e garantem que vão fazer tudo direito.

Rachel diz ao casal onde a menina está e desliga.

Ela e Pete continuam esperando no carro.

Uma menina pequena largada sozinha no balanço de um parquinho público nos Estados Unidos do início do século XXI. O que poderia ser mais assustador?

Passam-se cinco minutos.

Amelia começa a ficar entediada.

Ela sai do balanço e vai até a beira da Rota 1A. Os carros passam a oitenta quilômetros por hora.

— Droga! — diz Pete.

Rachel está com o coração na boca.

Agora há outras pessoas no parque, dois adolescentes com capuz na cabeça.

— Ela vai acabar sendo atropelada — diz Pete.

— Deixa que eu cuido disso — declara Rachel.

Ela coloca a touca ninja de novo, desce do carro e corre até a menina.

— Amelia, essa estrada é perigosa. Eu disse pra você esperar no balanço! Papai e mamãe vão chegar daqui a cinco minutos.

— Eu não quero brincar no balanço.

— Amelia, se você não for pro balanço, eu vou falar com a sua mamãe e com o seu papai que você não quer que eles venham te buscar, e aí eles não vão vir!

— Você faria isso? — pergunta Amelia, de repente amedrontada.

— Sim, senhora — afirma Rachel. — Agora vai brincar no balanço.

— Você é muito malvada! Eu te odeio!

Amelia se vira e caminha de volta para o parquinho.

Rachel sai correndo antes que os adolescentes registrem a touca ninja e comecem a se perguntar se há algo errado. Quando ela tem certeza de que eles não estão olhando, entra no carro.

Amelia se senta desanimada no balanço sozinha quando os dois adolescentes entram na casa de brinquedo, aparentemente para fumar um baseado.

O tempo se arrasta.

Finalmente os Dunleavys chegam de carro e saem correndo para abraçar a filha, chorando.

Assunto encerrado.

Os holofotes não estão mais neles, e agora é só esperar que os outros mais adiante na Corrente não botem tudo a perder e mandem a bola de volta para eles.

Os dois voltam para casa para ver como Kylie está e depois seguem direto para a casa dos Appenzellers, para remover todo e qualquer indício da presença deles lá. Esvaziam o porão e tiram o tapume que usaram para cobrir a janela, levam o colchão de volta para o quarto de cima, limpam as digitais. Arrumam o mecanismo da fechadura da porta dos fundos e a trancam da melhor maneira que conseguem. Os Appenzellers certamente vão notar alguma coisa estranha ali quando voltarem, na primavera. Mas ainda falta muito para a primavera.

Eles levam o lixo para um lixão em Lowell. Ao voltarem, já está tarde, mas Kylie ainda está acordada.

— Acabou — diz Rachel. — A menininha está com os pais de novo.

— Acabou mesmo? — pergunta Kylie.

Rachel afasta o menor sinal de incerteza da voz e olha bem nos grandes olhos castanhos da filha.

— Acabou.

Kylie cai no choro, e Rachel a abraça.

Elas pedem pizza, e Rachel se deita ao lado de Kylie e fica lá até a filha pegar no sono. Ela então manda uma mensagem à oncologista, dizendo que vai telefonar para ela de manhã. Espera não estar morrendo. Seria mesmo o fim da picada depois de tudo isso.

Ela desce a escada. Pete está lá fora de moletom, cortando lenha para a lareira. Conseguiu fazer meia dúzia de pilhas, cada uma com quase dois metros de altura. Lenha mais do que suficiente para um inverno inteiro e mais um ou dois apocalipses zumbi. Ele entra com um feixe de lenha e acende a lareira.

Rachel lhe oferece uma Sam Adams, ele abre a garrafa e se senta com ela no sofá. Alguma coisa despertou nela ao vê-lo cortando lenha. Algo ridiculamente tolo e primitivo.

Ela nunca conheceu Pete o suficiente para ter uma queda por ele. Ele sempre estava em algum lugar muito longe. Iraque, Camp Lejeune, Okinawa, Afeganistão, ou simplesmente viajando. Ele é muito diferente de Marty. Mais alto, mais magro, mais moreno, mais taciturno, mais calado. Marty é bonitão de qualquer ângulo; Pete já não é para qualquer gosto. Os dois não se parecem nem agem de maneira semelhante. Pete é introspectivo; Marty, um extrovertido. Marty é sempre a alegria da festa; Pete é aquele sujeito que fica num canto, dando uma olhada na estante de livros, olhando para o relógio para ver se consegue dar um jeito de escapar.

Pete termina a cerveja em um gole só e vai pegar outra. Ela acende um Marlboro para ele da reserva de emergência de Marty para o exame da ordem dos advogados.

— E também temos isso aqui — diz ela, pegando uma garrafa de Bowmore doze anos e servindo dois dedos para cada um.

— Muito bom — elogia Pete. Ele gosta daquela sensação. Esse baratinho da bebida. Ele já havia esquecido. É completamente diferente da sensação que os opioides proporcionam. A heroína é um cobertor de proteção que puxamos sobre nós. O mais belo cobertor do mundo, que alivia a dor e nos deixa mergulhar num universo outonal de êxtase.

A bebida nos puxa para fora. Pelo menos é o que acontece com ele. Mas o fato é que ele não confia muito nessas emoções.

— Vou só checar as portas — diz ele, pigarreando.

Pete se levanta abruptamente, pega a 9 milímetros na bolsa, verifica os arredores e tranca as portas.

Tarefa concluída. Ele não tem outra opção a não ser voltar a se sentar no sofá. Então toma uma decisão. Está na hora de contar a Rachel a verdade sobre ele. Seus dois grandes segredos.

— Preciso te contar uma coisa a meu respeito — começa ele, hesitante.

— É?

— Coisa dos Fuzileiros. Eu fui... dispensado com honras, mas foi por muito pouco. Quase fui levado à corte marcial pelo que aconteceu em Bastion.

— Do que você está falando?

— Catorze de setembro de 2012 — começa ele em tom monocórdio.

— No Iraque?

— Afeganistão. Camp Bastion. Talibãs usando fardas do exército americano se infiltraram no campo, entraram na base e começaram a atirar nos aviões e nas tendas. Eu era o oficial de plantão na unidade de engenharia no hangar vinte e dois. Só que... Bem... Só que eu não estava no plantão. Estava chapado na minha tenda. Só maconha. Mas mesmo assim... Tinha deixado um primeiro sargento no meu lugar.

Rachel assente.

— Quando cheguei lá, o lugar era um inferno. Balas zunindo, uma confusão enorme. A RAF atirando nos Fuzileiros americanos, que atiravam no exército. Mas por acaso tinha uns seguranças particulares lá, que acabaram impedindo o massacre. Eu jamais imaginaria que um grupo de talibãs fosse conseguir penetrar tão fundo na base. O príncipe Harry, da Inglaterra, estava lá nessa noite. A área VIP ficava a duzentos metros de onde tudo aconteceu. Foi um desastre, como você pode imaginar, em boa parte por minha causa.

— Deixa disso, Pete. Isso foi há seis anos — protesta Rachel.

— Você não está entendendo, Rach. Fuzileiros morreram, e parte da responsabilidade foi minha. Eles me puniram com base no Artigo Quinze, mas teria sido corte marcial se eles não estivessem preocupados com a repercussão disso. De qualquer forma, eu me mandei uns anos depois. Seis anos antes de completar vinte de serviço. Sem pensão nem benefícios. Sou um idiota mesmo.

Ela se inclina para a frente e lhe dá um beijo delicado nos lábios.

— Está tudo bem — diz ela.

O beijo o deixa sem fôlego.

*Você é linda*, ele quer dizer, mas não consegue. Ela está exausta, magra e frágil, mas ainda assim deslumbrante. O problema não é esse. O problema é articular o que ele está sentindo. Ele sente que corou e desvia o olhar.

Ela afasta uma mecha de cabelo rebelde da testa franzida dele.

E o beija de novo, dessa vez mais intensamente. Ela já queria fazer isso havia um tempo, mas temia que estragasse o clima.

Só que não foi o que aconteceu.

Os lábios dele são macios, mas seu beijo é forte e marcante. Ele tem gosto de café, cigarro, uísque e outras coisas boas.

Pete a beija com avidez, mas, um minuto depois, hesita.

— O que foi?

— Não sei se devo — diz ele baixinho.

— Como assim? Você não me acha...

— Não é isso. Não é nada disso. Você é muito atraente.

— Eu sou só pele e osso, eu...

— Não, você está linda. Não é isso.

— O que é, então?

— É que eu não... Tem um tempão... — diz ele. Não chega a ser mentira. Ele está pensando no segundo grande segredo, a heroína, e se perguntando se vai conseguir ter um bom desempenho.

— Tenho certeza de que você vai se lembrar de tudo rapidinho — diz Rachel, levando-o para o quarto.

Ela tira a própria roupa e se deita na cama.

Ela não sabe, mas é muito gostosa, pensa Pete. Cabelos castanhos, pernas muito, muito compridas.

— Vem — diz ela, provocante. — É um revólver isso aí no seu bolso ou você... Ah, é um revólver!

Pete coloca a 9 milímetros na mesa de cabeceira e tira a camiseta.

Quando ele tira as calças, está de certa forma surpreso ao ver que tudo está funcionando perfeitamente.

— Ora, ora, ora... — diz Rachel.

Pete sorri. *Que alívio*, pensa, e se junta a ela na cama.

Eles transam como se tivessem sobrevivido a um desastre de avião.

Frenético, tenso, desesperado, faminto.

Vinte minutos depois, ela goza, e ele também.

Um oásis espetacular depois de meses de seca.

— Quer dizer então... — diz Pete.

— É... — solta Rachel.

Ela se levanta para pegar cigarros e uísque.

— E é meio estranho também, né? — continua ela. — Meio pervertido. Tipo, dois irmãos, meu Deus. Quem é que faz um negócio desses?

— Só deixa o meu pai fora disso. Acho que o coração dele não ia aguentar...

— Que nojo.

Pete se levanta, vai até a sala e percorre a coleção de vinil dela, composta basicamente de Motown e jazz. Todos os CDs são de Max Richter, Jóhann Jóhannsson e Philip Glass.

— Caramba, Rachel! Você por acaso já ouviu falar de rock and roll?

Ele bota *Night Beat,* de Sam Cooke, para tocar.

Quando ele volta para a cama, ela vê nitidamente as marcas das agulhas em seus braços.

Não é nenhuma surpresa. Já desconfiava de algo assim. Ela toca nas marcas e depois o beija afetuosamente.

— Se você for ficar aqui, vai ter que ficar limpo — diz ela.

— Eu sei — concorda ele.

— Não, Pete, estou falando sério. Você deu a comida errada pra Amelia. Entregou uma arma pro Mike Dunleavy. Você precisa se livrar dessa merda.

Pete sente a força do olhar dela.

Está envergonhado.

— Desculpa. Desculpa mesmo. Você tem razão. Você merece isso, e a Kylie também. Não é mais só problema meu. Vou ficar limpo.

— Mas quero que me prometa isso, Pete.

— Eu prometo.

— Sei que não é a mesma coisa que químio, mas eu passei por uns maus bocados. Estou aqui pra te ajudar.

— Obrigado, Rach.

— O que aconteceu ontem à noite em Providence Oriental? Na casa do Seamus Hogg? Você estava chapado?

— Não. Não chapado, mas...

— O quê?

— No limite. Eu simplesmente não estava pensando quando entreguei a arma pra ele. Desculpa. Ele podia ter matado a gente.

— Mas não matou.

— Não.

Ela se deita em seu peito e o encara.

— Eu não teria conseguido fazer isso sem você, Pete. De verdade.

E o beija nos lábios.

— Foi você, meu bem, foi você que salvou sua família — insiste Pete. — Você conseguiu. Você é capaz de qualquer coisa.

— Ah! Passei os últimos anos me sentindo um grande fracasso. Trabalhei como garçonete e arrumei aqueles empreguinhos só pro Marty poder estudar pra esse exame. E antes também. Sabe, quando eu estava ajudando o Marty a estudar pro LSAT, tirei setenta no teste prático. E ele tirou cinquenta e nove. Eu tinha muito potencial, Pete. E joguei fora.

— Você deu a volta por cima, Rach. O que você fez foi incrível trazendo a Kylie de volta — diz ele.

Ela balança a cabeça. É um milagre que a Kylie esteja de volta, e não se recebe crédito por um milagre.

Rachel põe a mão no peito dele e sente seu coração batendo. Calmo, lento, deliberado. Ele tem três tatuagens: um ouroboros, o logo dos Fuzileiros Navais e o numeral romano *V*.

— Por que o *V*? — ela quer saber.

— Cinco participações em combate.

— E a serpente?

— Pra me lembrar de que não há nada de novo sob o sol. Tem gente que sobreviveu a coisa muito pior.

Ela suspira e o beija mais uma vez, e o sente ficar excitado por baixo dela.

— Seria bom se esse momento durasse pra sempre — comenta Rachel.

— E vai — afirma Pete, feliz.

*Não*, pensa Rachel, *não vai.*

## SEGUNDA PARTE

# O MONSTRO NO LABIRINTO

SEGUNDA PARTE

# O MONSTRO NO LABIRINTO

# 43

Uma comunidade hippie lamacenta em Crete, Nova York, lá pelo fim dos anos 1980. É uma manhã de início do outono, cinzenta e chuvosa. A comunidade crescera em torno de uma série de celeiros decrépitos. E tem sido motivo de preocupação desde o verão de 1974, mas é evidente que nenhum dos profissionais contratados desde então tinha muita competência em pecuária, agricultura ou mesmo para questões básicas de manutenção.

O nome da comunidade mudou várias vezes em uma década e meia. Já se chamou Filhos de Astério, Filhos da Europa, Filhos do Amor e assim por diante. Mas o nome não é importante. Quando o acontecimento daquela manhã de outono chega às páginas do *New York Daily News*, a manchete sensacionalista é simplesmente "Massacre com drogas e sexo em seita no norte do estado".

Mas, no momento, tudo está em paz.

Um bebê, provavelmente de uns 2 anos, um menino chamado Raio de Lua, está lá fora com sua irmã gêmea, Cogumelo, e vários outros bebês, crianças mais velhas, galinhas e cachorros. Eles estão brincando num terreno lamacento atrás do curral, sem a supervisão de nenhum adulto. A criançada parece bem feliz, apesar de molhada e suja.

Dentro do celeiro, cerca de uma dúzia de jovens adultos sentados em círculo estão viajando, cheios de LSD na cabeça. No fim da década de 1970, haveria trinta ou quarenta pessoas ali, mas aquela época foi o auge desse tipo de experiência de vida alternativa, e isso já faz muito tempo. A *vibe* dos anos 1980 é bem diferente, e a comunidade aos poucos está morrendo.

Os acontecimentos de hoje representarão seu pavoroso capítulo final.

Uma caminhonete estaciona na entrada do curral. Um velho e um rapaz saltam dela. Eles se entreolham e colocam toucas ninja. Ambos estão armados com revólveres de cano curto calibre .38.

Eles entram no celeiro e perguntam aos jovens chapados onde Alicia está.

Aparentemente ninguém sabe onde Alicia está, ou nem mesmo *quem* é Alicia.

— Vamos olhar na casa — diz o velho.

Eles saem do celeiro, passam por um trator enferrujado e entram no antigo casarão da fazenda.

O lugar é um labirinto, parece uma pista com obstáculos. Colchões, móveis, roupas, brinquedos e jogos espalhados por todo lado. Os dois sacam suas armas e revistam os cômodos do primeiro e do segundo andar.

Então olham para a escada que dá para o terceiro andar. Em algum lugar lá em cima, há música tocando.

O rapaz reconhece o álbum *Sticky Fingers*, dos Rolling Stones, um dos favoritos de Alicia.

À medida que sobem a escada, a música vai ficando mais alta. Eles entram no amplo quarto principal no momento em que "Sister Morphine" dá lugar a "Dead Flowers".

E dão de cara com Alicia, uma jovem loira, nua com outra jovem e um homem ruivo de barba avermelhada. Eles estão numa enorme e antiquada cama de dossel. Alicia e o barbudo estão drogados. A outra mulher parece dormir profundamente.

O velho se ajoelha perto de Alicia, lhe dá uma bofetada no rosto e tenta fazê-la reagir.

— Cadê as crianças, Alicia? — pergunta ele, mas ela não responde.

O jovem a sacode e repete a pergunta, mas ela ainda não responde. Até que ele desiste de perguntar.

O velho pega um travesseiro e o entrega ao homem que está com ele.

O rapaz olha para o travesseiro e balança a cabeça.

— É a única saída — diz o velho. — Os advogados vão devolver as crianças pra ela.

O rapaz pensa por um tempo, faz que sim com a cabeça e, inicialmente com certa relutância, mas depois com crescente fúria, começa a asfixiar Alicia com o travesseiro. Ela se debate, arranhando as mãos dele, chutando-o.

O barbudo cai em si e percebe o que está acontecendo.

— Ei, cara! — diz.

O velho saca o revólver e atira na cabeça do barbudo, que morre imediatamente.

O rapaz larga o travesseiro e pega seu .38.

— Tom? — pergunta Alicia, arfante.

O velho dá um tiro na cabeça dela também.

Em meio a todo aquele alvoroço, a outra mulher não despertou, ou talvez esteja fingindo que está dormindo. Mas o velho atira nela de qualquer forma.

Voam penas para todo lado, os lençóis estão empapados de sangue.

A porta do banheiro se abre e um jovem nu entra no quarto com um rolo de papel higiênico na mão.

— O que está acontecendo aqui? — pergunta.

O velho mira com cuidado e atira no peito do perplexo intruso. Foi um tiro no coração, que provavelmente o matou, mas o velho atravessa o quarto e dá dois disparos na cabeça dele também, só para garantir.

— Jesus, que estrago! — solta Tom.

— Eu cuido disso enquanto você procura as crianças — diz o velho.

Dez minutos depois, Tom encontra Raio de Lua e Cogumelo brincando na lama atrás do celeiro e os leva para a caminhonete.

Com uma faca de caça, o velho decepa quatro dedos da mão esquerda de Alicia: os dedos que arranharam o rapaz e que têm mostras de seu DNA.

Encontra um galão de gasolina e espalha seu conteúdo pela casa. Limpa o galão com um lenço, vai até a pia da cozinha e se serve de um copo de água. Depois de bebê-la, elimina as digitais do copo também.

Abre a porta de tela e, com o pé, a mantém entreaberta, então acende vários palitos de fósforo e os joga no chão da cozinha.

Um rastro de chama vermelha corre pelo piso de linóleo.

O velho entra na caminhonete em que Tom está.

Eles seguem para longe da comunidade, o velho ao volante, Tom atrás com as crianças.

Não cruzam com nenhum outro carro na estrada estreita que sai da fazenda, o que é uma sorte para todo mundo.

Tom olha pelo para-brisa traseiro e vê a casa em chamas.

Seguem por quarenta minutos, até encontrar um reservatório. O velho para a caminhonete, salta do carro, limpa os dois revólveres e a faca com um lenço.

Joga a faca de caça na sacola de papel onde estão os dedos de Alicia. Abre um buraco na sacola e a atira na água gelada, junto com os revólveres.

Tudo afunda imediatamente.

As três ondulações na lagoa se cruzam por um breve momento, como a espiral tripla encontrada na entrada das sepulturas coletivas da Europa neolítica.

As espirais desaparecem e a água escura volta a se aquietar.

— Vamos — diz o velho. — Vamos embora.

# 44

Nevasca. Frio. Os volumes aos seus pés são pássaros que congelaram e caíram das árvores. Seu rosto é castigado pela neve, mas ela mal sente. Ela está e não está aqui. Está vendo a si mesma num cinema de confissões.

Tudo que está tentando fazer é voltar da caixa de correio para casa. Mas não consegue enxergar nada na vastidão desse branco translúcido de Old Point Road.

Ela não quer pegar o caminho errado e ir parar no pântano. De roupão, caminha cautelosamente com suas pantufas.

Por que está vestida assim? Por que tão despreparada? Desprevenida?

O brejo espera que ela preencha uma ausência. *Você está devendo uma vida ao vácuo porque conseguiu sua filha de volta.*

Na água, os patos soam o alarme. Tem alguma coisa à espreita na beira da bacia das marés.

O vento faz a neve rodopiar à sua frente. O que foi que deu nela para ir até ali num tempo desse?

A brancura escurece assumindo a forma de uma criatura. Um homem. A curva no capuz do casaco faz com que pareça que ele tem chifres.

E talvez tenha. Talvez ele tenha o corpo de um homem e a cabeça de um touro.

Ele se aproxima.

Não, é um homem. Está usando um casacão preto longo e aponta um revólver para o peito dela.

— Estou procurando Kylie O'Neill — diz ele.

— Ela não está em casa... ela... ela... ela está em Nova York — gagueja Rachel.

O homem ergue o revólver...

Ela acorda sobressaltada.

A cama está vazia. Pete não está ali. A casa está em silêncio. Ela já teve esse sonho antes. Variações em torno do mesmo tema. Ninguém precisa ser nenhum gênio para interpretar esse pesadelo: você tem uma dívida. Sempre terá uma dívida. Está devendo. Uma vez que se está na Corrente, não se sai dela nunca mais. E se sequer pensar em tentar se libertar, ela vai se voltar contra você.

Como o seu câncer.

Ele sempre estará lá, à espreita, pelo resto de sua vida. Pelo resto de suas vidas.

Câncer.

Exatamente.

Ela olha para o travesseiro, e ali estão algumas dezenas de fios de cabelo castanhos e pretos e — que lindo — alguns grisalhos agora também.

Quando ela foi à consulta com sua oncologista naquela fatídica manhã de terça-feira, a Dra. Reed imediatamente a mandou fazer uma ressonância magnética. O resultado foi suficientemente preocupante para que a médica recomendasse uma cirurgia naquela mesma tarde.

A mesma sala de paredes creme do Hospital Geral de Massachusetts.

O mesmo anestesista texano simpático.

O mesmo cirurgião húngaro pragmático.

E até a mesma sinfonia de Shostakovich tocando.

— Vai ser tudo um primor, meu bem. Vou contar de trás pra frente começando do dez — disse o anestesista.

Meu Deus do céu, quem ainda fala "um primor"?, pensou Rachel.

— Dez, nove, oito...

A cirurgia foi considerada um sucesso. Ela precisaria de "apenas um ciclo auxiliar de quimioterapia", o que, para a Dra. Reed, era fácil falar, pois não era ela que passaria por isso. Não seria ela quem receberia o veneno em gotas nas veias.

Mesmo assim, uma sessão a cada duas semanas durante quatro meses é algo que Rachel pode encarar. Agora que sua menina voltou para casa, nada pode ser tão terrível assim.

Ela espana os fios de cabelo do travesseiro e faz o mesmo com o pesadelo em sua mente. Consegue ouvir Kylie lá em cima, no chuveiro. A filha costumava cantar no banho. Mas não faz mais isso.

Rachel abre as persianas e pega a xícara de café que Pete deixou para ela ao lado da cama. Parece uma bela manhã. Ela fica surpresa por ver que não está nevando. O sonho parecia tão real! A cama está virada para o leste, na direção da bacia das marés. Ela bebe um gole do café, abre a porta de tela e vai para o deque. Ar frio e revigorante, as zonas entremarés estão cheias dos pássaros que vivem no lodo.

Ela avista o Dr. Havercamp caminhando pelas dunas na frente de casa. Ele acena, e ela o cumprimenta também. Ele desaparece por trás de um grande *prunus maritima*, um desses arbustos conhecidos como *beach plums*, que deram nome à ilha, assim como a outra existente em Nova York. Os frutos agora estão maduros. Elas fizeram algumas jarras de conserva de ameixa no outono passado e as venderam para o mercado local. Ela e Kylie dividiam as tarefas. *Vineland Jam Corporation* fora o nome escolhido por Kylie para o empreendimento, devidamente inscrito nas etiquetas feitas em casa. Kylie adorou saber da possibilidade de que perigosos piratas vikings tivessem chegado a Plum Island. Aquela era uma época em que dava para sonhar com perigos num lugar plenamente seguro.

Rachel aperta o cinto do roupão e vai até a sala.

— Querida, quer que eu prepare o seu café da manhã? — pergunta ela à filha.

— Torrada, por favor — responde Kylie lá de cima.

Rachel vai até a cozinha e põe duas fatias de pão na torradeira.

— Feliz Dia de Ação de Graças — diz alguém atrás dela.

— Merda! — grita Rachel, virando-se com a faca de pão na mão.

Stuart comicamente coloca as mãos para cima.

— Stuart, desculpa. Eu não sabia que você estava aqui.

— Por favor, pode baixar a faca, Sra. O'Neill — pede ele, fingindo estar apavorado.

— Desculpa pelo palavrão também. Não conta pra sua mãe.

— Tudo bem. Acho que já ouvi essa palavra uma ou duas vezes em outros... ééé... contextos.

— Quer torrada?

— Não, obrigado. Só vim dar um alô pra Kylie antes de vocês saírem.

Rachel balança a cabeça e prepara uma torrada para ele também. Ela, Kylie e Pete irão para Boston para o Dia de Ação de Graças. O feriado caía dois dias depois de uma terça-feira de químio, e Marty aproveitou para convidar todo mundo para passar a data com ele.

Tudo bem. Está tudo bem.

Rachel faz mais duas torradas e as coloca em um prato.

Pete volta da corrida, ofegante mas feliz. Ele tem corrido muito nas duas últimas semanas, está ficando mais forte. O Departamento de Assuntos de Veteranos de Worcester o está submetendo a um tratamento com metadona, para tirar gradualmente os opioides do organismo. Até agora está funcionando. E é bom que continue funcionando. A prioridade é a família dela. Pete sabe disso.

Pete lhe dá um beijo na boca.

— Boa corrida? — pergunta ela.

Ele olha para Rachel. E percebe.

— Pesadelo? — sussurra Pete.

Ela faz que sim.

— O mesmo.

— Você devia procurar ajuda.

— Você sabe que eu não posso.

Eles não podem contar a ninguém que atravessaram o espelho e entraram no mundo em que os pesadelos são reais.

Pete se serve de uma xícara de café e se senta ao lado de Rachel à mesa da sala.

Em momento algum ele chegou a propor formalmente se mudar para a casa dela. Havia ido de carro a Worcester e trazido as coisas de que precisava, que não eram muitas, e simplesmente foi ficando.

Dos três, talvez Pete seja quem está melhor.

Se tem algum pesadelo, não diz nada, e a metadona afasta suas piores ânsias.

Dos três, Kylie certamente é quem está pior.

Naquela noite na casa dos Appenzellers, Kylie foi ficar com Amelia no porão. A menina tinha acordado e Kylie foi confortá-la, dizendo que ia dar tudo certo. Mas a questão não é essa. A questão é o fato de ela ter ido até o porão. Ela agora fazia parte do esquema que mantinha Amelia prisioneira. Kylie então fora vítima e agressora. Como todos eles. Vítimas e cúmplices. É isso que a Corrente faz com você. Ela te tortura e te obriga a torturar outras pessoas.

Kylie não fazia xixi na cama desde os 4 anos. Agora, praticamente toda manhã o lençol está molhado.

Quando sonha, tem sempre o mesmo pesadelo: ela é jogada num calabouço e deixada lá para morrer sozinha.

Está tudo diferente em Plum Island. Kylie não vai mais sozinha à escola, nem ao mercado, nem a lugar nenhum.

Antes, elas raramente trancavam as portas; agora as trancam sempre. Pete trocou e reforçou todas as trancas. Apagou os programas espiões dos dispositivos eletrônicos de Rachel, e eles pagaram seu amigo Stan para tirar os grampos da casa e colocar rastreadores GPS do tamanho de moedas nos sapatos de Kylie. Ela é monitorada quando vai a qualquer lugar, especialmente quando fica com o pai na cidade.

Kylie sabe que não pode contar ao pai o que aconteceu. Nem ao pai, nem a Stuart ou ao orientador da escola, nem à avó. A ninguém. Mas Marty não é nenhum bobo, e sabe que há algo errado. Acha que talvez tenha a ver com algum garoto. Mas ele não vai pressionar a filha. Ele já tem os próprios problemas. Tammy teve de voltar para a Califórnia de uma hora para outra para cuidar da mãe, que recentemente sofreu um acidente. E ela não está interessada em se relacionar com alguém que está no outro extremo do país. Alguns poucos e-mails secos, e assim, sem mais nem menos, tchauzinho, Marty.

Pete nem ficou muito surpreso. Marty livrou Tammy da falência, restabeleceu seu crédito na praça, resolveu todos os problemas jurídicos dela e então ouviu: *Muito obrigada, vou voltar pra Califórnia*. Ela manipulou todo mundo, na opinião de Pete. Ele conhece esse tipo de mulher; na verdade, se casou com uma quase igual a Tammy. E conhece muitos Tammys do sexo masculino também.

Kylie finalmente desce. Ela trocou o pijama por calça de moletom e uma camiseta.

Rachel sabe o que isso quer dizer. O pijama está no cesto de roupa suja.

— Oi, Stuart. E aí? — diz Kylie.

Ela não podia parecer mais triste. Tomara que no feriado de Ação de Graças consiga espairecer um pouco. Rachel a observa, fingindo examinar alguma coisa em seus livros de filosofia. Stuart está falando com ela, e Kylie responde de um jeito vago e indiferente.

Até que ele se despede; então eles tomam o café da manhã e vão se vestir.

À uma da tarde, Pete as leva de carro até a nova casa de Marty em Longwood, bem perto do Fenway Park. Boa vizinhança. Advogados, médicos, contadores. Cercas de madeira pintadas de branco, gramados impecáveis.

— Independentemente do valor que o Marty esteja dando de pensão alimentícia, você pode pedir mais — comenta Pete, estacionando o Dodge.

Marty nem tentou cozinhar. Pediu comida para todos por um aplicativo, e estava tudo delicioso. A casa ainda não está completamente mobiliada, e ele não tem uma namorada nova na cidade, o que surpreende um pouco Rachel. Marty é o tipo de sujeito que sempre tem um plano B.

Eles ficam sabendo dos detalhes do súbito rompimento com Tammy e das novidades no trabalho de Marty. Ele está chateado porque Tammy rompeu com ele por mensagem e depois sumiu, mas Marty não é do tipo que se deixa abater por coisas assim. Ri dos clientes, conta uma história engraçada envolvendo a leitura de um testamento e depois desfia algumas de suas melhores piadas de advogado.

Não faz nenhuma pergunta sobre os estudos de Kylie. Já está sabendo que as notas dela despencaram e acha melhor não trazer o assunto à tona.

Kylie está distante e Rachel, cansada demais para dizer qualquer coisa, mas Pete mantém a conversa fluindo. Conta que está pensando em se aventurar de caiaque na Intracoastal Waterway e divaga sobre as complexidades do canal de Cape Cod e da Baía de Chesapeake.

A mãe de Rachel telefona da Flórida, e Marty insiste em falar com ela. O coração de Rachel quase vem à boca quando ele pergunta sobre *Hamilton*, mas Judith se lembra de mentir direitinho.

Quando está falando só com Rachel, Judith diz que a filha tem de romper relações com essa família O'Neill medonha, e Rachel escuta, concorda, deseja à mãe um feliz Dia de Ação de Graças e desliga.

— O que você fez no Dia de Ação de Graças do ano passado, tio Pete? — pergunta Kylie.

— Eu estava em Cingapura. Viajando. Nada especial. Não consegui achar um peru.

— E quando foi seu último Dia de Ação de Graças em casa? Com a família? — quer saber Rachel.

Pete tenta se lembrar.

— Tem alguns anos já. O último que lembro foi em Okinawa, em Camp Butler. Serviram peru e purê de batatas no refeitório. Foi muito bom.

Rachel ouve, sorrindo. Ela segura a mão de Kylie por baixo da mesa, move a comida de um lado para o outro no prato e finge comer. Olha para a filha, que no momento está rindo das piadas do pai, mas que quase sempre está à beira das lágrimas. Olha para Pete, pensativo e calado, mas fazendo um esforço danado para sustentar a conversa. Olha para Marty, bonitão, exuberante, divertido. Tammy é uma idiota. Marty é um achado.

Ela pede licença para ir ao banheiro.

Contempla seu reflexo no espelho do corredor.

Está definhando de novo. Dissolvendo-se no espaço. Entra no banheiro e puxa a droga do fio vermelho que vive soltando em seu suéter favorito.

E se senta no vaso com a cabeça entre as mãos, pensando.

Seu celular emite um alerta. Nova mensagem no Wickr. Ela só recebe mensagens de uma pessoa pelo Wickr: *número desconhecido*. A Corrente.

Ela abre a mensagem.

Você tem muito o que agradecer este ano, Rachel. Nós devolvemos sua filha para você. Devolvemos a sua vida. Sinta-se grata por nossa clemência e lembre que, uma vez que você entra na Corrente, está nela para sempre. Você não é a primeira nem será a última. Nós estamos vigiando, nós estamos ouvindo; podemos ir atrás de você a qualquer momento.

Rachel larga o telefone, sufocando um grito.

E cai em prantos. Isso nunca mais vai acabar. Nunca.

Ela cai no chão e, depois de alguns segundos, se lembra de respirar.

Chora, lava o rosto, dá descarga, respira fundo e se junta à família novamente.

Todos olham para ela. Todo mundo sabe que ela estava chorando. Duas pessoas acham que sabem por quê.

# 45

Fruit Street, 55, Boston, Massachusetts.

Ela fala para eles não irem. Quer que eles vão, mas sempre diz para eles não irem. Pete tem de levá-la, claro, mas não há motivo para Kylie e Marty estarem ali também.

Para um ex-marido, Marty até que se sai muitíssimo bem.

Eles aguardam na sala de espera.

O espaço é ótimo. Tem uma televisão sintonizada na CNN e uma pilha de *National Geographic* desde a década de 1960. Tem vista para o Porto de Boston. Dá até para ver o *USS Constitution*.

Ela fica feliz por eles não estarem lá dentro para vê-la se contrair de dor quando a enfermeira acessa o cateter ou quando o veneno começa a correr por suas veias e ela começa a tremer, vendo o quarto girar.

A quimioterapia é uma pequena morte que convidamos a entrar em nossa casa para manter a grande morte esperando na varanda.

Depois da humilhação e do sofrimento, eles a levam de cadeira de rodas para a sala de recuperação e sorriem para ela. Abraços de Kylie e Pete. Marty não consegue parar de falar, parece que engoliu uma vitrola.

Tudo de que a gente precisa. Família. Amigos. Apoio.

A Dra. Reed está satisfeita com o tratamento. E seu prognóstico é bom. A trajetória aponta para o canto superior direito do gráfico.

Mas a terrível verdade secreta é que ela não está nada bem.

Seu corpo está enfraquecendo.

Ela está ficando mais debilitada.

E ela sabe que não é o câncer que a está consumindo. Não é esse o C maiúsculo.

Não é o câncer.

*Ela.*

A Corrente.

# 46

Uma família acaba de se mudar para uma casa em Bethesda, Maryland. Foi um longo dia, mas agora os homens da mudança já foram embora e todas as caixas estão lá dentro.

A família posa para uma foto em frente à nova residência. Uma família feliz num bairro residencial ensolarado. Imagine uma versão do início da década de 1990 da pintura '61 Pontiac, de Robert Bechtle, só que com crianças da mesma idade. Gêmeas. O marido, Tom Fitzpatrick, um sujeito baixo e elegante de cabeleira escura, está usando camisa branca e uma gravata preta fininha. Parece até o primeiro Darrin de *A Feiticeira*. De aparência completamente inofensiva. Sua nova esposa, Cheryl, está grávida. Tem longos cabelos loiros lisos e franjas que chegam até pouco acima dos lindos olhos castanhos. Sem querer forçar a analogia, poderíamos dizer que ela também tem algo de Samantha Stephens.

O menino, Raio de Lua, agora se chama Oliver. Garotinho gorducho de aparência inofensiva, com uma intensidade talvez um tanto macabra em seu olhar vidrado. A menina, Cogumelo, chama-se Margaret. Ela também tem esse lance sinistro do olhar vidrado, mas quase não dá para notá-lo por causa dos cabelos ruivos encaracolados e pelo fato de ela nunca parar quieta. Se Tom fosse de levar os filhos a psiquiatras,

Margaret provavelmente já estaria tomando Ritalina, mas ele não é disso. Ele é um pai antiquado.

— Nem tudo se resolve com remédio — costuma dizer seu pai.

Dois dias depois da mudança, eles organizam um chá de casa nova e convidam os vizinhos. Na rua moram assessores parlamentares, funcionários do Departamento de Estado e do Tesouro.

Há três festas acontecendo na casa ao mesmo tempo naquela noite. Tem a festa em que os homens conhecem uns aos outros. Tom se sai bem. Parece um sujeito quadradão e chato, com cabelinho G.I. Joe, que usa protetor de bolso para colocar canetas e tem muita cerveja light na geladeira.

Tem a festa das mulheres. Cheryl é bonitinha, sem graça e talvez meio simplória. Típica mãe de família tradicional, que tinha lá seus sonhos, mas abriu mão deles para se tornar uma esposa dedicada. Cheryl queria ser padeira, como o avô.

E tem a festa das crianças na sala de estar. É a mais interessante. Os meninos estão dissecando a coleção de discos, considerada muito fraca: John Denver, Linda Ronstadt, Juice Newton, os Carpenters. As meninas revelam segredos de família. O pai de Ted é um bêbado que está tendo um caso com a secretária. A mãe de Mary bateu com o carro há dois anos e matou uma ciclista. A mãe de Janine acha que o bairro virou um inferno desde que uma família indiana se mudou para lá.

A festa continua até bem depois da hora de as crianças irem para a cama, e Oliver descobre que os Jets e os Giants são horríveis, mas que os Giants são ainda piores porque estão na mesma divisão dos Redskins.

Oliver confessa que, na verdade, nem gosta de futebol americano. Um garoto de 10 anos chamado Zachary lhe diz então que ele é uma bichinha fedorenta. Zachary também fala para ele que sua mãe parece uma puta.

Com toda a calma, Oliver conta que sua mãe está morta, que ela foi assassinada, que seu corpo foi mutilado e queimou em um incêndio.

Zach fica pálido. E mais branco ainda depois que Margaret o desafia a beber a meia lata de cerveja que ela achou. Zachary toma o líquido da lata em uma golada e diz que já havia bebido cerveja antes. Isso pode até ser verdade, mas ele não havia tomado cerveja batizada com uma colher de chá de xarope de ipeca.

Zach começa a vomitar em jatos, o que acaba de vez com a festa.

# 47

Ela encara a tela do computador. Página em branco, cursor piscando. É uma gelada manhã de dezembro, e falta uma hora para a maré alta. A bacia das marés está cheia de gansos migratórios e êider-edredão.

Ela respira fundo e digita: *Aula 2: Introdução ao existencialismo. Os existencialistas acreditavam que a nossa vida é uma tentativa de impor significado a uma existência na qual não há significado. Para eles, este mundo é um ouroboros — uma serpente que engole a si mesma. Os padrões se repetem. Não há progresso. A civilização é uma ponte de cordas pendurada sobre um abismo.*

Ela balança a cabeça. O tom não está bom. Clica no Delete e vê seu árduo trabalho desaparecer num instante.

Kylie desce usando seu novo casaco vermelho. Ela parece feliz hoje. Assim como a mãe, está ficando boa na arte de fingir que está feliz. Um sorrisinho de canto de boca, um falso tom alegre na voz. Mas os olhos contam outra história.

Ela vinha sofrendo de dores no estômago nos últimos tempos. Os médicos não identificaram nada. Falaram que provavelmente é estresse. Estresse que a leva a se dobrar de dor, provoca pesadelos e a faz molhar a cama.

Ela tenta ser forte, mas Rachel sabe.

— Podemos ir? — pergunta Kylie.

— Claro. Não está saindo nada mesmo — responde Rachel, fechando o laptop.

— Só preciso de cinco minutos para tomar um banho e a gente sai — diz Pete.

— Seria bom se a gente não se atrasasse — retruca Kylie.

— Se ele falou cinco minutos, são cinco minutos — afirma Rachel.

Num planeta cheio de homens que não são dignos de confiança — pais que abandonam a família, maridos que fogem com mulheres mais jovens —, Pete é do tipo que não deixa ninguém na mão. Mesmo assim, Rachel não deixaria um viciado morar na mesma casa que sua filha, então ela se certifica de que ele está seguindo religiosamente o tratamento com metadona. Está. E, além disso, para firmar sua reputação de provedor responsável, pegou um bico como segurança para saldar a súbita e enorme dívida com cartões de crédito.

Exatamente cinco minutos depois, eles estão no Volvo, a caminho da cidade. Estacionam no Starbucks, e Rachel se aquece com um chá numa mesa perto da janela enquanto Kylie e Pete saem para fazer umas compras.

É uma movimentada manhã de sábado, há moradores e turistas nas ruas de Newburyport. Marty está vindo buscá-los com a nova namorada em alguns instantes. É claro que ele está com uma namorada nova. O plano B pelo menos. Mas, em vez de marcarem de se encontrar em Plum Island, eles optam por um local mais seguro e neutro, o Starbucks de Newburyport.

Assim que Kylie sai de seu campo de visão, Rachel pega o celular e checa o aplicativo que localiza o rastreador de GPS nos sapatos da filha. Sim, lá está ela na High Street, virando à esquerda para entrar na Tannery. Todo filho de qualquer pai é refém do acaso, mas nem todos os pais são lembrados disso de maneira tão vívida.

Ela vê Pete do outro lado da rua com um monte de sacolas de compras. Acena para ele, que entra no Starbucks e lhe dá um beijo no rosto.

— O que você comprou? — pergunta ela.

— Umas coisinhas pra Kyles.

— Espero que não tenha gastado muito dinheiro, já passou do seu limite...

— Shhh — faz Pete. — Uma das minhas maiores alegrias nessa vida é comprar presentes pra minha sobrinha.

Eles ficam ali conversando, à espera de Marty, que está atrasado, como sempre.

— Finalmente, aí vem o homem em pessoa — diz Pete, batendo no relógio e se levantando. — E é claro que a namorada nova dele é linda. E, meu Deus!, aparentemente é ainda mais jovem que a anterior.

Marty chega todo sorridente. Está usando calça jeans desbotada, camiseta cinza de gola V e um casaco de couro Armani. Seu cabelo está curto e ele arrumou um bronzeado sabe-se lá onde.

A garota é uma coisinha de cabeleira loira toda repicada. Mais baixa que Marty, ao contrário de Tammy, mas ainda assim linda. Um adorável nariz arrebitado, olhos muito azuis e covinhas. Parece que mal saiu do ensino médio.

Apresentações feitas. Apertos de mão. Rachel nem se dá ao trabalho de guardar o nome dela porque sabe que esta garota provavelmente será sucedida por outra igualzinha daqui a algumas semanas.

Kylie entra no café, abraça o pai e cumprimenta a namorada dele com um aperto de mão.

A namorada nova diz que Kylie está supercausando, além de parecer bem confortável em seu casaco de lã vermelho. Kylie gosta do elogio.

Elas conversam um pouco e Rachel sorri e vai desaparecendo lentamente, fundindo-se ao ambiente. Como é fácil desaparecer com tão pouco peso! Quando a única coisa que lhe dá substância é o veneno correndo em suas veias.

— Temos que ir agora — diz Marty, e recomeça a rodada de abraços e beijos, e lá se vão eles na Mercedes branca de Marty.

— Kylie vai ficar bem — diz Pete no jantar naquela mesma noite. — Ela gostou da namorada nova do Marty.

— Melhor ela não se apegar muito a essa garota. Provavelmente vai ter outra ainda mais jovem na semana que vem — retruca Rachel com certa amargura, surpreendendo a si mesma.

Depois do jantar, eles checam a localização de Kylie pelo GPS (ela está na casa de Marty) e ligam para ela pelo FaceTime.

Mais tarde, Pete vai ao banheiro tomar a metadona. Ele tinha começado a misturar um pouco de heroína mexicana no remédio, só para ajudá-lo a passar a noite.

Rachel não sabe disso. Mas nesses dias ela mesma tem precisado tomar dois Ambien e dois dedos de uísque para conseguir dormir. Ela se senta ao computador e tenta retomar a aula que está preparando, mas não consegue avançar. Assiste a uns vídeos no YouTube, mas nem Ella Fitzgerald cantando Cole Porter consegue animá-la.

Página em branco na tela. Cursor piscando.

Rachel dá ração ao gato e decide arrumar a casa. Quem consegue trabalhar numa casa suja?

Sobe até o quarto de Kylie e levanta o edredom da cama. O lençol está encharcado, e o colchão, úmido. Devia ter trocado de manhã. Agora acontece toda noite. Ninguém consegue dormir. Todo mundo tem pesadelos. Na casa do pai, Kylie dorme com duas toalhas de praia por baixo, para ele não descobrir.

Rachel se senta na beira do colchão de Kylie e deixa a cabeça cair nas mãos. No chão, perto de seu pé, ela vê o Moleskine da filha. Ela o pega e luta contra a vontade de abri-lo. É o espaço sagrado e privado de Kylie.

*Não abra, não abra, não...*

Ela o abre e começa a folhear as páginas. Há desenhos, anotações típicas de um diário, listas de músicas e filmes favoritos, possíveis nomes para um futuro cachorro e assim por diante, começando no início do ano. Tudo interrompido no dia em que ela foi sequestrada. Depois disso, a caderneta está cheia de grotescos rabiscos aleatórios, páginas totalmente pretas, um desenho do porão onde ela foi mantida presa e informações sobre os sequestradores: *O homem provavelmente era professor. Mulher chamada Heather. Menino chamado Jared.* Uma referência a um kit de mágica do Houdini que ela havia ganhado de presente de Natal antecipado e às dicas nele contidas sobre como se livrar de algemas. Mais páginas pretas e espirais desenhadas com tanta força que a página se rasgou. Uma das anotações mais recentes, de dois dias atrás, é o endereço de um site que fala de maneiras indolores de se matar. *Pílulas? Afogamento?*, rabiscou Kylie na margem.

Rachel engole em seco.

— Isso não vai acabar nunca — pensa ela.

Desce de novo, pega o computador e manda uma mensagem para Kylie perguntando como ela está. Meia hora depois, Kylie responde que está bem. Eles estão vendo *The Maze Runner — Correr ou morrer.*

Rachel fecha o laptop e olha para a escuridão lá fora.

— Eu vou fazer isso — sussurra ela para a noite.

Embora seu laptop não tenha mais vírus e programas espiões, ela resolve usar o de Pete. Verifica se os programas antivírus e antimalware estão funcionando direito. Estão. Abre um programa que oculta o IP. Faz login no Tor. Do Tor, vai para o Google e cria uma identidade falsa, AGarotaChamadaAriadne@gmail.com, pois todas as outras versões envolvendo o nome Ariadne já existem.

Encontra a plataforma blogger do Google e inicia uma sessão com sua nova conta falsa de e-mail. Cria um blog com template minimalista. Dá ao blog o título de *Informação sobre a Corrente.*

O endereço é simples: ACorrenteInformação.blogspot.com.

Na descrição do blog, ela escreve: *Este blog é para qualquer pessoa deixar dicas ou informações anônimas sobre a entidade conhecida como A Corrente. A seção de comentários fica mais abaixo. Por favor, tomem cuidado. Apenas comentários anônimos.*

Será que existe alguma forma de A Corrente rastreá-la? Ela acha que não. Vão encontrar apenas uma pessoa falsa que ela acabou de inventar. Nem o Google sabe quem ela é. *Criar blog agora?*, pergunta o Google.

Ela clica no *Sim.*

# 48

É dia de mudança de novo. O ano é 1997. Os gêmeos agora têm um irmãozinho, Anthony. Desta vez, eles estão se mudando para um lugar chamado Anaheim. Tom foi promovido. Vai dirigir alguma coisa. Tem a ver com drogas. Vai ser um emprego muito estressante, diz ele, mas não parece preocupado.

Oliver e Margaret cresceram, agora são crianças de aparência normal. Margaret tem sardas e cabelos ruivos alaranjados, como os do avô, e também como os do homem com quem sua mãe dormia na comunidade. Oliver é gorducho, tem a pele bem clara e cabelos ruivos mais escuros. Ainda tem o mesmo olhar vidrado que incomoda as pessoas desde que ele era bebê.

A nova rua da família em Anaheim é quase uma cópia idêntica da rua em que moravam em Bethesda.

O pequeno Anthony brinca na calçada com um monte de amigos novos.

Oliver e Margaret observam da janela do andar de cima. Eles não convivem muito com crianças da idade deles. Margaret é a mais sociável dos dois, mas não quer deixar o irmão gêmeo sozinho.

Cheryl os encontra no quarto deles.

— Vamos, crianças, vão lá pra fora como o irmãozinho de vocês — diz ela.

Os gêmeos não se movem.

Cheryl quer ficar sozinha em casa para poder tomar alguns Diazepans e uma vodca com tônica.

— Não quero ir lá pra fora — diz Oliver.

— Você quer ir pra Disneylândia ou não? — pergunta ela.

— Quero — responde Oliver.

— Pois então tratem de ir lá pra fora brincar como crianças normais!

O primeiro dia deles brincando na rua nova não acaba bem.

Uma menininha do outro lado da rua, do tipo garota alfa, Jennifer Grant, provoca Margaret e a faz chorar. Diz que ela é feia e ri dela porque Margaret não conhece as canções de pular corda.

Oliver sabe que não pode bater em uma menina, mas bate nela mesmo assim. Jennifer vai correndo para casa, de onde sai seu irmão mais velho. Ele agarra Oliver pelo pescoço e o levanta do chão, sacudindo-o e sufocando-o ao mesmo tempo. Oliver não consegue respirar, não consegue gritar. O menino mais velho o joga no asfalto, Jennifer sai de sua casa, cruza os braços e começa a rir, as outras crianças que estão por ali fazem a mesma coisa. Inclusive o pequeno Anthony, mas não dá para recriminá-lo por ficar do lado da maioria.

O tipo de cena que se via antigamente em programas educativos. Não parece real. Mas é real. E dura apenas alguns instantes. Entediadas, as crianças logo vão procurar outra diversão.

Os gêmeos voltam para casa, se escondem na garagem e esperam o pai chegar do trabalho.

Ele chega tarde. Trabalha no escritório do FBI na Wilshire Boulevard, o que significa muito chão para ir e voltar.

No jantar daquela noite, os gêmeos não comentam sobre o incidente, e Anthony na verdade já até se esqueceu dele. Tom não para de falar. Conta sobre o novo emprego e sobre as novas oportunidades. Cheryl lembra ao marido que ele queria contar algo às crianças. Ele abre um sorriso e pergunta aos filhos se eles querem ir à Disneylândia no próximo sábado. Todos dizem que sim.

Quando o sábado chega, contudo, Tom tem de trabalhar, mas diz às crianças que eles irão no fim de semana seguinte.

— Aposto que a gente nunca vai — comenta Margaret, profetizando naquela noite com Oliver no quarto deles.

— Aposto que não mesmo — concorda o irmão.

— Seu pescoço ainda está doendo?

— Não — responde ele, mas ela percebe que o irmão está mentindo.

Margaret se senta na cama para ler um dos livros do Clube das Babás. É aquele em que Mary Anne recebe uma dessas cartas de corrente e fica muito preocupada. As amigas falam que é para ela rasgar a carta e que nada de ruim vai acontecer.

Mary Anne rasga a carta. Nada de ruim acontece. Esse é o problema das cartas de corrente.

Margaret então tem uma ideia.

A coisa ruim tem de acontecer antes.

Na terça-feira seguinte, o coelhinho de Jennifer Grant escapa da gaiola e foge.

No dia seguinte, na escola, Jennifer encontra um bilhete em sua merendeira: *Derrama suco de uva em você mesma na hora do almoço ou seu coelho morre.*

No refeitório, na frente de todo mundo, Jennifer derrama suco de uva em si mesma.

Os bilhetes continuam.

As exigências vão piorando.

Jennifer se levanta no meio da aula e diz "Merda". Ela pede para ir ao banheiro cinco vezes numa mesma aula.

O bilhete mais perturbador manda Jennifer sair de casa nua às seis da manhã e ficar em frente à própria casa durante dez segundos. Se ela fizer isso, o coelho será devolvido.

Jennifer fica em frente à sua casa nua durante dez segundos, e, no mesmo dia, encontra um bilhete em seu armário informando onde seu coelho morto está.

Margaret e Oliver botam a foto instantânea que tiraram de Jennifer nua embaixo da cômoda do quarto. Certamente isso será útil em algum momento.

A vida continua normalmente. O pequeno Anthony está se ajustando bem à nova escola e aos novos amigos. Parece que os gêmeos finalmente estão se adaptando.

Cheryl se sente sozinha e entediada. Liga para a mãe, que diz que ela deve aceitar as coisas do jeito que são. A vida é muito pior para muita gente. Cheryl continua se medicando com Diazepam, vodca com tônica e Cuba Libre.

Depois de dois meses no trabalho em Los Angeles, Tom volta para casa bêbado. Bateu com o carro e está furioso. Ele e Cheryl começam uma violenta discussão. Tom bate nela, e Cheryl desmorona.

O pequeno Anthony começa a choramingar, mas Oliver e Margaret o observam com indiferença.

# 49

O consultório do terapeuta fica em Brookline, num prédio comercial novo em cima de uma loja que vende guarda-chuvas feitos sob encomenda. *Très* hipster.

Rachel espera numa recepção luxuosa, folheando nervosamente exemplares da *Vogue* britânica.

A chuva castiga as janelas, o ponteiro dos minutos do relógio de pêndulo reformado avança de forma lenta. Ela olha fixamente para uma reprodução de *Em frente ao espelho*, de Manet. Uma mulher se contempla num espelho, mas não dá para ver o rosto dela, o que Rachel acha ótimo, de certa forma, considerando sua fobia de espelhos. No som ambiente toca um dos últimos álbuns de Miles Davis. *Você está presa*, pensa ela, lembrando-se do título do álbum, o que também não deixa de ser um comentário irônico sobre sua situação.

Ela se pergunta sobre o que Kylie está falando. Rachel disse à filha que ela não poderia falar da Corrente nem do que lhe aconteceu, mas espera que a terapeuta a ajude a encontrar formas de lidar com os pensamentos suicidas, com o fato de molhar a cama e com a ansiedade.

Ela e Kylie sabem que não vai adiantar nada, mas precisam pelo menos tentar. O que mais elas poderiam fazer?

Cinquenta minutos depois, a terapeuta aparece e faz um pequeno sinal de encorajamento para Rachel com a cabeça. Ela parece ter uns 25 anos. *O que alguém de 20 e poucos anos sabe sobre o coração humano ou, na verdade, sobre qualquer outra coisa?*, pensa Rachel, sorrindo para ela também.

No carro, no caminho de volta para casa, Kylie não fala nada.

Elas atravessam a ponte de Plum Island, passam pelo pedágio e sobem a pista em direção à casa delas. Rachel não quer pressionar a filha, mas o fato é que Kylie não disse absolutamente nada.

— Então? — tenta finalmente Rachel.

— Ela perguntou se eu estava sendo vítima de abuso sexual. Eu disse que não. Perguntou se eu estava sofrendo bullying na escola. Eu disse que não. Perguntou se eu estava tendo problemas com algum namorado. Eu disse que não. Ela falou que eu demonstro sinais de ter sofrido algum trauma físico.

— Bem, isso é verdade. Eles bateram em você.

— É. Mas não posso contar isso pra ela, não é? Não posso contar pra ninguém. Tudo o que eu podia fazer era ficar sentada lá mentindo sobre problemas da adolescência, estresse e minhas preocupações por estar indo pro ensino médio. Não posso contar pra ela que um policial foi assassinado na minha frente nem que essas pessoas colocaram um revólver na minha cara e ameaçaram me matar e matar a minha mãe. Não posso contar pra ela que tive que deitar no chão com uma menininha que foi sequestrada pela minha mãe. Nem posso contar que eles ainda podem vir atrás da gente se a gente abrir o bico e disser qualquer coisa sobre o assunto — diz Kylie e começa a chorar.

Rachel a abraça sob o martelar da chuva que bate no capô do carro e desce pelo para-brisa do Volvo.

— A gente não tem saída, não é, mãe? Se a gente contar qualquer coisa pra polícia, você e o tio Pete vão presos por sequestro. E eles ainda vão tentar matar a gente, não vão?

Não há nada que Rachel possa dizer.

A casa está fria quando elas entram e encontram Pete tentando consertar o fogão a lenha.

— Como foi? — pergunta ele

Rachel balança a cabeça.

*Não fala nada,* ela só articula.

Os três jantaram em silêncio. Kylie mexe a comida de um lado para o outro no prato. Rachel não consegue comer. Pete fica preocupado com as duas.

Quando Pete e Kylie vão para a cama, Rachel faz login em seu blog. Há uma nova notificação nos comentários. De Anônimo. Ela rola a tela para baixo e lê o comentário.

Diz o seguinte: *Exclui esse blog* agora, *antes que eles vejam. Fica de olho na coluna de mensagens dos leitores do* Boston Globe.

Ela nem precisa ler duas vezes. Faz login no Blogger e clica em *Excluir blog.*

*Tem certeza de que você deseja excluir este blog e todo o seu conteúdo?,* pergunta o Blogger.

Ela clica em *Sim* e faz logout.

# 50

Quarta-feira, cinco da manhã. Rachel não consegue dormir.

Ela se levanta, veste o confortável suéter vermelho e o roupão e faz um pouco de café. Durante alguns minutos, fica sentada na sala escura, contemplando as luzes das casas do outro lado da bacia das marés.

Então vai até lá fora e espera. Puxa o fio solto do suéter. Eli, o gato, vem xeretar e, depois de aceitar algumas carícias, corre em direção à areia e sai para perseguir os gambás.

Um estado de alerta eriça as terminações nervosas de sua nuca. É uma reação que remonta a gerações. Os seres humanos são ao mesmo tempo predadores e presa.

As batidas insistentes do coração. O tremor talismânico de seus membros.

Hoje vai ser um dia importante.

As cortinas estão se abrindo para o terceiro ato.

O sol da manhã está baixo e fraco, e o ar, frio, mas não demais.

O cheiro do pântano.

O som dos pássaros.

O farol amarelo de uma bicicleta em Old Point Road.

O pequeno Paul Weston vem na direção de sua casa. Quase ninguém ali agora tem assinatura do *Globe* para recebê-lo na porta de casa. Paul desce a alameda de bicicleta. Ela acena para ele da entrada, para não assustá-lo, mas ele se assusta mesmo assim.

— Minha nossa, Sra. O'Neill! Quase me matou de susto — diz ele.

— Desculpa, Paul. Não consegui dormir. Aí resolvi esperar o jornal.

Em vez de atirar o *Globe* de onde ele está, o rapaz se aproxima dela com a bicicleta e o entrega em mãos.

— Tenha um bom dia — deseja ele e vai embora.

Ela entra, abre o jornal em cima da mesa da sala e acende a luz.

Ignora as manchetes e vai direto para as colunas e para os classificados. Mesmo com a Craigslist e com o eBay, o *Boston Globe* ainda publica diariamente dezenas de pequenos anúncios.

Passa os olhos pelos obituários, pelas mensagens românticas e pelos anúncios de carros até finalmente encontrar o que está procurando sob o título Miscelânea:

*Compra e venda de correntes: 1-202-965-9970.*

Rachel acorda Pete e lhe mostra o anúncio.

Ele balança a cabeça.

— Não sei, não.

— Nós vamos fazer isso — insiste Rachel.

— Por quê?

— Porque se a gente não fizer alguma coisa isso nunca vai acabar. Esse negócio está matando a Kylie e está por aí agora mesmo perseguindo a gente, sem deixar a gente esquecer, arrastando outras famílias, outras mães, outras crianças.

— Você fala como se a Corrente tivesse vida própria.

— Mas é exatamente isso. É um monstro que exige um sacrifício humano a um intervalo de alguns poucos dias.

— Não sei, Rachel. Deixa isso pra lá.

— Não vou deixar pra lá mesmo. Vou ligar pra esse número de um celular descartável.

— Talvez seja melhor eu ligar. Acho que ninguém na Corrente conhece a minha voz. Quer dizer, se for uma armadilha...

— Vou disfarçar a voz. Vou fazer o sotaque da minha avó.

Pete pega a sacola de celulares descartáveis no armário, eles escolhem um ao acaso e vão para o deque, para não acordar Kylie. Pete olha no relógio. Ainda são seis e meia da manhã.

— Não é cedo demais?

— Quero ligar antes de a Kylie acordar.

Pete assente. Não está gostando nada disso, mas é Rachel quem manda, ele tem apenas de dar apoio. Ela digita o número.

Uma voz masculina imediatamente atende:

— Alô?

— É zobre um anúnzio no zornal — diz Rachel, tentando imitar o sotaque polonês da avó.

— O que tem? — pergunta o sujeito.

— Ando tendo problemas com uma corrente e azei que o zenhor talvez também tivesse o mesmo problema e quem zabe não poderíamos nos azudar — diz Rachel.

Há uma pausa significativa na ligação.

— Foi você que escreveu o blog? — pergunta ele numa voz grave de barítono, que também tem um leve sotaque estrangeiro.

— Foi.

Outra pausa prolongada.

— Não sei se posso confiar em você. E você devia estar se perguntando a mesma coisa. Não dê nenhuma informação pessoal, ok?

— Ok.

— Eles podem estar ouvindo. Na verdade, podem até ser você. Ou eu. Está entendendo?

— Estou.

— Entende mesmo? O perigo é real.

— Eu sei. Já vi de perto — diz Rachel, meio que abandonando o sotaque.

Passam-se alguns segundos. E então:

— Como você se identificou como Ariadne, pode me chamar de Teseu. Quem sabe não entramos no labirinto juntos...

— Sim.

— Espero que não seja nenhuma tola, Ariadne. O seu blog foi uma tolice. Essa ligação foi uma tolice.

— Não me considero uma tola. Sou apenas uma pessoa que quer dar um fim nisso.

— É muita pretensão sua. O que faz você pensar que pode deter essa entidade?

Ela olha para Pete.

— Pensei numas coisas.

— É mesmo? Muito bem, Ariadne, você vai fazer o seguinte. Vá pro Logan hoje ao meio-dia. Chegando ao aeroporto, compre uma passagem para um voo doméstico pra qualquer cidade com partida do terminal A. Passe pela segurança e espere na área de embarque. Tenho o número desse telefone. Leve ele com você. Posso ligar pra você. Ou não. Não confie em ninguém, muito menos em mim. Lembre-se de que ninguém constrói um labirinto pra se esconder, mas pra ficar à espreita.

A ligação fica muda.

— E aí? — pergunta Pete.

— Eu vou.

— Não confie em ninguém. Muito menos nele.

— Isso precisa acabar. Eu vou — insiste ela.

— Não, você não vai. Isso é loucura.

Pete está mesmo preocupado, mas seus receios em certa medida também se devem a suas próprias dificuldades. Rachel não sabe que a metadona não está ajudando como deveria. Quando se está tentando largar a heroína mexicana mais pura, a metadona da Bayer não é a solução que os orientadores psicológicos de veteranos viciados pensam que é.

Ele anda tenso, agitado, não está conseguindo pensar com clareza. Encarar esse novo projeto no estado em que se encontra? Com Rachel fazendo quimioterapia?

É loucura. Nem pensar. Melhor deixar para lá.

— Você não pode me dizer o que fazer, Pete. Estou farta das pessoas ficarem me dizendo o que eu tenho que fazer! — solta Rachel.

— É a sua vida que está em jogo aqui. A vida da Kylie.

— Eu sei disso! Você acha que eu não sei disso? Estou justamente tentando salvar nossas vidas! — Rachel toma as mãos dele nas suas. — A gente tem que fazer isso, Pete — sussurra Rachel.

Pete olha para ela.

Rachel está sendo literalmente envenenada, semana sim, semana não, no número 55 da Fruit Street.

E está sobrevivendo. Está conseguindo enfrentar mais essa. Ela continua viva.

— Ok — diz ele. — Mas eu também vou.

# 51

Rachel nunca gostou do Logan. As pessoas lá estão sempre estressadas; foi lá que o 11 de Setembro começou. Aquelas filas enormes. Uma energia ruim. O merchandising dos Red Sox...

Ela e Pete se dirigem ao balcão da Delta e compram duas passagens para Cleveland.

Passam pela segurança e esperam. Ela está de óculos escuros e com o boné dos Yankees enterrado na cabeça, como se adiantasse alguma coisa.

Chega meio-dia. Passa de meio-dia.

— E agora? — pergunta Pete.

— Não sei.

— Por que você não liga pro número que estava no jornal?

Ela espera cinco minutos e liga.

— Este número não existe — informa uma gravação.

Já é meio-dia e meia, e finalmente seu celular descartável toca.

— Vá até a Legal Test Kitchen perto do portão de embarque da Delta e peça uma cerveja preta Cthulhu e um *chowder*. Sozinha — diz a voz.

— Estou com uma pessoa. Ele me ajudou. Estamos juntos nessa — diz ela.

— Hmmm. Ok, então peça duas Cthulhu e dois *chowders*. Parece que a mesa setenta e três está desocupada. É um reservado à esquerda.

— E depois?

— Depois a gente vê, não é?

Eles vão até a lanchonete, sentam-se à mesa setenta e três e pedem as cervejas e dois *chowders* de mariscos. Eles têm a sensação de que estão sendo observados, e de fato estão.

— Quem você acha que é? — pergunta Rachel, examinando clientes e atendentes ao redor. O lugar está cheio. Muita gente está olhando na direção dela. Impossível saber quem é a pessoa.

Ela enterra ainda mais o boné na cabeça.

— Isso foi uma péssima ideia. Agora eles sabem quem nós somos e a gente não sabe quem eles são — resmunga Pete.

Rachel concorda. Seu instinto dizia para ela confiar nessa pessoa, mas por que deveria fazer isso? A paranoia de Pete teria sido a opção mais segura.

Mas ela está extremamente preocupada com Kylie. Qualquer coisa que decida fazer é uma escolha ruim. Agir é ruim. Deixar de agir é ruim. É o clássico se correr o bicho pega, se ficar o bicho come. É como saltar de paraquedas num campo minado e não ter para onde correr. Talvez seja assim que a Corrente testa as pessoas, mandando alguém como isca para possíveis desertores... Qualquer pessoa aqui pode ser agente da Corrente. E agora ela e Pete terão de...

Um sujeito grandalhão de óculos se aproxima e se senta no reservado com eles.

— Vocês se arriscaram muito vindo até aqui — comenta ele com um leve sotaque do Leste Europeu. E estende a mão enorme e cabeluda. — Pelo jeito eu sou o valente Teseu. E você deve ser a brilhante Ariadne.

— Sim — responde Rachel, cumprimentando-o com um aperto de mão.

Ele é muito alto: um metro e noventa e quatro ou um metro e noventa e cinco, talvez... E grandão também, algo entre cento e vinte e cento e trinta quilos. Talvez esteja na casa dos 50. Ainda tem boa parte dos cabelos, longos e desgrenhados. A barba por fazer já está ficando grisalha. Está usando um jeans marrom desbotado, tênis All Star e um *trench coat* sobre um casaco de veludo cotelê e uma camiseta com uma estampa da capa de *Zen e a arte da manutenção de motocicletas*. Não parece ser a mente diabólica por trás da Corrente. Mas nunca se sabe, não é mesmo? Segura um copo que parece conter uma dose dupla de uísque.

Pete estende a mão.

— Você veio com ela? — pergunta o sujeito, apertando-a.

Ele faz que sim.

O homem abre um sorriso vulnerável, fraco, pesaroso, assustado, e engole o resto da bebida.

— Bem, é impossível vocês terem passado pela segurança com revólver, faca ou veneno químico, mas estamos apenas adiando o inevitável, não é? Se vocês são da Corrente, agora sabem quem eu sou, e eu estou morto — diz ele. — Mas, se *eu* for da Corrente, eu sei quem vocês são, e *vocês* estão mortos.

— Será que você conhece a gente mesmo? Quantas pessoas você acha que já não passaram pela Corrente? Provavelmente centenas — diz Pete.

— Você tem razão. Centenas. Talvez milhares. Quem poderia saber? O que estou dizendo é que, a essa altura, vocês já tiraram uma foto minha e podem tentar me encontrar usando a base de dados de vocês e mandar alguém me matar assim que eu sair desse aeroporto. É só acrescentar isso à lista de tarefas de quem estiver atualmente na Corrente, e eles vão me matar e matar a minha filha também. Qualquer um pode ser pego. Basta estar motivado pra matar presidentes, reis, herdeiros do trono, praticamente qualquer pessoa.

Ele tira os óculos e os coloca em cima da mesa. Os olhos castanhos são aguçados, inteligentes e tristes, pensa Rachel. E eles têm certo ar professoral ou clerical. Talvez se deva acreditar naquele par de olhos castanhos.

— Vamos ter que confiar uns nos outros — diz Rachel.

— Por quê? — pergunta o homem.

— Porque você parece uma pessoa que passou por tudo que eu passei.

O homem a examina atentamente e assente.

— E você? — pergunta a Pete.

— Eu ajudei. No fim. Sou ex-cunhado dela.

— Militar, ao que parece. Fico surpreso por eles terem permitido. A não ser que você tenha tentado esconder...

— Ele é da reserva, então eles falaram que tudo bem. Eu não tinha mesmo mais ninguém — explica Rachel.

— A Corrente é uma gaiola sempre em busca dos pássaros mais vulneráveis — murmura o homem, parando um garçom que estava passando para pedir mais uma dose dupla de uísque. — Algum de vocês já fez krigagem ou programação de matrizes ou análise de regressão? — pergunta ele.

— Krigagem? — pergunta Rachel, sem ter a menor ideia do que ele está dizendo.

— É um processo de regressão gaussiano. Uma ferramenta de análise estatística. Não?

Pete e Rachel balançam a cabeça.

Ele bate no número da mesa.

— O número setenta e três significa o quê pra vocês?

— John Hannah, da linha ofensiva dos Pats — responde Pete prontamente.

— Gary Sanchez também usou o setenta e três por um tempo quando começou a jogar nos Yankees — completa Rachel.

O homem balança a cabeça.

— E pra você, significa o quê? — pergunta Rachel.

— É o vigésimo primeiro número primo. O número vinte e um tem os fatores primos sete e três. Uma feliz coincidência. A mesa setenta e sete logo ali também está vaga. Não é um número primo, é claro, mas é a soma dos oito primeiros números primos, e o número atômico do irídio. Foi graças ao irídio que finalmente conseguiram provar o que matou os dinossauros, o que era o maior mistério quando eu era criança. O marcador da camada de irídio na fronteira K-T. O número atômico setenta e sete foi o prenúncio da morte pros dinossauros. É um número final. Todos os livros deviam terminar no capítulo setenta e sete. Só que nunca terminam. Mas estamos começando uma coisa nova aqui, não estamos? Por isso a mesa setenta e três, que é um pouco mais adequada que a setenta e sete, não?

Rachel e Pete olham para ele sem entender nada.

Ele suspira.

— Tudo bem. Estou vendo que matemática não é o forte de vocês. Bom, não tem importância. A história é mais importante que a técnica. Quanto tempo? — pergunta então.

— Quanto tempo o quê?

— Há quanto tempo vocês saíram?

— Mais ou menos um mês.

Uma expressão de avidez se esboça em seu rosto. Um sorriso horrível.

— Ótimo — diz. — Era o que eu esperava. Eu já saí tem três anos e meio. Os rastros já esfriaram. Preciso de alguém que ainda esteja com o cheiro deles.

— Pra quê? — pergunta Rachel.

O uísque dele chega e o homem o bebe de uma só tragada. Ele se levanta e deixa uma nota de cinquenta dólares em cima da mesa.

— Você tem razão. Acho que vamos ter que confiar uns nos outros — diz ele a Rachel. — Dele eu não gosto. Não dá pra saber qual é a dele. Mas você... você não é nenhuma mentirosa. Vamos.

Pete balança a cabeça.

— Acho que não. Estamos bem aqui.

O sujeito passa a mão pelos cabelos e os prende num rabo de cavalo.

— Bom, é o seguinte: vou estar no pub Four Provinces da Massachusetts Avenue em Cambridge em uns quarenta e cinco minutos. Ficarei num dos espaços reservados do fundo. Não vai ter problema. Sou frequentador do lugar. Talvez eu veja vocês lá. Talvez não. Depende de vocês.

— Qual o problema daqui? — pergunta Rachel.

— Quero um pouco de privacidade pra contar a minha história. E pra gente traçar o nosso plano.

— Plano pra quê?

— Pro que trouxe a gente até aqui — responde ele.

— E o que foi que trouxe a gente até aqui? — pergunta Pete.

— Quebrar a Corrente, é claro.

# 52

Eles estão se mudando mais uma vez. Agora, de volta para a Costa Leste. Agora, mais perto de casa: Boston. Estão encaixotando as coisas. Decidindo o que guardar, o que doar, o que jogar fora. O pequeno Anthony e Tom vão sentir falta de Los Angeles, mas os gêmeos e Cheryl nunca se adaptaram de fato a esse lugar.

Talvez Boston seja mais fácil. O pai de Tom mora perto e adora os netos.

De qualquer forma, é mais um fim de semana de mudança.

Cheryl arrasta a cômoda no quarto dos gêmeos.

Encontra a foto que Oliver tirou de Jennifer nua. A menina está na frente de casa, e a foto provavelmente foi tirada do beliche do quarto de Oliver.

Ela lhe mostra a foto e pede uma explicação. Oliver não consegue pensar em nenhuma. Mas não nega que tirou a foto. Cheryl o chama de pervertidozinho e lhe dá uma bofetada no rosto.

— Espera só o seu pai chegar em casa — diz ela.

Tom volta do supermercado com várias caixas. Demorou muito para chegar. Na volta, parou num bar.

Oliver e Margaret estão esperando no andar de cima. Os dois ouvem Cheryl conversando com Tom. Ouvem Tom dizer:

— Meu Deus do céu!

Tom sobe. Agarra Oliver pela gola da camiseta, o tira da cama de cima do beliche e o joga na parede.

— Seu doente mental! Sabe o que eu acho? Acho que colocaram LSD na sua papinha quando você era bebê! Como a gente vai saber? Meu Deus do céu, vai ver vocês nem são meus filhos! — berra ele.

Anthony também subiu para se divertir. Margaret o vê parado na porta do quarto, rindo. Um sorriso que vai lhe custar a vida.

— Foi só uma brincadeira — diz Oliver.

— Vou te mostrar a brincadeira — rebate Tom.

Ele suspende Oliver, o carrega até o banheiro, joga o menino debaixo do chuveiro e abre a água fria.

Oliver grita quando a água gelada bate em seu corpo.

— Muito divertido, não acha? — pergunta Tom.

Tom mantém o chuveiro ligado por dois minutos e finalmente o desliga.

Oliver berra, desesperado. Tom balança a cabeça, passa o braço pelo ombro de Anthony e desce com ele.

Oliver está caído num canto do boxe, ainda soluçando. Margaret entra no boxe e chega perto dele, pegando sua mão. Oliver está envergonhado por ter chorado e por tudo o que aconteceu.

— Vai embora — diz.

Mas ele não quis dizer isso, e Margaret sabe disso.

Os soluços se transformam em lamúrias. O fim do dia se arrasta. O sol se põe ao fim da Orange Avenue, destacando a silhueta dos aviões que pousam no Aeroporto de Long Beach.

— Está tudo bem — diz Margaret, segurando a mão trêmula do irmão gêmeo. — A gente pega eles.

# 53

Os três estão num espaço reservado nos fundos do pub Four Provinces em Cambridge.

Rachel e Pete estão sentados de frente para o grandalhão. O clima no pub está animado, mas ali não. Há três copos grandes de Guinness e três uísques duplos diante deles, o que fará com que não sejam incomodados pela garçonete por um tempo. Rachel tira o boné de beisebol e o coloca perto do copo. Olha para Pete, mas ele se limita a dar de ombros. Ele também não tem ideia de por onde começar.

Rachel olha no relógio. São duas e quinze da tarde. Kylie vai para a casa de Stuart depois da aula, e a mãe dele vai pegá-los na escola. Ela é uma dessas advogadas duronas, extremamente confiável. O pai de Stuart é ex-militar; trabalha em casa e ainda é integrante da Guarda Nacional de Massachusetts. Além de Marty, os pais de Stuart são praticamente as únicas pessoas em quem Rachel confia que vão manter Kylie segura. Mas o fato é que as horas estão correndo, e Rachel pretende voltar antes de escurecer.

— Alguém vai ter que começar — diz ela.

O grandalhão desajeitado de olhos tristes concorda.

— Tem razão. Fui eu que entrei em contato com você — diz. — Bom, primeiro o mais importante. Segurança. Nada de blogs, nem e-mails ou anotações, e, quando formos nos encontrar, façam o favor de se certificar de que não estão sendo seguidos. Saltem do metrô em estações aleatórias, estilo *Operação França*. E repitam isso várias vezes, até terem certeza de que não tem ninguém na cola de vocês.

— Claro — responde Rachel, distraída.

O sujeito fecha a cara.

— Não, nada de *claro*. Só *Claro* não adianta nada. Você tem que ter certeza. Sua vida está em jogo. Vocês correram um risco enorme quando foram me encontrar no aeroporto. E ainda vieram pra cá! Como vocês sabem que não arrastei vocês pra cá pra matar vocês e sair pelos fundos?

— Eu não estava armado no aeroporto, mas agora estou — diz Pete, batendo no bolso do casaco.

— Não, não, não! Você não está entendendo!

— Entendendo o quê? — pergunta Rachel, toda educada.

— Que precisam ficar atentos. Nas últimas semanas... bom, não sei. Houve um arrombamento no departamento de matemática. Saquearam meia dúzia de salas, não só a minha. Pode ter sido um recado. Mesmo eu tendo sido discreto, devo ter chamado atenção de alguma forma. Posso estar sendo investigado. Eles podem estar de olho em mim. Não sei. E, acima de tudo, vocês não sabem. Não têm a menor ideia de quem sou eu.

Rachel assente. Algumas semanas atrás, ela classificaria essa conversa como paranoia. Agora não mais.

O sujeito suspira profundamente e pega um bloco de anotações surrado no bolso do casaco.

— É o meu terceiro diário da Corrente — explica. — Meu nome verdadeiro é Erik Lonnrott. Trabalho aqui. — E aponta para trás com o polegar.

— Na cozinha? — pergunta Pete.

— No MIT. Sou matemático. Vir pra Cambridge foi a pior coisa que aconteceu comigo e com a minha família.

— O que aconteceu? — pergunta Rachel.

Erik dá uma longa golada na Guinness.

— Vou começar do começo. Eu nasci em Moscou, mas meus pais se mudaram pros Estados Unidos quando eu tinha 13 anos. Cresci no Texas. Estudei na A&M University. Foi lá que obtive meu Ph.D. em matemática e conheci minha mulher, Carolyn. Ela era pintora. Fazia telas enormes e lindas, quase sempre com tema religioso. Tivemos uma filha, Anna, quando eu estava fazendo meu pós-doutorado em topologia em Stanford. Bons tempos, aqueles.

— E depois você veio pra cá — continua Rachel.

— Nós nos mudamos pra Cambridge em 2004. Me ofereceram um contrato de professor adjunto. Quem recusaria algo assim no MIT? Tudo estava indo bem até 2010, quando... — Ele engasga, a voz vai perdendo força. Ele toma outro gole e se recompõe. — Minha mulher estava voltando pra casa de bicicleta do estúdio em Newton e foi atropelada por um utilitário. Ela morreu na hora.

— Sinto muito — diz Rachel.

Ele abre um sorriso triste e assente.

— Foi horrível. Eu queria morrer, mas tinha uma filha. A gente superou. Quando uma coisa dessas acontece... Você acha que não vai conseguir, mas consegue. Demorou cinco anos. Cinco longos anos. As coisas finalmente começaram a se ajeitar, e aí...

— A Corrente — completa Pete.

— Quatro de março de 2015. Eles pegaram a Anna quando ela estava voltando a pé da escola. Em Cambridge, à luz do dia. Eram apenas quatro quarteirões.

— Pegaram minha filha no ponto de ônibus.

Erik pega a carteira e mostra a foto de uma menina alegre de cabelos encaracolados usando calça jeans e camiseta.

— Anna tinha 13 anos, mas era muito tímida, parecia ser mais nova. Vulnerável. Quando disseram o que eu tinha que fazer pra tê-la de volta, não acreditei. Como alguém pode pensar numa coisa dessas? Mas mesmo assim fiz o que tinha que fazer. Anna foi mantida num lugar subterrâneo escuro durante quatro dias até ser libertada.

— Meu Deus!

— E nunca se recuperou desse horror. Começou a ter convulsões, a ouvir vozes. Um ano depois, ela tentou se matar cortando os pulsos na banheira, e agora está num hospital psiquiátrico em Vermont. Quando eu vou visitá-la, às vezes ela nem me reconhece. Minha própria filha. Tem dias que está bem; em outros, não. Tem dias que ela está muito mal. Minha Anna, tão bonita, tão inteligente, comendo de babador, papinha com colher de plástico. A Corrente acabou com a minha vida e com a vida da minha filha, e desde então eu venho tentando encontrar um jeito de acabar com ela.

— Existe alguma forma de acabar com ela? — pergunta Rachel.

— Talvez — responde Erik. — Agora é a sua vez de falar. O que aconteceu com você?

Pete balança a cabeça.

— Não, isso aqui não é uma troca de favores. Como você mesmo disse, não temos a menor ideia de quem você é...

— Eles levaram a minha filha — conta Rachel. — Eu tive que sequestrar uma menina. Tenho tido pesadelos desde então. Minha filha está muito, muito mal.

— E você tem câncer — comenta Erik.

Rachel sorri e inconscientemente leva a mão ao cabelo, que está ficando ralo.

— Você não deixa passar nada, não é?

— E você é de Nova York — afirma Erik.

— Talvez eu seja só uma torcedora dos Yankees — responde ela.

— Você é as duas coisas. E uma torcedora bem corajosa. Que não se importa com os olhares raivosos de todas as pessoas aqui nesta cidade.

— Não me incomodaria se ficassem só nos olhares — diz Rachel, conseguindo esboçar outro sorriso.

— Há mais de um ano venho pesquisando essa entidade conhecida como Corrente — diz ele, entregando o bloco de notas a Rachel e Pete. Eles soltam a tira elástica e o abrem.

Está cheio de datas, nomes, gráficos, comentários, dados, padrões, anotações, textos. Tudo em tinta preta, numa caligrafia minúscula ininteligível. E, notam eles, em código.

— No início não tinha nada; o medo cala as pessoas. Mas comecei a cavar mais fundo e encontrei referências à Corrente em classificados anônimos publicados nos jornais. Encontrei uma ou duas pistas meio obscuras aqui e ali. Uma história de crime estranha, que não batia. Fiz uma análise pelo Crivo de Eratóstenes, uma análise de regressão estatística, usei a cadeia de Markov, uma análise de eventos temporais. Combinei os resultados e os fiz retroceder, e cheguei a algumas conclusões. Não muitas, mas algumas.

— Que conclusões? — pergunta Rachel.

— Parece que a Corrente começou em algum momento entre 2012 e 2014. A análise de regressão leva a uma data intermediária em 2013. Os responsáveis, naturalmente, querem que a gente acredite que eles são uma entidade antiga sobre a qual ninguém levou a melhor em dezenas e até centenas de anos, mas acho que é mentira.

— A ideia de uma origem antiga faz com que A Corrente pareça ainda mais imbatível — concorda Rachel.

— Exatamente. Mas não creio que seja nada antigo — continua Erik, tomando outro gole.

— Eu também não — diz Rachel.

— Que outras conclusões você tirou disso? — pergunta Pete.

— Naturalmente, o criador da Corrente é muito inteligente. Tem formação universitária. QI de gênio. É muito culto. Provavelmente tem uma idade próxima à minha. E branco, do sexo masculino.

Rachel balança a cabeça lentamente.

— Acho que não — diz.

— Eu pesquisei. Predadores desse tipo em geral atuam dentro do próprio grupo étnico. Mesmo levando em conta o fator pseudoaleatório na escolha das vítimas. Ele tem mais ou menos a minha idade, talvez seja um pouco mais velho.

Rachel franze a testa, mas não diz nada.

— A Corrente é um mecanismo de autoperpetuação que tem como objetivo se proteger e gerar dinheiro pro seu criador — prossegue Erik. — Acredito que foi concebida por um homem branco perto de seus 50 anos, no início dessa década, talvez como reação à recessão e à crise financeira. Possivelmente adaptando modelos latino-americanos de sequestro com troca de vítimas.

Rachel toma um gole de sua Guinness.

— Talvez você tenha razão quanto à época de origem, mas está equivocado quanto à idade e ao gênero.

Erik e Pete olham para ela, surpresos.

— Ela não é tão velha quanto finge que é nem tão esperta quanto acredita ser. Estava improvisando comigo quando começou a falar de filosofia — continua Rachel. — Não é a praia dela.

— O que faz você pensar que é uma mulher?

— Não sei exatamente como explicar. Mas sei que estou certa. Eu falei com uma mulher que usava um aparelho de distorção de voz.

Erik faz que sim com a cabeça e anota alguma coisa em seu bloquinho.

— Você foi contatada por um celular descartável e pelo Wickr? — pergunta.

— Sim.

Ele sorri.

— A Corrente é esperta na hora de cuidar da própria segurança. As ligações anônimas de aparelhos descartáveis, as carteiras anônimas no Bitcoin, que duram algumas semanas e desaparecem, o Wickr, anônimo e criptografado, com identificação trocada periodicamente... Os intermediários contratados pra fazer o trabalho sujo... Muito inteligente. Quase infalível.

— Quase?

— Indiscutível, em certa medida. Na minha opinião, seria impossível fazer o caminho inverso por todos os links da Corrente pra chegar até a sua origem. Isso, claro, por causa do fator pseudoaleatório na escolha das vítimas. Você escolheu livremente o seu alvo, exatamente como eu, e assim por diante o tempo todo, até o início. Seria inútil tentar rastrear o caminho todo até a origem. Eu sei. Eu tentei.

— Então como a gente chega até as pessoas que controlam a Corrente? — pergunta Pete.

Erik pega o bloco de notas e o folheia.

— Apesar de toda a pesquisa que eu fiz, na verdade não descobri tantas formas de solucionar o caso. Eu...

— Está querendo dizer que isso tudo aqui foi perda de tempo? — interrompe Pete.

— Não. Os métodos deles são muito bons, mas, quando lidamos com fator humano, erros podem acontecer. Ninguém é perfeito no que faz. Ou pelo menos eu acho.

— E que erro A Corrente cometeu?

— Talvez tenham ficado um pouco relaxados, meio preguiçosos. É o que veremos. Como foi a última interação de vocês com eles?

Rachel abre a boca para responder, mas Pete põe a mão em seu braço.

— Não fala mais nada.

— Precisamos confiar uns nos outros — diz Rachel.

— Não, Rach, não precisamos — solta ele.

Pete não percebe o próprio erro, mas Rachel sim, e Erik também. Erik pega o bloco de notas e escreve alguma coisa, provavelmente *Rachel*.

*Nós já fomos tão longe!*, pensa ela.

— Foi há um mês. Na primeira semana de novembro — responde ela.

— Eles ligaram pra você?

— Ligaram.

— E usaram o Wickr?

— Usaram. Por que isso é tão importante?

— As contas do Wickr e do Bitcoin são protegidas por criptografia do nível mais alto disponível no mercado, o que demandaria dezenas de milhares de horas para serem violadas com os mais poderosos recursos de computação. E tenho certeza de que, pelo menos no início, eles mudavam periodicamente o ID do Wickr como medida extra de segurança. E também, claro, pode haver várias camadas de redundância e contas de fachada. Mas mesmo assim acho que encontrei uma falha no método de comunicação deles.

— Que falha?

A garçonete abre a porta e a cabeça dela aparece no reservado.

— Vão querer pedir alguma coisa pra comer? — pergunta ela, com sotaque escocês.

— Não — responde Erik secamente.

Quando ela fecha a porta, ele começa a vestir o casaco.

— Ela é nova — diz. — Não gosto de nada novo. Vamos.

# 54

U m banco no parque Boston Common. Um vento frio soprando do porto. Eles estão em frente ao Monumento à Memória de Robert Gould Shaw e do 54º Regimento. Pouca gente por ali. Alguns corredores, estudantes universitários, pessoas passeando com carrinhos de bebê.

Rachel o observa e espera. Quando finalmente se sente seguro, Erik continua:

— Em geral o padrão de construção das funções pseudoaleatórias criptografadas é considerado imune a vazamentos, mas eu acho que não é. E, quando ocorre algum deslize, as coisas ficam ligeiramente mais fáceis para uma pessoa como eu.

— Não estou entendendo — diz Rachel. Ela olha para Pete. Ele também está boiando, apesar de ter conhecimento de softwares.

— Eles entram em contato com a gente de duas formas, e as duas, creio eu, podem ser decodificadas — continua Erik.

— Como?

— Os celulares descartáveis não são tão seguros quanto as pessoas pensam que são, ainda que as chamadas sejam feitas de aparelhos novinhos em folha, de dentro de uma gaiola de Faraday. Existe um consenso de que as ligações feitas dessa forma seriam totalmente irrastreáveis — explica Erik, com um sorriso.

— Mas você descobriu uma maneira de rastrear as ligações, não foi? — pergunta Pete.

Erik abre ainda mais o sorriso.

— É isso o que mais ando pesquisando nesse último ano.

— Qual é o lance?

— Teoricamente é possível medir níveis de energia e padrões de antena por meio de um software instalado num smartphone. O telefone pode analisar a chamada recebida em tempo real.

— Você já fez isso? — pergunta Pete, impressionado.

— Ando testando esse conceito.

— Então dá pra rastrear uma ligação de um celular descartável?

— Não, mas a estação de base do celular, a torre sem fio mais próxima, poderia ser localizada — explica Erik, cautelosamente.

— Você já fez isso! Não fez? — insiste Pete.

— Diz logo — pede Rachel.

Erik espera um corredor passar por eles e continua:

— Estou em fase de conclusão de um aplicativo certeiro que procura a estação de base mais próxima de onde partiu a ligação de um celular, até de um celular descartável isolado numa gaiola de Faraday. Uma vez localizada a estação de base, seria possível restringir a frequência do sinal do celular, obtendo-se um vetor aproximado da torre para o telefone, a uma distância, digamos, de duzentos ou trezentos metros.

Rachel não tem certeza se entendeu tudo.

— Mas o que isso significa? — pergunta.

— Talvez tenha uma maneira de seguir a trilha até o centro do labirinto — responde Erik.

— E o Wickr? — questiona Rachel. — É o principal meio de comunicação deles.

— É uma técnica não muito diferente. Meu algoritmo não é capaz de decodificar a mensagem ou encontrar o remetente, mas pode achar a estação de base mais próxima do local de onde a mensagem foi enviada. É claro que, se eles estiverem se comunicando da Times Square, em Nova York, estamos fodidos, mas, se eles estão ligando de uma residência privada, talvez a gente consiga rastreá-los.

— E por que você ainda não fez isso? — pergunta Pete.

— Porque meu último contato com eles foi há dois anos e meio, e o celular descartável que eles usaram pra falar comigo foi destruído. Além disso, o ID que eles usaram no Wickr pra se comunicar comigo foi alterado. A trilha se perdeu. Mas, já com você... — diz ele, olhando para Rachel.

— Eu o quê?

— Se não estou equivocado sobre o deslize, eles ainda podem estar usando o mesmo ID no aplicativo que usaram pra se comunicar com você.

— Estão. Eles me mandaram uma mensagem no Dia de Ação de Graças.

— Perfeito! — exclama Erik.

— E como funcionaria isso? — pergunta Rachel.

— Você teria que achar um jeito de provocá-los ou de ameaçá-los ou deixá-los suficientemente preocupados pra que eles quisessem falar com você. Eles podem querer mandar mensagem pra você, ou, melhor ainda, te ligar de um celular descartável. Se eles falarem por tempo suficiente, nós ativamos o software, e quem sabe a gente não localiza a torre de base pela qual se comunicaram?

— Mas se eles estiverem na Times Square ou dirigindo ou se deslocando de um lugar pro outro? Vamos ter deixado eles putos e não vamos ter como encontrar essas pessoas. Além de estarmos com um alvo pintado bem nas nossas costas pra quando eles vierem atrás de nós — protesta Pete.

— O plano envolve riscos — retruca Erik.

— Pra *nós*. É arriscado pra nós. Pra você o risco é zero — insiste Pete.

— O que exatamente eu teria que fazer? — pergunta Rachel.

— Não! Rachel, você não... — começa Pete.

— O que eu teria que fazer? — repete ela.

— Você tem que engatar uma conversa com o nosso Número Desconhecido pelo Wickr, ou, melhor ainda, pelo telefone, pra que eu tente localizá-los quando eles fizerem contato.

— Como assim, engatar uma conversa?

— Você tem que prolongar a ligação o máximo que puder. O rastreamento do Wickr não é muito preciso, ainda estou trabalhando no software, mas rastrear uma ligação... Rastrear uma ligação de dois, três minutos? Seria perfeito.

— E o que aconteceria?

— Vou rastreá-los pelo algoritmo e, se tiver sorte, descubro a torre de base do celular da qual vem a ligação.

— Também funciona com telefone fixo? — pergunta Pete.

— Se eles forem burros o suficiente de ligar pra gente de um telefone fixo, consigo descobrir onde estão em dois segundos.

— Acho que isso pode fazer eles acharem que posso causar algum problema — observa Rachel. — Uma conversa longa assim... Vou acabar chamando atenção deles pra mim e pra minha família.

— Verdade — concorda Erik. — E preciso confessar que o aplicativo não está funcionando cem por cento ainda. Estou na verdade no estágio beta. Rastrear uma ligação que pode ter vindo de qualquer parte dos Estados Unidos requer uma computação muito avançada.

— E se você ignorasse o resto do país e focasse apenas em uma única região? — pergunta Rachel.

— Isso faria com que as coisas fossem muito mais fáceis — responde Erik. — Mas eu não posso fazer isso. Eles podem estar ligando de qualquer lugar dos Estados Unidos. Até do exterior. Eu...

— Ela é de Boston. E parece que a Corrente atua sobretudo na Nova Inglaterra. Perto de casa. Eles mantêm as coisas nas imediações. É o que eu faria, pro caso de acontecer algum problema.

— Como você sabe que "ela" é de Boston? — questiona Erik. — Não percebi nenhum sotaque local.

— Ela se livrou dele. Ela fala de forma clara e precisa quando está usando o aparelho de distorção de voz. Mas não dá pra se livrar completamente da entonação, não é? Comecei a desconfiar disso e fiz um teste com ela numa das nossas conversas. A gente estava falando da polícia de Boston, e eu comentei que lá a gente é preso até por fazer uma bandalha com o carro. Ela riu, com certeza entendeu. Só eles dizem "bandalha".

Eu nunca tinha ouvido essa palavra antes de me mudar pra cá. Talvez muita gente que não é de Boston entenderia, mas meu palpite é que ela é de Boston, sim.

Erik assente.

— Isso já ajuda muito. Se o aplicativo tiver que dar busca só na Nova Inglaterra, vai ser muito mais eficiente. Em várias ordens de grandeza. A América do Norte tem quinhentos milhões de habitantes e bilhões de linhas telefônicas. A Nova Inglaterra tem talvez dez milhões de habitantes.

— O seu aplicativo pode funcionar cinquenta vezes mais rápido — ressalta Rachel.

Erik faz que sim com a cabeça.

— Talvez.

— Mas deve ter outra maneira de fazer isso, um jeito que não atraia a atenção pra nós — diz Pete.

— Não consigo pensar em nada. Vocês ainda têm contato direto com eles. Vai ser arriscado, mas não tão imprudente. Nós acionamos o aplicativo e, quando descobrirmos onde eles estão, podemos ligar para a polícia e fazer uma denúncia anônima. Podemos até esperar um mês, mais ou menos, pra eles não ligarem o nosso telefonema com a prisão.

— Não estou gostando nada disso — confessa Pete.

— Estamos correndo contra o tempo. Daqui a pouco eles vão mudar o ID no Wickr e não vamos ter como nos comunicar diretamente com eles. E esse arrombamento recente me fez parar pra pensar — conta Erik. Ele escreve algo em um pedaço de papel. — Esse é o número do meu celular descartável novo. Preciso que vocês decidam isso logo.

Rachel pega o papel, olha para Erik e depois para o monumento atrás dele. O verso de um poema lhe vem à cabeça, que fala do coronel Shaw cavalgando em sua bolha, "à espera da santa pausa".

*Estamos todos cavalgando em nossas bolhas*, pensa ela, *estamos todos esperando a santa pausa.*

Ela estende a mão para Erik. Ele a aperta.

Rachel se levanta do banco.

— Vamos ter que pensar.

# 55

Erik volta para sua sala no MIT sentindo-se bem.

Finalmente há um fio de esperança, depois de um longo tempo sem nenhuma informação. Ele já estava ficando desesperado. Agora tem uma chance. A bola ainda está em jogo, e eles estão avançando. Esses filhos da mãe vão ter o que merecem.

Chegara a pensar que teria de publicar um anúncio no *New York Times* desafiando a Corrente a entrar em contato com ele, se não quisessem que ele revelasse sua existência. Mas eles não teriam respondido ao anúncio, e, pior ainda, mais cedo ou mais tarde teriam descoberto quem o havia publicado, e então ele e a filha correriam um grande perigo.

Rachel tem razão de estar nervosa com a possibilidade de desafiar a Corrente, mas antes ela que ele, pensa Erik, e imediatamente se sente culpado.

*Somos nós contra eles. Todos nós. Rachel. Foi mesmo uma bênção encontrá-la. E ela é inteligente. Tem umas sacadas incríveis.* É claro que ele tinha mesmo de focar em Boston. A maior parte das informações que ele coletou vem daqui da Nova Inglaterra. Os resultados que descobriu no Colorado e no Novo México que atendiam aos pré-requisitos da sua pesquisa são pontos fora da curva.

Sim. Isso é um avanço real.

Ele anda com leveza, entra em seu velho Chevrolet Malibu e sai do estacionamento dos funcionários do MIT.

Não reparou na mulher de aparência estressada que o observa em seu carro. Nem percebe que ela o segue até sua casa em Newton.

E talvez nem precisasse mesmo se alarmar. Ele não é a única pessoa que está sendo seguida.

Ele ainda não está no topo da lista de tarefas dela. Se fosse tirar uns dias de folga, sair de férias ou algo assim, talvez estivesse a salvo.

Mas, infelizmente para Erik, agora que ele está determinado a ir até o fim, não tem a menor ideia de que seus movimentos e, pior ainda, suas buscas no Google estão sendo monitorados, registrados e mandados para serem processados na Corrente.

# 56

Tom, Cheryl, Oliver, Margaret e o pequeno Anthony estão num cruzeiro pelo Caribe para comemorar a promoção de Tom a agente especial sênior.

Tom e toda a Divisão de Crime Organizado do escritório de Boston ganharam atenção especial da imprensa, por bons motivos. A Patriarca, a máfia de Boston, originalmente de Providence e a certa altura tão poderosa em Boston, foi estropiada por traidores, escutas telefônicas e agentes da polícia infiltrados. A gangue de Winter Hill foi desbaratada e o próprio Whitey Bulger está foragido. Tom é praticamente o menino de ouro da agência. É verdade que tem lá seus problemas de temperamento, mas quem não tem? Ele trabalha muito, e essas férias são merecidas.

Tom reservou uma suíte júnior para a família perto do convés de passeio. É claro que o pequeno Anthony ficou com um beliche só para ele, enquanto as crianças mais velhas, Margaret e Oliver, tiveram de dividir um.

Margaret e Oliver na verdade não se importam tanto assim, e ignoram solenemente as tentativas de Anthony de curtir com a cara deles.

O navio para em Nassau e parte ao anoitecer, com um espetáculo de fogos de artifício. O cruzeiro está quase no fim e eles rumam para Miami. Foi realmente uma viagem e tanto.

No meio da noite, Anthony sente uma mão em seu braço. É Margaret.

— Shhh — faz ela. — Quero te mostrar um negócio irado no convés.

— O quê? — pergunta Anthony, sonolento.

— É surpresa. Segredo. Mas é bem legal.

— O que é?

— Talvez seja melhor você voltar a dormir. É só pra garotos mais velhos. O Oliver já está lá.

— É uma baleia?

— Vem comigo que eu te mostro.

Margaret leva Anthony para a popa do navio. Oliver de fato está esperando por eles.

— O que é?

— Lá — diz Oliver, apontando para a escuridão. — Vem cá, vou te levantar pra você ver.

— Não, eu... — diz Anthony, mas já é tarde demais.

Margaret e Oliver estavam planejando isso havia meses. Eles se certificaram de que o navio era antigo e que não havia câmeras de vigilância. Prepararam o terreno com alguns falsos relatos das cômicas aventuras sonambulísticas do irmãozinho.

Erguem-no à altura do parapeito e o atiram no rastro de espuma deixado pelo navio.

# 57

Hoje é dia de levar Kylie a Newburyport para ficar com o pai. A namoradinha ainda é a mesma. A loirinha. Hoje Rachel está decidida a prestar atenção e descobrir pelo menos o nome dela enquanto Kylie vai buscar o pedido elaborado que fez no Starbucks.

— Rachel agora dá aula na faculdade — Marty está dizendo à garota.

— Nossa, que legal! — exclama a loirinha.

— Desculpa, fico até meio sem graça de perguntar... Mas como é mesmo o seu nome? Tenho certeza de que você disse mais de uma vez, mas ando meio desorientada, como você pode imaginar — diz Rachel.

Marty agora está realmente preocupado. Não está zangado, e sim preocupado com a saúde mental de Rachel. A químio pode acabar com a gente de várias maneiras.

— Ginger — responde Marty, polidamente.

— E o que você faz? — pergunta Rachel.

— Acredite se quiser, Ginger trabalha pro FBI — diz ele, mais uma vez respondendo por ela.

Pete e Rachel se entreolham, os olhos de ambos estão arregalados. Certamente é a primeira vez que eles escutam essa informação, pois Rachel percebe que Pete está tão espantado quanto ela. Kylie nunca comentou isso, o que os surpreende: eles botaram na cabeça dela que nenhum deles podia ter ligação com as forças da lei.

— FBI? — pergunta Rachel.

— FBI — responde Ginger, forçando uma voz grave e sonora de trailer de cinema.

— Mas ela não é só agente, também está fazendo doutorado em psicologia criminal na Universidade de Boston. Mocinha bem ativa essa menina — acrescenta Marty.

— Não foi ideia minha. Eles meio que me obrigaram — conta Ginger, toda modesta, num charmoso sotaque de Boston.

— Doutorado? Mas você não tem idade pra isso... — começa Rachel, se perguntando se Ginger não seria uma garota precoce.

— Ela tem 30 anos — explica Marty.

Rachel não consegue entender se ele está dizendo isso para se justificar ou para contar vantagem. Uma mulher quase da idade dele? Uma adulta de verdade, com um emprego de verdade? Ele está tentando tirar onda com a cara dela, só pode.

— Você parece não ter nem 18 — solta Rachel. — Você só pode... — E deixa a frase solta no ar, sem saber como concluir.

— Tomar banho com sangue de virgens toda noite? — conclui Marty por ela.

— Não era isso que eu ia dizer — fala Rachel, mas seu pequeno protesto se perde nas gargalhadas de Ginger. Ela acha Marty hilário.

— Só sigo uma rotina bem saudável de tratamento da pele — diz Ginger.

— E onde foi que os pombinhos se conheceram? — pergunta Pete, agora também um pouco mais interessado em Ginger.

— A gente quase que literalmente deu de cara um com o outro correndo no parque — conta Marty.

— Não é a primeira vez que ele faz isso — diz Pete. — Isso é agressão, companheiro. Um dia não vai funcionar, e você vai parar no xilindró.

Ginger novamente dá uma gargalhada. Para ela, os dois irmãos são hilários.

*Ela é bonita, jovem, tem senso de humor e é inteligente; se tiver dinheiro também, é um prato cheio para Marty*, pensa Rachel.

— Então você é daqui, Ginger? — pergunta ela.

— Meu Deus, meu sotaque é tão carregado assim?

— Não, não é isso. Só estava me perguntando em que faculdade você estudou. Pode ter sido a mesma do Marty. Eu não sou daqui.

Marty balança a cabeça.

— Não, ela estudou na Innsmouth High — responde ele. Rachel nunca ouviu falar dessa universidade. — Redneck Ville — explica Marty.

— Acho que eu sempre fui meio bicho do mato — diz Ginger. — Ainda bem que isso passou.

*Claro, claro*, pensa Rachel. Bichos do mato de verdade não fazem doutorado na Universidade de Boston. Muito embora ela nem devesse falar nada. Harvard. Qual é? Bolsa parcial, é verdade, mas mesmo assim...

— E o que você faz no FBI? — pergunta Rachel, rapidamente olhando para Pete mais uma vez.

— Análises psicológicas de criminosos? — arrisca Pete.

Ginger ri.

— É isso que parece? Há anos quero entrar na Unidade de Análise Comportamental, mas a agência, com sua infinita sabedoria, me mandou para a Divisão de Crimes de Colarinho Branco.

— E é legal? — pergunta Rachel.

A conversa enflareda para os banqueiros corruptos, mas, numa pausa, Marty pergunta como Kylie vai na escola. Rachel balança a cabeça.

— Ela está num momento bem estressante.

— Você tem lido os e-mails dos professores?

— Claro — responde Rachel. — Mas não acho que seja o momento... bom, agora não é o momento de falar sobre isso.

— Não, claro, tem razão — concorda Marty. — É só que... ééé... se a Kylie estiver com algum problema... bom, a Ginger trabalha com psicólogos e terapeutas.

— Nós já tentamos um psicoterapeuta. É complicado — responde Rachel.

— Conheço profissionais muito bons — reforça Ginger, querendo ajudar. — Tanto na agência como fora dela.

— Vamos mudar de assunto. Lá vem ela — diz Pete.

Apesar de toda preocupação de sua família, Kylie é toda sorrisos. Escolheu uma daquelas invenções do Starbucks cheias de creme e chocolate no alto.

— Acho que é melhor a gente ir andando — sugere Marty.

— Já? A gente não pode ficar aqui mais um pouquinho? — pede Kylie.

Eles estão sentados à mesa perto da janela e conversam, enquanto uma nevasca ameaça desabar. Marty comenta que o melhor Natal é o da Nova Inglaterra.

Rachel sorri e tenta interagir, mas Pete percebe que ela está ficando cansada. Todos se despedem, e ele a leva para casa.

Nessa noite, ela não consegue comer nada.

Nem dormir.

Ela se senta na cama com uma xícara de chá frio.

De novo aquele pensamento autopunitivo: se o câncer a tivesse levado há um ano, nada disso teria acontecido.

# 58

E eles continuam. Os sonhos. O homem na neve. O medo. Xixi na cama. As dores no estômago. A cada dia que passa, Kylie fica mais fraca. Ela tenta fingir que está tudo bem, mas Rachel percebe. Rachel sabe que não está. Ela também está cada dia mais debilitada. Está definhando. Quanto mais o tratamento contra o câncer se prolongar, mais longo será o processo de recuperação.

Eles precisam atacar agora.

Pete é contra o plano. Está lidando com os próprios demônios. A dor está voltando. A ânsia. Ele também está ficando fraco.

Os pesadelos de Kylie. Os pesadelos de Rachel. Kylie chorando no banheiro. Pete escapulindo no Dodge Ram para ficar sozinho. Os cabelos de Rachel caindo em tufos. Kylie agora se recusa a dormir na casa das amigas porque não quer que ninguém descubra que faz xixi na cama. Todos já experimentaram a garrafinha Beba-me. Todos desenrolaram o novelo de lã vermelha. Todos já caíram do outro lado do espelho.

Rachel e Pete estão no deque gelado nos fundos da casa.

As ondas do Atlântico. Lua crescente. As constelações geladas e indiferentes do inverno.

Pete espera Rachel tomar uma decisão.

Ela termina o uísque e se abraça.

— A gente vai ter que fazer isso — conclui ela.

Pete balança a cabeça.

— A gente não tem que fazer droga nenhuma.

— Erik tem...

— Ele pode fazer isso. Ele que corra o risco.

— Ele não pode fazer isso sem a gente, sem mim... Você sabe disso.

— Já estamos fora disso. Escapamos por um triz. Tivemos sorte. Essa coisa quase acabou com a gente — diz Pete.

Rachel olha para ele. Pete não parece em nada o oficial dos Fuzileiros Navais que participou de cinco combates. A dúvida o está paralisando. Ou será que agora que tem algo a perder — uma família — ficou mais cuidadoso. Ele não consegue entender que vai perder a família de qualquer forma, se eles não fizerem nada.

— Isso não é uma *coisa*, Pete. A Corrente não é nenhuma mitologia. Não é autoperpetuadora. Ela é humana. É feita de seres humanos. É falível, vulnerável, assim como nós. O que nós vamos fazer é encontrar o coração humano que está em seu cerne e acabar com isso de uma vez.

Pete pensa por um bom tempo e finalmente assente.

— Ok — diz baixinho.

— Ótimo.

Rachel liga para o número de Erik.

— A gente topa — diz.

— Quando?

— Quero a minha filha longe disso. Em segurança.

— Então quando? Não pode demorar, tem que ser antes que eles mudem os protocolos.

*Marty e a namorada provavelmente podem ficar com Kylie no fim de semana,* pensa Rachel.

— Sábado.

— Eu te ligo às dez da manhã. Você vai ter que provocá-los. Vai ter que fazer com que eles te liguem.

— Eu sei.

— Vai ser perigoso.

— Eu sei.

— Até sábado.

# 59

Marty ri com satisfação.

— Eu vou adorar ter a Kylie aqui. Na verdade, vai ser perfeito. Ginger sugeriu que fôssemos visitar o avô dela nesse fim de semana. Eu levo a Kylie.

O coração de Rachel quase para.

— Uau! Já está na fase de conhecer os pais? — pergunta ela, tentando parecer engraçada e espirituosa, mas sem se sentir *nada* engraçada. Marty jamais teria se casado com uma mulher como Tammy. Por outro lado, com uma mulher inteligente, uma agente do FBI ainda em idade de lhe dar os dois filhos homens que ele sempre quis...?

— Não é nada disso. Não vou pedir a mão dela em casamento. E é o avô dela, não o pai. Não é nada sério. É só pra gente se conhecer. O irmão gêmeo dela também vai estar lá. Mas eu queria que a Kylie fosse com a gente. E você também é bem-vinda. E o Pete. Parece que eles têm um velho casarão meio caindo aos pedaços perto do rio, com muitos balanços e um bosque lá perto pra brincar, se o tempo continuar bom.

— Parece ótimo, mas eu vou tentar relaxar nesse fim de semana.

— Por que não inventa algo divertido, se estiver animada? Um dia no spa... Me manda a conta.

— Quem sabe? Até que pra um ex-marido você não é dos piores.

— Isso foi um elogio ou você está sendo irônica?

Rachel se despede dele e sobe para comunicar os planos a Kylie.

— Pirou, mãe? O Stuart vai passar o fim de semana aqui. Os pais dele vão pra formatura da irmã adotiva dele no Arizona — diz Kylie.

— Ai meu Deus! É mesmo!

Ela liga para Marty de novo.

— Não vai dar esse fim de semana. Não sei onde eu ando com a cabeça. Desculpa. O Stuart vai passar o fim semana com a gente. A mãe dele vai pra Phoenix.

— Stuart? Aquele garoto esquisito cheio de sardas? Ele pode vir também. A Ginger não vai se importar.

— Você teria que falar com a mãe dele. Duvido que ela concorde. Ela não confia nem em mim direito, então acho que não vai confiar em você também.

— Não, vai ser exatamente o contrário. Ela vai ver que o confiável sou eu. Me manda o número dela que eu ligo.

Rachel manda o número para Marty por mensagem e é claro que ele joga todo o seu charme para cima da mãe de Stuart. E Rachel acaba ficando com o fim de semana só para ela.

Qualquer outro paciente que estivesse fazendo quimioterapia passaria esse tempo descansando e se recuperando.

Rachel vai caçar a toca do monstro.

Ela desce ao encontro de Pete.

— Bom, é prudente, não é?... Se a gente encontrar eles pelo aplicativo do Erik, eles não terão como rastrear a gente nem nada disso, não é? — pergunta ela, tentando se tranquilizar.

— Acho que, se a gente não irritar muito eles, não vai acontecer nada. Vai ser a conta de rastrear a ligação. Eles não vão nem ficar sabendo que a gente está atrás deles. Duvido que a gente consiga descobrir a localização deles, mas, se por acaso a gente conseguir, nós vamos ter que alertar as autoridades. Um telefonema anônimo pro FBI e pronto.

— Então não tem perigo pra nós? — pergunta Rachel mais uma vez, pensando mais em Kylie que em si mesma.

Pete assente.

— Ok — diz Rachel, dando três batidinhas no tampo da mesa de madeira, só para garantir.

# 60

Uma casa em Watertown, Massachusetts, no final da década de 1990. Mais um desses bairros residenciais spielbergianos cheio de crianças tentando fazer cesta, andando de bicicleta, jogando hóquei de rua. A trilha sonora é de provocações verbais, cantigas de pular corda, risadas...

Mas o número 17 da Summer Street é uma casa de luto, não de alegria.

Já se passaram seis meses desde o cruzeiro a Nassau. Cheryl não conseguiu superar. Afinal, como superar uma coisa dessas?

Ela está fazendo terapia e tomando vários ansiolíticos. Mas nenhum deles está ajudando.

O que ajuda é se entorpecer.

Toda manhã, assim que Tom e os gêmeos saem, ela prepara uma vodca com tônica, carregando na vodca. Depois liga a televisão, engole um Clonazepan e um Xanax e sai do ar.

A manhã se arrasta.

Às onze e meia, o correio vai passar. Quando ela era pequena, eram duas entregas por dia. Agora, há apenas uma, às onze e meia.

Ela sabe o que o carteiro vai trazer.

Algumas contas, folhetos com propaganda e mais uma daquelas cartas.

Ela fecha os olhos e, quando volta a abri-los, o sol já atravessou o céu e está na hora de verificar a caixa de correio.

Ela ignora o lixo postal e as contas e abre a carta que lhe é endereçada. *Querida piranha*, é assim que começa.

O resto da carta diz que ela é uma puta e uma péssima mãe e que foi ela a responsável pela morte do filho.

É a décima terceira carta que recebe. Todas escritas em letras maiúsculas com caneta esferográfica preta.

Ela a guarda junto com as outras numa caixa de sapato no armário de toalhas e de roupas de cama.

Prepara outra vodca com tônica. Encontra um daqueles guarda-chuvinhas de coquetel e o coloca entre as pedras de gelo. Vê uma parte da novela e sobe.

Ela se senta no chão do banheiro e abre um frasco de Nembutal. Joga um na boca e bebe um gole do drinque. Depois toma mais um comprimido e bebe outro gole.

Engole o frasco inteiro e fica deitada no chão do banheiro.

Às quatro da tarde, Margaret e Oliver voltam para casa.

Os dois já estão acostumados a voltar sozinhos da escola.

Oliver liga a televisão. Margaret sobe para ler. É uma leitora voraz. Está dois anos adiantada em relação à sua série. Está lendo *As tumbas de Atuan*, de Ursula Le Guin. Ela não consegue parar de ler, até que chega um momento em que precisa muito ir ao banheiro. É aí que encontra Cheryl caída no chão.

Há espuma saindo pela boca de Cheryl, suas pupilas estão fixas e dilatadas, mas ela ainda respira. Margaret chama Oliver, e os dois ficam olhando para a madrasta.

— As cartas — diz Margaret.

— As cartas — concorda Oliver.

Eles ficam um tempo olhando para ela. O rosto dela está da cor do papel de parede do escritório de Tom, um amarelo claro.

Tom só volta para casa depois das sete e meia. As crianças estão em frente à televisão comendo pizza de micro-ondas.

— Onde está a mãe de vocês? — pergunta ele.

— Deve ter saído — responde Margaret. — Ela não estava em casa quando a gente chegou.

— Mas o carro dela está parado do outro lado da rua — fala ele.

— Ah, é? — diz Margaret, voltando a atenção para a televisão.

— Cheryl! — grita Tom, olhando lá para cima, mas não tem resposta. Vai até a cozinha e pega uma Sam Adams na geladeira e come um pedaço da pizza.

Quando finalmente sobe, já é tarde demais. O Nembutal provocou falência respiratória, levando a uma parada cardíaca.

Ele cai de joelhos e pega a mão fria da mulher.

E começa a chorar.

— O que eu fiz pra merecer isso? — pergunta em voz alta.

Então ele se lembra.

# 61

Erik passou a noite inteira trabalhando. Já foram cinco xícaras de café. Penetrou seis camadas na boneca russa do anonimato e das identidades falsas. Apagou seus rastros e está usando um MacBook novinho em folha, com IP falso com localização na distante Melbourne, Austrália. Está mergulhado até o pescoço no labirinto, mas está seguro. Ou pelo menos é o que ele pensa.

Está satisfeito com sua pesquisa. Os alicerces estão bem assentados. Sempre estiveram.

As condições de Karush-Kuhn-Tucker são ideais. As informações estão lá mesmo, para quem souber onde e como procurar. São muitas pistas, detalhes pessoais, confissões. Cada pessoa introduzida na Corrente acrescenta um nível geométrico de instabilidade, e há um bom tempo o negócio ameaça entrar em colapso. Basta descobrir uma maneira de dar forma aos dados coletados.

Ele bebe mais um gole do café e lê um artigo interessante de Maria Schuld, Ilya Sinayskiy e Francesco Petruccione sobre previsão por regressão linear num computador quântico. O algoritmo deles é fascinante.

Mas ele sabe muito bem que isso se trata de uma distração, algo para análise futura.

O Alexa da Amazon está tocando *Physical Graffiti* pela terceira vez esta noite. Ele dá um tempo para prestar atenção na introdução de "Trampled Under Foot".

Olha para a foto em que está com a mulher e a filha em frente ao MoMA, em Nova York. O lugar favorito de sua mulher no mundo. As duas estão sorrindo, mas ele parece aflito.

Balança a cabeça, tenta reprimir as lágrimas e olha para os pontos marcados na tela, que terão de ser condensados em seu bloquinho de anotações sobre a Corrente.

Tudo está indo bem. Embora não tenha testado completamente o aplicativo, ele *acha* que deve funcionar. E deve funcionar apenas para Rachel.

Ele reorganiza a lista na tela. Este são os pontos em relação aos quais está completamente seguro no momento:

- Pelo menos duas pessoas. Duas marcas registradas e dois modos de operação. Parentes. Irmãos?
- Baseados em Boston
- Não há ligação com o crime organizado
- Alguma ligação com a justiça ou com a polícia

"Trampled Under Foot" acaba e começa "Kashmir".

A mulher já o está observando há noventa segundos. Os batimentos cardíacos dela estão lá no teto.

As instruções que ela recebeu são claras: matar Erik, pegar seu bloco de notações.

Ela sabe por que a Corrente a escolheu: por ter sido condenada duas vezes por invasão de domicílio. Acham que ela é uma espécie de especialista. Mas ela não é. Foram só loucuras da adolescência. Hoje ela é uma respeitável professora do sexto ano. Foi sorte a fechadura da porta dos fundos de Erik ser de um modelo tão antigo. Praticamente qualquer pessoa conseguiria arrombar aquela porta.

Ela teve sorte.

Erik teve azar.

Na verdade, ela já havia matado antes. Um cachorro na estrada, saindo de Cape Cod. Ela o atropelou e foi obrigada a acabar com seu sofrimento usando uma pá de neve.

Talvez seja exatamente isso que está fazendo com Erik.

A mulher dele está morta. A filha está num hospital psiquiátrico.

*Sim*, pensa ela, erguendo a arma e mirando nas costas dele.

# 62

O alarme de Pete toca às cinco horas. Ele o desliga antes que o barulho acorde Rachel e rapidamente se levanta da cama.

Sua pele, seus olhos e seus órgãos internos estão loucos por um pico. Já se passou um dia inteiro. Um de seus jejuns mais prolongados até agora. Ele está tentando uma técnica que alguns caras do programa recomendaram chamada estiramento. Você estende o máximo possível o tempo entre uma dose e outra: primeiro fica um dia inteiro sem, depois um dia e meio, depois dois dias. Ele olha no relógio. Vinte e quatro horas e cinco minutos. Está conseguindo. Está chegando perto do seu recorde. Está se sentindo bem. Por enquanto.

Prepara um café, faz flexões, então entra no banheiro e tranca a porta. E se ele usasse só metade do que está acostumado? Será que conseguiria largar o vício assim? Será que poderia funcionar? Metade é loucura. Talvez dois terços.

Ele mede dois terços da dose habitual, derrete tudo numa colher, enche a seringa e injeta nele.

Ele se deita no sofá e, por uma hora, é tomado por lindos sonhos.

Então desperta.

Podia ter aguentado mais tempo. Está se sentindo bem.

Faz mais café, toma uma ducha e prepara massa de panqueca. Lembra-se das armas e, pela terceira vez, vai verificar se elas ainda estão trancadas na caminhonete. Estão. Examina o rifle de caça, o .45, a escopeta de Rachel e a 9 milímetros.

Ele levou as quatro armas para o campo ontem e passou um bom tempo praticando. Nos Fuzileiros Navais, era oficial de engenharia, mas independentemente da função, todo fuzileiro é, antes de mais nada, soldado de infantaria.

Rachel acabou de acordar.

Na verdade, nem chegou a dormir de fato.

Ela se levantou no meio da noite para vomitar.

Faz onze dias desde sua última sessão de quimioterapia, mas às vezes é assim mesmo. Ou talvez seja o medo.

O Garoto Chamado Teseu vai ligar para a Garota Chamada Ariadne às dez em ponto.

Ela sai do quarto e se senta à mesa da sala.

Pete dá um beijo em sua cabeça.

— Não dormiu?

— Dormi. Um pouco. Tive outro sonho.

Pete nem precisa perguntar com o quê.

Outro pesadelo.

Outro vislumbre do futuro.

Às oito, Kylie finalmente acorda, e Stuart aparece prontamente às oito e meia.

— Quem quer panqueca? — pergunta Pete.

Assim que Pete despeja a massa na frigideira, Marty e Ginger chegam na Mercedes branca dele.

Pete baixa o fogo e ele, Rachel e Kylie saem para cumprimentá-los.

— Ora, ora, se não temos aqui Lily, Rosemary e Jack of Hearts! — brinca Marty em referência à música de Bob Dylan, dando tapinhas nas costas de Pete e beijando Rachel e Kylie.

— E se não temos aqui tamb... — esboça Pete, sem conseguir acompanhar a brincadeira.

Decididamente é Marty quem tem o dom da palavra na família.

*Que casal atraente*, pensa Rachel. O cabelo de Ginger cresceu um pouco e ela tirou completamente a tintura, de modo que agora está com uma linda coloração ruiva, que lhe cai bem melhor. Os olhos de Marty parecem ainda mais verdes.

— Pete fez panqueca e eu vou fritar um pouco de bacon — diz Rachel.

Eles se sentam à mesa da sala de estar e tomam o café da manhã.

— Isso está muito bom, irmãozão... Comprou a massa pronta? — pergunta Marty.

Pete balança a cabeça.

— Estou com Mark Bittman: panqueca industrializada é sinal de uma civilização decadente.

— Minha infância foi exatamente assim — conta Marty a Ginger e a Kylie. — A gente faz uma pergunta inocente e escuta um sermão sobre tudo o que está errado no mundo.

— Que mentira. Ele é que era muito mimado — rebate Pete.

— Como foi a sua infância, Ginger? — pergunta Rachel.

— Nossa. Uma loucura. Nem queira saber. Nem me lembro direito dos anos na comunidade. A gente pulou de galho em galho antes de voltar pra Boston.

— Foi por isso você quis trabalhar pro FBI? Pela estabilidade? — questiona Rachel.

— Não exatamente. Meu pai era agente e meu avô foi da polícia de Boston. Acho que está no sangue — responde Ginger.

— Tem certeza de que está tudo bem se a gente largar duas crianças com vocês? — pergunta Rachel a Marty em separado, quando terminam de tomar o café da manhã.

— Eu conversei com a Ginger. Ela vai adorar levar a Kylie e o amiguinho à casa do avô. É um velho casarão perto do rio Inn cheio de coisas legais pra fazer. As crianças vão ficar loucas lá. Vão amar.

— Tem várias dessas casas velhas perto do rio nessa região de Massachusetts que são bem perigosas. Toma cuidado, tá?

— Não se preocupa, a casa é maravilhosa. Eles gastaram um dinheirão com a reforma.

— Então a Ginger tem dinheiro, né? Sorte a sua.

— É... deve ser dinheiro de família. Nenhum agente do FBI ganha tanto assim — comenta ele.

— A não ser que ela seja da banda podre da polícia — brinca Rachel.

— Ah, Rach! Olha bem pra ela. Parece que ela saiu do elenco de *Law & Order*!

Stuart e Kylie finalmente estão prontos, e Pete e Rachel levam todos até o carro.

— Fiquem de olho nas crianças — recomenda Rachel.

Ginger lhe dá um abraço.

— Não precisa se preocupar. Elas vão ficar bem com a gente — promete ela.

*Deve ser isso mesmo. Dinheiro de família*, conclui Rachel olhando para a bolsa de Ginger, uma Hermès Birkin pequena porém maravilhosa.

Abraços e beijos para todos os lados, e os quatro vão embora.

Em casa de novo, Pete abre um mapa da Nova Inglaterra em cima da mesa.

— Em algum lugar por aqui — diz.

— Agora só temos que esperar a ligação do Erik. Vou ver se os chips localizadores que colocamos nos tênis da Kylie estão funcionando.

Ela liga o celular e... sim... Lá está Kylie se deslocando para o sul.

Eles consultam a previsão do tempo. Chuva fina, talvez rajadas de neve.

Poderia ser pior.

Eles esperam a ligação de Erik.

Dez horas. Nada.

Dez e quinze.

Dez e meia.

Onze horas.

Aconteceu alguma coisa.

— O que a gente faz? — pergunta Pete.

— Acho que a gente só pode esperar — responde Rachel. Mas ela sabe que algo terrível aconteceu.

Pete também sabe. Tem aquela sensação que dá um minuto antes de os alarmes soarem e de começar a chover tiro para todo lado.

Onze e quinze.

Onze e meia.

Vem uma bruma densa do Atlântico. Uma falácia patética agourenta.

Às onze e quarenta e cinco chega uma mensagem no celular descartável de Rachel.

Se você está recebendo esta mensagem, é porque eu fui neutralizado ou incapacitado. Ou, mais provavelmente, porque estou morto. Estou mandando um link para você baixar anonimamente o aplicativo de localização de comunicações por celular e mensagens de texto. Um lembrete: quanto mais tempo você ficar em comunicação direta com eles, mais perto chegará de descobrir com quem está falando; portanto, se vier a fazer uso do aplicativo, mantenha a pessoa falando o máximo de tempo que puder. Eu não consegui fazer com que o aplicativo funcionasse devidamente com o Wickr, nem com o Kik ou com outros aplicativos criptografados. Se eles se comunicarem com você por algum deles, não vai funcionar direito. Talvez a versão 2.0 funcione, se eu ainda estiver vivo. Boa sorte.

A mensagem seguinte é um link para um site no qual eles podem baixar o aplicativo de Erik.

Ela mostra a mensagem para Pete e liga a televisão no jornal.

Passam-se mais quarenta e cinco minutos até a notícia aparecer na WBZ Boston.

"Um professor do MIT foi assassinado essa manhã. Erik Lonnrott levou três tiros em casa..."

A reportagem informa em seguida que não houve testemunhas. A polícia trabalha com a hipótese de assalto seguido de morte, pois a casa havia sido saqueada e aparentemente vários pertences da vítima foram roubados.

— Ele anotou meu nome no bloquinho — diz Rachel.

# 63

A lgumas semanas depois da morte de Cheryl, Tom promete aos filhos que a família vai começar uma vida nova. Ele se sente outro homem, uma pessoa melhor, diz. Vai marcar aquela viagem à Disneylândia. Trabalhar menos. As crianças agora terão toda a sua atenção.

O truque do homem mudado dura uns dez dias. Certo dia, algo o deixa irritado no trabalho e ele para num bar ao voltar para casa.

O bar se transforma em parada obrigatória na volta do FBI.

Certa noite, ele conhece uma pessoa no bar e não volta mais para casa.

Oliver e Margaret não se importam.

São independentes. Oliver passa boa parte do tempo no computador. Margaret continua lendo muito. Romances policiais e histórias de amor são seus gêneros favoritos. Também está escrevendo. Cartas anônimas.

Um garoto de quem ela gostava convidou outra menina para ir à discoteca da escola com ele.

A menina recebeu uma carta que a convenceu a não aceitar o convite.

O professor que lhe deu uma nota muito baixa recebeu uma carta que ameaçava revelar seu segredo. Um velho truque que ela leu num livro de Mark Twain e, no dia seguinte, o professor apareceu para dar aulas branco como um fantasma.

Margaret também está trabalhando em outro projeto. Passa um bocado de tempo copiando e aperfeiçoando a caligrafia do pai.

No aniversário de um ano de morte de Cheryl, Tom volta para casa bêbado.

As crianças conseguem ouvi-lo enfurecido com alguma coisa lá embaixo.

Trêmulos, os dois esperam no quarto enquanto Tom sobe a escada causando um estardalhaço.

E não precisam esperar muito.

*Pom, pom, pom, pom.*

A porta do quarto é aberta com um pontapé.

— Cadê o bolo de carne? — pergunta ele, e isso parece tão bobo que Margaret quase solta uma risadinha.

Ele acende a luz e a vontade de rir desaparece. Tom tirou o cinto.

Ele havia pedido a Margaret que guardasse um pedaço do bolo de carne para ele, mas ela e Oliver comeram tudo. E não tinha mais nada na geladeira.

— Você nunca me escuta, sua merdinha? — pergunta Tom, puxando-a da cama com tanta força que ele acaba deslocando o ombro dela.

Ele bate nela duas vezes com o cinto dobrado e a manda parar de chorar, alegando que mal encostou nela.

Então desce a escada furioso.

Margaret passa a noite inteira morrendo de dor, e é a enfermeira da escola, na manhã seguinte, que finalmente a manda para o hospital. Tom está cheio de culpa e remorso. Ele para de beber e começa a frequentar a igreja e o Promise Keepers.

Margaret e Oliver esperam pacientemente a hora de agir.

A igreja não dura nada.

Alguns meses depois, as bebedeiras começam pra valer de novo.

Certa noite, Tom está deitado no sofá completamente bêbado. Margaret aproveita a oportunidade para retirar o revólver de seu coldre de ombro. Então ela e o irmão delicadamente abrem a boca de Tom e põem o cano do revólver entre os lábios dele e, juntos, os dois puxam o gatilho. Em seguida, limpam as digitais da arma e a colocam na mão direita do pai.

Colocam o bilhete de suicídio que escreveram em cima da mesinha de centro.

Os dois se preparam para fingir que estão chorando e ligam para a emergência.

Depois de um tempo sob os cuidados da assistência social, as crianças são então entregues ao avô Daniel em seu mosqueiro caindo aos pedaços à beira do rio Inn, numa região pantanosa de Massachusetts.

Vovô Daniel se aposentou pela polícia de Boston.

As crianças nunca conviveram muito com ele, mas Daniel com certeza se lembra dos dois. Lembra-se da época em que eram bem pequenos e moravam numa comunidade no norte do estado de Nova York.

Daniel não costuma mais ir muito à cidade. Vive de pesca, da caça e da captura de animais, e sua casa é decorada com as carcaças de vários bichos.

Daniel recebe a assistente social com uma escopeta pendurada no ombro. Margaret e Oliver abraçam o avô.

A assistente social fica aliviada ao ver que as crianças aparentemente reconhecem aquele senhor e que gostam dele.

— A madrasta deles não ia muito com a minha cara nem gostava daqui, mas eu via as crianças de vez em quando — explica Daniel.

Quando a mulher vai embora, Daniel leva os dois até a cozinha e entrega a cada um uma lata de Budweiser, que eles aceitam, meio nervosos. Os restos de um porco estão pendurados de cabeça para baixo sobre a grande pia. A pele branca está tão infestada de moscas que fica preta.

Daniel mostra às crianças como abrir as latas de cerveja. É igual a abrir uma Coca. Diz aos dois que podem chamá-lo de Red ou Vovô. Pergunta o que eles querem fazer da vida. Oliver diz que quer ganhar muito dinheiro, talvez com computadores, e Margaret fala que quer ser agente do FBI, como o pai.

Daniel pensa por um instante.

— Bom, veremos — comenta. — A primeira coisa que temos que fazer é melhorar esses nomes. — Então ele olha para o garoto. — Vamos chamar você de Olly. Tá bom?

— Sim, senhor — responde Olly.

Então examina a menina.

— No seu caso é óbvio por causa dessa sua cabeleira ruiva. Vamos chamar você de Ginger.

# 64

O monstro anda por aí, à solta por trás do vidro embaçado. Matou Erik e, quando vir o nome de Rachel nas anotações dele, vai matá-la também. E Kylie, Pete, Marty, Ginger e todos que estejam ligados a ela.

Agora não há mais escolha. Escolha sempre foi uma ilusão.

Só há uma coisa a fazer.

Sua mão está tremendo.

Pete olha para ela, ansioso.

Ela sabe o que vai fazer agora.

Antes de qualquer coisa, ela liga para Marty para perguntar se está tudo bem com Kylie. Para variar, Kylie não atendeu o celular, mas o localizador de GPS está indicando que eles estão no shopping de Copley Place.

Marty atende imediatamente.

— Sim, está tudo bem com ela, estamos acabando de comprar umas coisas aqui no shopping — diz ele.

— Você está vendo a Kylie de onde está?

— Estou, claro. Ela está na loja da Adidas com o Stuart.

— E daí vocês vão pra casa do pai da Ginger?

— Do avô dela. O que está acontecendo, Rach? Sei que tem alguma coisa errada.

— Só quero saber se a Kylie está bem.

— Está. O irmão gêmeo da Ginger vai estar lá, e, como você sabe, ela é agente do FBI, e o avô foi da polícia de Boston. Não tem lugar mais seguro pra ela estar.

— Ótimo, Marty. Cuida bem dela, tá?

— Pode deixar, meu bem. E vê se você se cuida também. Tenta relaxar, pelo amor de Deus. Você não precisa recuperar as energias?

— Eu vou descansar.

Eles se despedem e desligam.

— O que a gente faz agora? — pergunta Pete. — Chama a polícia?

Rachel prende os cabelos num rabo de cavalo.

— A Kylie está bem, mas eles virão atrás da gente. Temos que sair daqui.

— Qual o plano? — pergunta Pete.

— Vamos baixar o aplicativo e ver se funciona. Se conseguirmos a localização deles, checamos o endereço e chamamos a polícia.

— E se não conseguirmos?

— Aí a gente liga pra Ginger, conta tudo o que aconteceu e pede pra ela ficar com a Kylie sob custódia. E aí acho que vamos ter que nos entregar.

Pete olha para ela.

— Quanto tempo você acha que a gente tem?

— Não sei. Horas? Vamos ter que fazer isso logo — diz Rachel.

Ela aciona o aplicativo de Erik. Conseguiu baixá-lo, mas, quando tenta abri-lo, aparece uma mensagem na tela de seu celular dizendo o seguinte: Para que este aplicativo funcione é necessário entrar com o número seguinte desta sequência: 8, 9, 10, 15, 16, 20... Se for inserido um número errado, seu celular será bloqueado e todos os dispositivos vinculados à sua conta serão desativados por vinte e quatro horas.

Rachel mostra a mensagem para Pete.

— Tecnologia poderosa! Temos que saber os dígitos exatos, senão estamos fodidos — murmura ele.

— E qual é o padrão numérico? Você reconhece?

Ele balança a cabeça.

— Não são números primos. Nem a soma dos números anteriores. Não é nenhuma série que eu consiga identificar.

— Só temos uma chance de acertar. Se a gente errar, só vai dar pra tentar de novo amanhã.

— E amanhã será tarde demais.

— Oito, nove, dez, quinze, dezesseis, vinte — diz Rachel em voz alta.

— Vou botar no Google — fala Pete, mas tudo que ele encontra são links para vídeos do YouTube ensinando crianças a contar.

Rachel fecha os olhos, tentando pensar. Que sequência é essa? Ela já viu isso antes em algum lugar.

— Um protocolo de segurança a mais não faria o menor sentido a essa altura do campeonato, não é, Pete? — pergunta ela, pensando em voz alta. — Bom, o Erik sabe que a única pessoa que vai tentar baixar esse aplicativo sou eu. Não é?

— Sim — concorda Pete.

— E talvez a Corrente, se eles conseguiram botar a mão nas anotações dele e estão tentando decifrar o que ele escreveu. Então qual seria o código que o Erik introduziria aqui pra dificultar as coisas pra eles mas que ao mesmo tempo não criasse problemas pra mim?

— Não sei — responde Pete.

Rachel coloca o celular em cima da mesa e começa a andar pela sala. A chuva castiga a claraboia. O navio da Guarda Costeira emite uma buzina de nevoeiro.

— Alguma coisa relacionada a filosofia? — sugere Pete.

— Tudo o que ele sabe sobre mim é que eu tenho câncer, que sou mãe e que o meu time é o New York... Caralho! Já sei!

Ela pega o celular e digita 23.

Aparece uma mensagem na tela: Número correto. Você pode ativar o aplicativo depois de se registrar usando seu nome de usuário.

— Vinte e três? — questiona Pete. — Não entendi. É um número primo, mas vinte não é primo.

— São números de Yankees aposentados. Ninguém de Boston ia saber, mas um torcedor dos Yankees, sim — explica Rachel.

O aplicativo abre num mapa da Costa Leste dos Estados Unidos. É um aplicativo simples e fácil de usar. Há um botão verde que diz Iniciar Rastreamento e um botão vermelho que indica Encerrar Rastreamento. Mas a aparente simplicidade esconde uma análise matemática e estatística bem apurada.

— Qual o nome de usuário? — pergunta Pete.

Rachel digita Rachel.

Nome de usuário não reconhecido. Mais duas tentativas de login, avisa uma mensagem na tela.

Ela digita Erik.

Nome de usuário não reconhecido. Mais uma tentativa de login.

Ela digita Ariadne.

Aparece uma tela cheia de texto.

Bem-vinda, Ariadne. Este aplicativo funciona com mensagens de texto e comunicações telefônicas. A versão beta também funciona, até certo ponto, com aplicativos de comunicação criptografados. A Versão 2 funcionará com a maioria dos aplicativos de mensagens criptografadas. É só clicar no botão verde quando estiver ao telefone que este aplicativo vai tentar localizar a torre de telefonia celular mais próxima do ponto de origem da chamada. Quanto mais tempo você ficar em comunicação com seu interlocutor, mais perto da localização da torre o aplicativo chegará e mais preciso será o resultado.

Ela mostra o texto a Pete.

Ele o lê e assente.

— Então se eles responderem sua mensagem no Wickr só pelo Wickr, talvez não funcione.

— Acho que não.

— Se a gente não estivesse com tanta pressa, eu ia sugerir que esperássemos até amanhã de manhã. No domingo cedo, a maioria das pessoas geralmente está em casa. Já no sábado à tarde...

— É agora ou nunca. A gente tem que arriscar.

— Ok então.

— Lá vamos nós — diz Rachel.

Ela clica no ícone do Wickr no celular e começa a digitar.

Andei pensando no que você falou no Dia de Ação de Graças. Quero saber se existe uma forma de sair da Corrente para sempre. Ando tendo pesadelos. Minha filha sofre com dores de estômago. Será que a gente pode pagar para sair da Corrente definitivamente? Obrigada.

Ela mostra a mensagem a Pete e a envia para Wickr 2348383hudykdy2.

Dez minutos depois, recebe uma notificação de que seu interlocutor está mandando uma resposta. Clica em Iniciar Rastreamento e imediatamente o algoritmo de Erik é acionado.

Que bela surpresa ter notícias suas! Ainda está meio cedo para presentes de Natal, você não acha? Lamento informar que não oferecemos o serviço que você está solicitando, diz a mensagem.

O GPS do celular de Rachel se acende, mas não acontece nada. O mapa congela e o aplicativo trava. Ela bate na tela, mas não funciona.

— Não funcionou — diz.

— Ele achava mesmo que não ia funcionar com aplicativos criptografados. Falou que funciona melhor rastreando ligações.

— Se eu escrever "Por favor, liguem pra mim", eles certamente vão ficar desconfiados — diz Rachel.

— Não sei.

Então um pensamento ocorre a Rachel.

— Sabe de uma coisa? E se esse Erik for um maluco? Talvez não tenha mesmo a menor chance de isso funcionar.

— O MIT não contrata debiloides.

— Mas mesmo assim ele podia ser maluco. Pode ter ficado louco por causa de tanto sofrimento.

— Será que você não pode tentar falar com eles de novo sem deixar eles putos?

— Pra quê? Assim que eles virem meu nome naquele bloquinho, vêm atrás da gente.

— A gente não sabe se eles pegaram as anotações. Ele pode ter escondido o bloquinho num lugar seguro, sei lá.

Rachel olha pela janela.

— Eles pegaram, sim — afirma. — E estão lendo tudo agora. Mais cedo ou mais tarde, vão juntar dois e dois.

— A culpa é minha. Me desculpa por isso — diz Pete.

— Eu não teria conseguido trazer a Kylie de volta sem você, Pete.

Rachel abre o Wickr de novo.

Deve ter algum jeito de sair da Corrente para sempre. Alguma coisa que eu possa fazer por vocês ou um valor que eu tenha que pagar. Uma forma de encerrar as coisas definitivamente, de sabermos que estamos cem por cento seguros. Por favor, pela minha filhinha, digam o que é, digita ela, enviando a mensagem.

Em apenas dois minutos vem a resposta. E mais uma vez pelo Wickr, e não pelo telefone. Ela aciona o aplicativo.

Você deve ser muito burra. Qual foi a primeira coisa que eu falei para você? Não é pelo dinheiro, é pela própria Corrente. Ela tem de continuar para sempre. Se um único elo da Corrente se perder, tudo desmorona. Entendeu, sua burra?, responde Wickr 2348383hudykdy2.

O algoritmo faz uma busca e recalibra, então o localizador de GPS de Erik se acende, mas trava de novo, e não mostra nenhum resultado. O celular de Rachel congela e ela tem de desligá-lo e ligá-lo novamente.

— Nada — diz Rachel.

— Merda!

— Vou tentar outra vez.

Por favor. Estou implorando. Pela minha família, tem alguma coisa que eu possa fazer para sair da Corrente?, digita Rachel.

Ela mostra o que escreveu a Pete.

— Manda — diz ele.

Ela envia a mensagem. Desta vez, não vem uma resposta de imediato.

Cinco minutos se passam.

Dez.

— Já era — diz Rachel.

O iPhone dela toca.

Ela se atrapalha ao tentar pegá-lo e o deixa cair no chão.

O celular quica no chão, e a tela se racha.

— Merda! — grita Rachel, agarrando o aparelho e acionando o aplicativo de Erik. — Alô? — atende ela.

A chamada é do Número Desconhecido. A voz, como sempre, está distorcida.

— Tem uma coisa que você pode fazer por nós, Rachel. Por que não se mata, sua piranha imbecil?!

O algoritmo é acionado e começa a focar numa região de Massachusetts ao norte de Boston.

— Por favor, eu...

— Adeus, Rachel — diz a pessoa.

*Faz ela continuar falando*, articula Pete.

— Espera. Não desliga. Eu sei coisas sobre você. Descobri algumas informações — diz Rachel.

Há uma pausa e a voz finalmente pergunta:

— Que informações?

A mente de Rachel está a mil. Ela não quer ser associada a Erik, caso não tenham pegado as anotações dele. O que ela poderia ter descoberto sozinha sobre a Corrente?

— A mulher que pegou a minha filha se chamava Heather. O marido dela falou pra Kylie sem querer que o filho dela se chama Jared. Não deve ser difícil achar uma mulher chamada Heather com um filho chamado Jared.

— E o que você pode fazer com essa informação? — pergunta a voz.

— Podemos começar a fazer todo o caminho de volta até o início da Corrente.

— Aí você estaria assinando sua própria sentença de morte, Rachel. Você é mesmo muito burra pra jogar assim com a sua vida e com a vida da sua filha.

Durante toda a conversa, o aplicativo vai restringindo cada vez mais a área. O círculo vai diminuindo, tendo agora ao centro uma região que engloba o sul de Ipswich e o norte de Boston.

— Eu não quero causar nenhum problema. Eu só... Eu só quero me sentir segura — diz Rachel.

— Se você entrar em contato com a gente de novo, vai estar morta até o fim do dia — afirma a voz. E a ligação é encerrada.

Mas o aplicativo funcionou. O telefonema foi dado de Choate Island, na região pantanosa de Essex. A torre de telefonia mais próxima do autor da chamada fica na própria Choate Island.

Rachel faz uma captura do mapa na tela e o mostra a Pete.

— É isso! — grita ele.

— Vamos!

Eles saem correndo até a caminhonete.

Seguem a toda a velocidade para o sul pela Rota 1A, passando por Rowley e Ipswich. Em Ipswich, pegam a 133, uma estrada estreita que atravessa o Grande Pântano de Ipswich.

Chegam de carro o mais próximo possível de Choate Island, mas não há nenhuma estrada ali que leve à ilha pantanosa propriamente dita, então eles terão de caminhar para chegar até a torre. O nevoeiro naquela região não é tão denso, mas a chuva que vem do mar é muito fria e cai neles em diagonal.

Eles estacionam e saltam da caminhonete. Eles vestem casacos e calçam botas para caminhadas. Pete está armado com o fuzil, a Glock, o .45 e duas granadas de atordoamento, que pensou que poderiam ser úteis. Rachel pega sua escopeta. Está tremendo. Ela está com tanto medo que mal consegue respirar.

— Não se preocupa, Rach. Não vai acontecer nada hoje. Vamos só fazer o reconhecimento da área. Vamos coletar as informações e chamar a polícia.

Por uma trilha, eles chegam ao terreno pantanoso perto de Choate. Mesmo com a chuva e com o frio, está cheio de moscas. Dos dois lados do caminho, a mata é densa, sufocante e claustrofóbica. Aqui e ali, eles vislumbram o rio Inn, espesso e lamacento sob uma camada marrom de algas. O Inn é um afluente do rio Miskatonic, que faz uma curva no brejo em certo trecho em direção ao norte. O pântano inteiro parece afundar em direção ao centro de uma massa oculta. Das árvores pende uma espécie de barba-de-velho; pássaros grasnam nos galhos mais altos, e o inverno ainda não afastou as moscas insistentes.

Rachel está assustada. Eles estão chegando perto. Ela sente isso.

Os sonhos, as canções e os pesadelos os trouxeram até aqui.

Eles foram advertidos a não investigar a Corrente, e aqui está ela tentando fazer o caminho inverso para chegar aos primórdios da Corrente seguindo o fio de Ariadne.

Mas o labirinto não vai entregar assim tão fácil seus segredos.

Eles fazem uma busca nos pântanos e nos brejos de Choate por três horas, no frio e na lama, e não encontram nada.

Nada da torre de telefonia.

Nenhuma estação retransmissora.

Praticamente nenhum sinal de civilização.

Eles param numa pequena clareira, bebem da água que trouxeram e recomeçam a busca. Mais horas de frustração. Ao cair do sol, estão encharcados, exaustos e em carne viva por causa das picadas dos insetos. Rachel nem tem certeza se eles ainda estão em Choate Island, se voltaram ao continente ou se estão em outra ilha, numa bacia de drenagem completamente diferente. Já atravessaram dezenas de regatos e trilhas. Ela não aguenta mais. Ninguém que faz quimioterapia se aventura em longas caminhadas na lama em dezembro.

Ela respira com dificuldade.

Rachel está morrendo ali, naquele momento, no meio do pântano. Pete não pode saber disso.

Olha para o céu ameaçador sobre sua cabeça. Gigantescas nuvens cinzentas e negras pairam sobre o pantanal a oeste.

— A previsão do tempo não indicou que ia nevar? — pergunta ela.

— É possível. E com certeza a gente não vai querer ficar aqui.

— Se você fosse construir uma torre de telefonia, onde colocaria ela? — pergunta Rachel. — O engenheiro aqui é você.

— Num lugar alto — responde Pete.

— E tem alguma elevação por aqui?

— Olha lá aquela colina.

É um morro pequeno, talvez fique uns dez metros acima do nível do mar. A uns quinhentos metros da mata.

— Por que não?

Eles já estão a dois terços do caminho quando começam a ver o contorno da torre de telefonia celular. Está caída, ou talvez parcialmente afundada.

Eles chegam ao topo da colina, ofegantes.

De lá de cima é possível avistar todo o sistema do rio Inn se estendendo para oeste. A planície aluvial é vasta, fétida e repulsiva, como se estivesse escondendo uma cidade corsária à espera de ser desenterrada de seu próprio esgoto.

Um desânimo avassalador toma conta de Rachel.

Qual era afinal o plano de Erik? O que ele esperava que Rachel e Pete fizessem depois que encontrassem a torre mais próxima do local de onde vieram as ligações da Corrente?

— E agora? — pergunta ela a Pete.

Ele olha para as nuvens no céu e depois para o relógio. Cinco horas. Eles estão andando o dia todo. Estão com frio, encharcados, e ele não quer entrar a noite com Rachel no pântano. Não sem os equipamentos necessários e com uma nevasca iminente.

E ele ainda tem outras preocupações. Meteu os pés pelas mãos hoje de manhã com essa besteira de dois terços de dose. Sua pele está começando a formigar. Os olhos estão secos. Está suando feito um porco. Ainda não está tão mal, mas vai ficar.

Precisa de um pico.

E logo.

— Acha que a gente deve encerrar por hoje? — pergunta.

Rachel balança a cabeça. Eles estão tão perto. Precisa encontrá-los antes que venham atrás dela. Não haverá outra oportunidade. Tem de ser agora.

— Vamos encerrar por hoje? — insiste Pete.

— E depois o quê? — pergunta Rachel.

— Ir à polícia? Contar tudo pra eles. Eles que venham procurar a casa.

— A gente vai preso.

— Os Dunleavys podem não querer cooperar com a polícia — comenta Pete.

Rachel balança a cabeça de novo.

— Eles só vão ajudar a gente se souberem que a Corrente acabou.

Pete assente.

— O que é aquilo ali perto do rio? — pergunta Rachel, apontando para o norte e pegando o binóculo de Pete. — Uma cabana?

Ela examina a construção.

Fica a pouco mais de um quilômetro de onde estão. Um casarão velho circundado por uma varanda. Bem na direção da torre.

— Acho que vale a pena dar uma olhada — diz Pete. — Vamos ter que atravessar mais um ou dois córregos, mas acho que fica na ilha.

Eles atravessam um rio gelado com a água na altura das coxas e sobem por um matagal esparso relativamente próximo a casa.

É uma residência grande parcialmente assentada sobre palafitas, perto de um rio. Nas proximidades, a leste, há algumas fazendas abandonadas, já afundando no pântano. Sob a varanda, do lado norte da construção, há vários veículos estacionados.

Os pelos da nuca de Rachel estão eriçados.

Alguma coisa nesse lugar parece clamar *desfecho!*

— O que você quer fazer, Rach? — pergunta Pete.

— Vamos tentar chegar um pouco mais perto. Se a gente conseguir ver as placas...

— Vamos ter que rastejar. Grudados no chão, devagar. A mata por aqui não é densa, podemos ser vistos — diz Pete.

Rachel prende a correia da escopeta no ombro, bebe os últimos goles de água e segue Pete rastejando em direção a casa.

O terreno é úmido e lamacento, cheio de arbustos e espinhos.

Em trinta segundos eles estão arranhados, cheios de cortes, sangrando.

Começa a nevar.

Agora estão a cerca de cem metros.

É uma construção feia, cheia de reparos toscos de diferentes épocas, com madeiras diversas. Foi ampliada muito recentemente para abrigar dois quartos a mais no andar de cima, pelo que parece.

Pete pega o binóculo e tenta ler as placas dos veículos na varanda, mas não consegue.

— Rachel, você enxerga melhor do que eu. Quer tentar?

Ela observa os carros. Uma Mercedes, duas caminhonetes, um Toyota.

Vê alguém chegar à varanda.

— Kylie! Meu Deus! — grita ela, levantando-se e começando a correr na direção da casa.

— O que foi que deu em você? — berra Pete, assustado.

Ela está a quase vinte metros de vantagem, mas ele consegue alcançá-la em sete segundos. Pete a derruba no chão, e Rachel cai perto de um velho tronco de árvore.

— Que porra é essa? — pergunta Pete, virando-a de frente para ele

Ela se debate violentamente para se livrar dele.

— Eles pegaram a Kylie! Estão com ela! Ela estava na varanda — diz Rachel, ofegante.

Pete olha por cima do tronco em direção à varanda. Não vê ninguém.

— Você está enganada.

— Era ela! Eu vi!

Pete balança a cabeça. Não existe a menor possibilidade de eles terem pegado a Kylie. Ela está com o Marty, e eles são cuidadosos.

Rachel está hiperventilando.

— Não é a Kylie — sussurra Pete. — E eu posso te provar isso. A gente colocou um GPS no tênis dela, lembra? Posso te mostrar exatamente onde ela está agora, e garanto que não é aqui.

— Deixa eu ver — exige Rachel. — Eu sei o que eu vi.

Pete abre o aplicativo do GPS e mostra a Rachel que Kylie não está ali perto.

— Ela está em Boston — diz ele.

Rachel fica olhando para o celular. De fato, o GPS de Kylie está emitindo sinais do centro de Boston, e não daqui.

— Tenho certeza de que era ela — insiste Rachel, confusa.

— Vem. Vamos voltar pra mata antes que alguém veja a gente.

# 65

nnsmouth High. Ginger numa sessão de orientação vocacional no primeiro ano do ensino médio.

— Então, o que você quer ser quando crescer, Margaret?

— Quero ser agente do FBI, como o meu pai.

— Isso é muito louvável, meu bem, mas você vai precisar melhorar algumas notas.

— Quais?

— Seu inglês é ótimo, mas você precisa se esforçar mais em matemática e ciências. Seu irmão certamente pode te ajudar.

— É, ele adora essas coisas.

Olly ajudando Ginger com o dever de casa no casarão caindo aos pedaços do avô, à beira do rio Inn. Telas de proteção, mata-formigas e insetos no verão. Fogão a lenha, frio e aquecedores a querosene no inverno.

Daniel ensinando os gêmeos a caçar nas áreas escuras do vale do Miskatonic. Daniel ensinando os gêmeos a esfolar, defumar e conservar a carne.

Daniel contando velhas histórias da polícia às crianças. Velhas histórias de guerra.

Ginger e Olly estudam com afinco e conseguem entrar para a Universidade de Boston, o que deixa Daniel orgulhoso. Olly estuda engenharia da computação. Ginger faz psicologia.

Os dois se saem muito bem nos estudos, na verdade. O único problema são os empréstimos que têm de fazer para pagar a universidade. Daniel não é um homem rico, e eles cresceram pobres.

Mas, depois que eles se formam, Olly é recrutado por meia dúzia de startups do Vale do Silício, e Ginger, pelo FBI, pela CIA e pelo Escritório de Álcool, Tabaco e Armas de Fogo.

Ginger entra para o FBI.

Lá, o que não falta é afeto por ela e pelo pai. *Uma pena o que aconteceu com o seu pai. Uma pena mesmo...*

Ginger trabalha muito e rapidamente é promovida. Acaba fazendo muito contatos. *Eu conheci o seu pai. Era um grande agente. Nós costumávamos...*

Ginger virando noites.

Ginger aos poucos vai subindo na cadeia de comando.

Às vezes ela se pergunta se está fazendo isso por si mesma ou para agradar ao avô. Ou quem sabe para superar o pai. Será que a vida de Ginger seria resultado de sua relação com o pai ou uma reação a ela?

Ela faz cursos na Unidade de Análise Comportamental em Quantico, onde há todo tipo de psicólogos e investigadores para ajudá-la a explorar essas questões, se quiser. Um de seus professores cita o poeta alemão Novalis: "Para dentro vai o caminho misterioso." Ginger se identifica com a frase, e até gostaria de fazer essa viagem interior um dia para descobrir os motivos de ela ser como é, mas seria algo para fazer sozinha. Jamais seria capaz de confiar sua história e o que ela pensa a um terapeuta.

Olly se muda para a Califórnia, inicialmente para trabalhar na Apple e depois na Uber, e em seguida em algumas startups, cujos negócios são mais arriscados e das quais se torna sócio.

— Quando uma delas estourar, ficamos milionários.

Quando uma delas estourar... Ele trabalhou para duas empresas seguidas que foram à falência.

Mas não importa.

Ginger descobriu outra forma de ganhar dinheiro.

Muito dinheiro. Muito poder.

Ela ouviu falar do Cartel de Jalisco no início da década de 2010.

Eles implantaram no norte do México um modelo totalmente novo de distribuição de heroína. As gangues e os cartéis eram violentos e assustadores demais para a classe média americana. Os rapazes de Jalisco perceberam isso e se deram conta de que havia um vasto mercado inexplorado para o produto deles, se soubessem abordar os clientes da maneira correta.

Para formar sua clientela, começaram a distribuir heroína de graça em frente a clínicas de veteranos, clínicas que administravam metadona e farmácias. Os médicos que exageravam na prescrição de Oxycontin haviam gerado uma ampla base de viciados em opioides e analgésicos que estavam entrando em pânico, agora que o governo federal finalmente começava a reprimir o uso de narcóticos.

A heroína cumpria muito bem essa função. Funcionava melhor que o Oxycontin ou a metadona e era de graça, pelo menos no início. E os caras que distribuíam a heroína não tinham nada de assustadores. Os traficantes não andavam armados e sorriam muito.

Em dois anos, o Cartel de Jalisco ganhou um milhão de usuários.

E se diversificou para outros empreendimentos criminosos.

Ginger acaba sendo designada para uma força-tarefa que iria investigar o Cartel de Jalisco. Está procurando conexões com a máfia de Boston. Graças a delatores e infiltrados do FBI, a Patriarca está em declínio, mas o Cartel de Jalisco está em ascensão.

Ginger descobre um esquema de sequestros do Cartel de Jalisco no qual pessoas que devem dinheiro ficam em posse dos bandidos até que sua família pague a dívida. Mas há um traço de humanidade no esquema: outro membro da família pode trocar de lugar com a vítima que foi sequestrada.

O modelo de sequestro do Cartel de Jalisco funciona usando o mínimo de violência, e, vendo ali um potencial pouco aproveitado, Ginger se pergunta se o esquema não poderia ser adaptado para seus próprios fins.

Lembra-se de como as correntes por cartas foram eficientes na infância.

E discute o assunto com Olly.

Com a ajuda do irmão, gênio da programação, a Corrente nasce em Boston, em 2013.

Não é um sucesso logo de cara. Há alguns problemas. Um pouquinho de sangue demais.

Mantendo distância para não sujar as mãos, eles usam capangas de Jalisco e Tijuana desesperados por dinheiro. E que não sabem para quem estão trabalhando. A mulher misteriosa por trás de tudo é conhecida como Mujer Roja ou Muerte Roja. Dizem que é esposa de um chefão do cartel, uma seguidora americana de Nuestra Señora de la Santa Muerte.

Os assassinos de Jalisco e Tijuana são meio rápidos demais no gatilho. Ainda não entenderam que nos Estados Unidos as operações requerem certa sofisticação. No princípio, os assassinatos passam um pouquinho da conta. O negócio todo ameaça entrar em colapso.

Ginger se livra dos mercenários mexicanos e passa a usar seus contatos na ameaçada Patriarca da Nova Inglaterra. Eles conhecem o *American way of death*. Há décadas fazem exatamente isso.

Por fim, a Corrente começa a funcionar perfeitamente.

As coisas começam a entrar nos eixos.

A Patriarca sai de cena, e a Corrente começa a andar sozinha.

Ginger enviando as cartas.

Ginger fazendo as ligações.

Ginger ditando o jogo.

Então a coisa se transforma num esquema milionário de chantagem, sequestro e terrorismo gerido como um negócio de família por Olly e Ginger.

— Somos o Uber dos sequestros — diz Olly —, com os clientes fazendo a maior parte do trabalho.

Se pudessem abrir o capital do negócio, acrescenta ele, valeria dezenas de milhões de dólares.

Mas já está muito bom assim.

Eles saldam as dívidas dos financiamentos universitários. E ficam ricos. Abrem contas bancáriaś na Suíça e nas ilhas Cayman.

A Corrente funciona às mil maravilhas agora, e é infalível.

Olly fez várias análises internas para detectar possíveis falhas e identificou apenas três possíveis áreas de preocupação que poderiam gerar algum problema.

Primeiro, certo desleixo de Ginger. Ele disse à irmã que ela teria de usar uma nova conta no Wickr, um novo celular descartável e uma nova carteira Bitcoin a cada etapa da Corrente. Mas ela nem sempre faz isso. Dá uma trabalheira dos infernos, então normalmente ela só muda as contas uma vez por mês mais ou menos. Ele também a instruiu a nunca fazer uma ligação anônima da Corrente quando estiver no trabalho, em casa na Back Bay ou na casa de Daniel à beira do Inn.

Ela promete ser mais cuidadosa, embora seja bem difícil dar conta da nova função no FBI, do doutorado e administrar um empreendimento criminoso altamente sofisticado, tudo ao mesmo tempo. Mas, de qualquer forma, são muitas camadas de criptografia entre eles e a Corrente. Criptografia, gaiolas de Faraday, redundâncias...

O segundo grande motivo de preocupação é o fato de Ginger usar a Corrente para acertar contas pessoais. Ela já fez isso três vezes (até onde Olly sabe). O ideal seria que negócios e vida pessoal não se misturassem, mas os seres humanos sempre acabam dando um jeito de confundir tudo. E improvisar regras de funcionamento para moldar o sistema sempre vai parecer uma forma de contornar a situação e uma medida temporária para o inventor do sistema.

E essa questão dos acertos de contas acaba levando à terceira área de preocupação: a vida sexual de Ginger.

Olly tem consciência de que é meio esquisito em matéria de relacionamentos. Ele nunca teve um compromisso sério ou qualquer interesse romântico. É uma pessoa introvertida, não gosta de festas nem de contato físico. Será que aqueles hippies acabaram ferrando com sua cabeça lá atrás?

Ginger, por outro lado, é uma mulher do mundo. Os dois seriam um caso curioso num estudo psicológico de gêmeos. Ela sempre estava com algum namoradinho durante o ensino médio e a faculdade e, desde que entrou para o FBI, saiu com vários homens, dois deles casados.

Sexo é importante, Olly entende isso perfeitamente, do ponto de vista intelectual. É o que mantém o DNA dos mamíferos eternamente em mutação e um passo à frente dos vírus e dos fatores patogênicos que tentam varrer a espécie do mapa. Olly compreende isso num nível científico e matemático. Mas sexo continua sendo uma ideia remota para ele, e amor... Deus me livre!... Algo ainda mais impensável.

O poder corrompe, e o poder absoluto corrompe absolutamente. E, quando se mistura poder com sexo, aí o que você tem é o que Ginger eventualmente acabou fazendo com a Corrente. Várias vezes ele a pegou usando informações dos bancos de dados do FBI para fins que não tinham a menor relação com a Corrente. E desconfia de que tenham acontecido outros incidentes dos quais nem ficou sabendo.

Isso não é nada bom.

Ele precisa fazer com que ela pare com isso.

Olly está sentado no escritório do avô com as anotações de Erik Lonnrot nas mãos. O fogo está aceso na lareira. Pela janela, ele vê a neve caindo.

Olly examina atentamente o bloco de anotações. É basicamente uma cópia passada a limpo de um bloco de anotações anterior. Ou talvez de alguns blocos. Erik estava trabalhando nisso havia um bom tempo. Olly sabia que alguém estava investigando a Corrente, e suspeitava de que talvez fosse Erik. O professor andou se livrando de muita coisa nos últimos tempos, não tinha como ser tão inocente assim, e muitos históricos de busca e análises levavam diretamente aos computadores do MIT.

Não conseguiram encontrar o laptop nem o celular de Erik, mas o bloco de notas estava com ele.

Erik se deu ao trabalho de fazer a maior parte das anotações em código. O que não chega a ser um problema para Olly. Nenhum código concebido pelo homem é indecifrável. Além disso, o pobre Erik havia ficado muito empolgado nas últimas semanas de vida e, em vez de continuar codificando cuidadosamente as anotações, tinha simplesmente escrito em russo ou em hebraico. Como se isso pudesse esconder alguma coisa. Que tolo.

Olly nem fica impressionado ao examinar as últimas anotações. Erik não chegou a avançar muito. Não tinha suspeitos, não havia estabelecido a ligação com o Cartel de Jalisco, estava atirando para todas as direções.

Algumas das últimas anotações eram apenas palavras ou nomes aleatórios.

Há indicações de um aplicativo que ele estava criando, mas não há sinal de para que servia.

A última anotação certamente foi escrita há pouquíssimo tempo — talvez alguns dias atrás.

Diz simplesmente: רחל

É uma palavra que significa "ovelha" em hebraico.

É uma palavra que se pronuncia "Rachel" em inglês.

Olly suspira e olha pela janela.

Marty, o novo namorado de Ginger, tem uma ex-mulher chamada Rachel, não é isso?

Essa pequena reunião de família vai ser muito mais interessante do que ele esperava. Ele pega o celular e manda uma mensagem para a irmã: Ginger, será que você pode fazer o favor de vir falar comigo quando tiver um tempo?

# 66

Rachel tenta telefonar para Kylie, mas não consegue.

— Não tem sinal — diz ela. — Mas graças a Deus ela está bem.

Porém agora é Pete quem parece preocupado.

— Merda. Talvez não — fala ele.

— O que foi?

— Olha só o tempo decorrido no localizador.

— Meu Deus! Ela está na loja Adidas em Boston há nove horas! — diz Rachel. — Já sei o que aconteceu. Ela comprou outro tênis, jogou fora o que estava usando e esqueceu o GPS.

— Como podem ter pegado a Kylie num shopping em plena luz do dia? Não faz sentido — comenta Pete.

Rachel está em estado de choque.

Seu mundo caiu.

De novo.

E desta vez a culpa é toda dela. Eles a alertaram. Mandaram Rachel deixar as coisas quietas, e ela meteu os pés pelas mãos com esse plano imbecil.

Ela começa a se sentir mal.

Tonta.

Enjoada.

Com engulhos.

Aqueles velhos pensamentos: *Sua idiota. Piranha imbecil. Era melhor ter morrido. Seria melhor para todo mundo.*

Eles pegaram sua linda e inocente menina, sua menina maravilhosa. Culpa dela.

Imbecil, imbecil, imbecil, imbecil!

Chega de ser imbecil.

Ela tira a escopeta da correia. Entrará pela porta dos fundos, sob a varanda. Vai destruir a tranca a tiros se for preciso e matar todo mundo que estiver lá dentro para tirar sua filha de lá.

Ela limpa os flocos de neve do rosto e segue em direção a casa.

— Aonde você vai? — pergunta Pete.

— Pegar a Kylie.

— Você nem sabe quem está lá dentro ou o que tem lá — retruca ele.

— Não interessa. Pode ficar aqui, eu vou.

Pete arranca a arma dela.

— Não. Nós dois vamos. Espera aqui dois minutos, eu vou na frente sondar.

— Eu vou com você.

Pete balança a cabeça.

— Eu sou profissional, Rachel. Fiz o curso de reconhecimento nos Fuzileiros. Já fiz esse tipo de coisa várias e várias vezes.

— Eu vou com você.

— Espera só dois minutos, ok? Deixa eu verificar primeiro.

— Dois minutos?

— Dois minutos. Faço sinal quando estiver embaixo da varanda. Espera aqui.

Pete sabe que devia ter feito tudo isso sozinho hoje. O que foi que deu na cabeça dele para trazer uma pessoa com câncer àquele lugar?

Ele vai se arrastando em direção à parte coberta embaixo da casa onde os carros estão estacionados. São cinco veículos ali: uma Mercedes branca, um Mustang vermelho, duas caminhonetes e um Corolla, o que pode ser interpretado como muita gente. Agachado, ele passa pelos carros. Uma luz de segurança se acende e ele congela, mas ninguém aparece para ver o que está acontecendo, e ele volta a avançar lentamente. Ao lado da parte coberta há uma garagem fechada e, mais adiante, aparentemente, a porta principal e os janelões de uma sala de estar no térreo. Ele não pode se arriscar passando por ali, então retorna pelo mesmo caminho. Tenta entrar pela porta ao lado da garagem. Trancada. Mas o portão da própria garagem não está completamente fechado. Há um espaço de pouco mais de um centímetro entre o chão e o portão. Ele se deita de barriga para baixo e passa os dedos pela abertura. Se for apenas o alumínio amassado, não vai adiantar nada. Mas se for uma mola de torção danificada...

Ele coloca as duas mãos embaixo do portão e tenta levantá-lo, e ele aos poucos começa a subir.

É assim que eles vão entrar, bem ao estilo guerrilha urbana dos Fuzileiros Navais. Invadir, checar o espaço ao redor, passar para o cômodo seguinte e vasculhar todos os andares até garantir que a casa esteja liberada. Há um número desconhecido de elementos hostis, mas ele e Rachel têm a surpresa como aliada. Ele se levanta e cambaleia ligeiramente.

Não!...

Está tonto.

Sua pele está pegando fogo.

É a abstinência.

Ele tomou um pico hoje de manhã. *Você não pode avacalhar com isso. E você sabe muito bem disso, Pete.*

Daqui a pouco vai ter um milhão de formigas subindo pelas pernas e pelos braços dele, entrando por sua boca, descendo pela sua garganta...

*Para!*, diz a si mesmo. *Para agora mesmo!*

Que babaquice querer bancar o herói. Rachel teria sido muito mais bem-sucedida se tivesse vindo no lugar dele. *Preciso voltar*, pensa ele, virando-se e dando de cara com um sujeito empunhando uma espingarda.

— Pois é, achei que tivesse escutado alguma coisa — diz o homem.

Pete pensa em reagir, mas, em vez de pensar em reagir, ele devia ter *reagido*. Um golpe com a lanterna na cabeça do cara. Bota no joelho. Coronha na cara. Um guarda nocauteado. Mas ele não fez nada. Está lento demais. Não por estar velho ou porque já não tem memória muscular, e sim porque se estragou com heroína, oxicodona e com todos os outros opioides em que conseguiu botar as mãos.

E agora Pete tem o mesmo pensamento que ocorreu a Rachel: *Imbecil, imbecil, imbecil, imbecil.* Imbecil e fraco. O homem dá um passo para trás e aponta a espingarda para o rosto de Pete.

— Larga a lanterna e a arma — diz.

Pete joga a lanterna e a 9 milímetros no chão.

— Agora, com dois dedos, pega esse .45 no cinto e coloca no chão também.

Pete tira da cintura seu precioso .45 ACP e o joga no chão, perto de seus pés, onde a neve se acumulou. Agora se sente nu. O ACP pertenceu ao seu avô na Marinha. Foi com ele que o velho, furioso, certa vez atirou num kamikaze que investiu contra seu navio na Batalha de Okinawa. E ele fora o talismã de Pete no Iraque e no Afeganistão.

— Merda — xinga Pete.

— Cara, você está na merda. O Daniel não tolera ninguém nas terras dele. E esse "não tolera" não quer dizer que ele vai te entregar pra polícia. Coloca as mãos na cabeça.

Pete leva as mãos à cabeça.

— Isso tudo é um mal-entendido. Eu me perdi — começa ele, mas o outro o manda calar a boca.

— Vamos ver o que o Daniel acha. Os netos dele estão aí hoje. Acho que ele não vai gostar nada disso. Ajoelha no chão. Bota as mãos atrás da cabeça.

O sujeito lhe dá um chute nas costas, e Pete cai.

Terra. Cascalho. Neve.

Sua mente está a mil. Ele tenta pensar. Nada lhe vem à cabeça.

— Fica aí deitado, camarada, não se mexe. Vou lá tocar a campainha e trazer todo mundo aqui rapidinho.

# 67

Ginger entra na grande suíte reformada toda satisfeita. A Corrente neutralizou a ameaça representada por Erik Lonnrott, e seu namorado novo está se entendendo às mil maravilhas com Daniel. Os dois são torcedores do Red Sox, e Marty consegue citar nomes como Ted Williams, Carl Yastrzemski e Roger Clemens sabendo perfeitamente do que está falando. Daniel disse a Marty que, se ele quiser, pode chamá-lo de Red. Uma rara honra.

Foi uma ótima decisão trazê-lo hoje. Não é todo mundo que ela convida para conhecer o avô e o irmão. Mas Marty O'Neill é especial. Engraçado. Inteligente. Estudou no Harvard College e fez direito em Harvard; não é pouca coisa. E é bem charmoso se você gosta de irlandeses morenos de olhos verdes. O que é o caso dela.

É verdade que ele tem uma filha, uma filha de 13 anos, uma filha de 13 anos meio chata, mas que perdeu um pouco o rebolado por causa de problemas recentes. E a adolescente adora tanto Marty quanto sua nova namorada, que tem um emprego incrível e é meio hipster e superantenada.

Olly certamente ficaria furioso se descobrisse que ela conheceu Marty fuçando a vida dele na Corrente, mas Marty não era exatamente uma vítima nem nada. A ex-mulher o havia deixado de fora da jogada.

E ela acabou encontrando o perfil dele no Facebook meio que por acaso, quando estava pesquisando sobre Rachel.

Bom, mais ou menos.

É verdade que ela deu um jeito de a Corrente tirar a namorada anterior dele, Tammy, do caminho. Mas não passou disso.

Daquela vez.

Se Olly soubesse quantas vezes ela se valeu das informações às quais tinha acesso pela Corrente em suas pequenas aventuras, certamente teria um ataque. Mas qual é o sentido de ter esse poder todo se não o usa? Não há nada de mais em fazer isso de vez em quando. Seria inaceitável não se aproveitar disso.

Afinal de contas, a Corrente tinha sido invenção dela. Era seu brinquedo. Essa história toda de abertura de capital e milhões na internet não passa de conversa fiada de Olly. Foi a Corrente que deu uma casa a Olly em São Francisco, outra para ela em Boston e o apartamento na Quinta Avenida. A Corrente. Ideia dela.

Então ela pode muito bem brincar com Marty O'Neill se quiser. Ele é bonito, inteligente, engraçado. Olly não precisa se preocupar. Ela tem tudo sob controle. Ginger é a aranha. A mosca chata, claro, é a ex-mulher dele. Foi muita audácia dela entrar em contato pelo Wickr hoje. Ninguém *nunca* mandou mensagem pelo Wickr depois de ter saído da Corrente. Normalmente, as vítimas ficam extremamente gratas por estarem fora do esquema. Gratas e com medo. Talvez fosse melhor encontrar uma maneira de dar um sumiço nessa mulher. Bastaria um telefonema ou uma mensagem: *Acrescentamos uma condição para que sua filha volte viva. Uma mulher chamada Rachel Klein O'Neill que mora em Plum Island, Massachusetts: dê um sumiço nela até o fim da semana. O corpo nunca deverá ser encontrado.*

Rachel pode ser apagada do mapa a qualquer momento.

— As crianças estão superbem. Estava com a Kylie na varanda — diz Marty, chegando por trás dela e lhe dando um beijo na nuca. Ginger se vira para ficar de frente para ele, e Marty a abraça. — Isso é ótimo pra Kyles. Eu não sou um expert em adolescentes, mas parece que ela não está numa fase muito boa.

**333**

— Pois é. Eu passei pra Rachel o nome de um dos nossos terapeutas.

— Bom, a Rachel também não tem andado muito bem, como você pode imaginar — diz Marty.

O celular de Ginger avisa que chegou uma mensagem.

— O que foi? — pergunta Marty, quando ela lê a mensagem do irmão.

— Nada, é o Olly. Aposto que está querendo falar do jantar. Quer ver como o vovô vai tentar botar fogo na casa de novo fazendo churrasco? Espera só um pouquinho que eu já volto.

Ginger atravessa o patamar da escada no segundo andar e segue em direção ao escritório do avô. Entra, fecha a porta e se senta. Olly está com aquele olhar de superioridade que assume às vezes, capaz de testar a paciência de um santo.

— Sim? — fala ela. — O que foi?

— Você andou usando a Corrente pra fins particulares de novo, não foi?

— Não.

— Usou, sim.

— É sempre pros *nossos* fins.

— Você sabe o que estou querendo dizer. Você interferiu nas coisas. Como fez com o Noah Lippman.

— Não.

— E com aquela tal de Laura não-sei-o-quê, por quem você tinha uma queda há alguns anos. A pobre-coitada cometeu o maior erro da vida dela rejeitando você, e três meses depois sumiu do mapa sem deixar vestígios. Você esperou três meses pra soltar a Corrente em cima dela. Muito sensata.

— Noah ainda está vivo.

— Por assim dizer... A gente não usa a Corrente pra vinganças pessoais, Ginger. Já falamos disso várias vezes.

— Eu não fiz nada disso.

— Nem pra conhecer caras bonitos.

Ginger solta um gemido. Ele sabe o que ela fez.

— Você tem ideia de como é difícil conhecer gente nessa cidade? — protesta ela.

— Não tem nada de difícil. Existem milhões de aplicativos de encontros.

— Então quer dizer que eu tenho que ignorar todo homem que tenha tido qualquer contato com a Corrente, mesmo que de longe?

— Sim! Você conhece muito bem os protocolos.

— E quem criou esses protocolos? Quem inventou a Corrente?

— É uma medida de segurança, querida.

— Isso tudo foi invenção minha. Você não criou nada. Fui eu. Posso fazer o que eu quiser.

Olly fecha os olhos e suspira. Não há bem que não se acabe, pensa. Na verdade, fica até surpreso por ter durado tanto. Todos os modelos diziam que a Corrente provavelmente duraria apenas uns três anos, até entrar em colapso. Não seria possível intimidar tanta gente por muito tempo. O número de pessoas envolvidas cresce quase que exponencialmente, e nenhuma conspiração é capaz de sobreviver a um crescimento exponencial. É um típico sistema estocástico rápido/lento e, quando chega ao ponto de ruptura, o rompimento é espetacular.

Olly cofia o cavanhaque que está tentando cultivar, sem muito sucesso, há meses.

— A gente devia ter acabado com a Corrente há alguns anos — murmura. — Pra que continuar com isso se já temos um bom dinheiro?

— Por que parar? Você tem inveja porque foi invenção minha.

— O objetivo não era deixar a gente bem de vida? Já conseguimos isso.

— Será que o objetivo era esse mesmo? — pergunta ela, com desprezo.

Olly franze a testa, balançando a cabeça.

— Você não consegue entender mesmo, não é? — continua Ginger. Olly não tem o espírito da ave de rapina pairando sobre o campo. Ele não é um verdadeiro predador como ela. Um autêntico predador às vezes mata mesmo sem estar com fome. — Não éramos nós dois contra o resto do mundo? Você não se lembra disso?

335

Olly franze ainda mais as sobrancelhas.

— Tá bom. Qual é o problema? — pergunta ela.

— Aquele bloco de notas — responde Olly.

— Você já decodificou as anotações, não foi?

— Não, ainda não.

— Então o que é?

— Quase no fim, o maluco do Erik parou de escrever tudo em código.

— E...?

— Qual é mesmo o nome da ex-mulher do seu namorado novo?

— Ai, merda!

— Em algum momento, mais ou menos na semana em que o Erik morreu, parece que ele se encontrou com uma mulher chamada Rachel.

— Merda, merda, merda.

— Vai, fala.

Agora é a vez de Ginger suspirar.

— Sabe qual é o seu problema, Olly? Você tem sangue de barata. Não tem sangue nas veias. Parece o Spock. Devia procurar ajuda. Isso não é normal.

— Isso é coisa séria, Ginger. Tipo arrumar identidade falsa e fugir do país.

— Quanto a gente tem na Suíça?

— O suficiente. — Olly vai até o armário de armas, o destranca e abre a porta. — Eu sempre achei que, se um dia desse tudo errado, seria culpa sua, por você ter misturado emoções com negócios.

Ela sorri.

— Meu Deus, Olly, é assim que todo mundo se ferra no final. Você não sabia disso? Não dá pra lutar contra a biologia.

— Mas a gente pode tentar.

336

# 68

De volta à suíte principal, Marty olha pela porta de vidro para o tronco de carvalho entre a casa e a mata pantanosa e cheia de arbustos mais adiante. A neve cai em flocos miúdos sobre o rio, sobre as árvores vivas e sobre os troncos mortos. Exatamente como em um poema de Robert Frost.

Muito agradável aqui. Pelo que Ginger dizia, nem dava para imaginar. Não tem nada de casa velha e estranha no meio do pântano. É uma propriedade e tanto. Uma casa linda. Cheia de quadros nas paredes. Coisa cara. O velho, Daniel, deve ter grana. E é mesmo uma peça, como Ginger bem avisou.

As crianças estão adorando o lugar, e Ginger, amando se exibir. Ela é a mulher certa para ele, pensa Marty. Rachel foi um erro. Os dois eram muito jovens. Ele falou para todo mundo que se apaixonou por Rachel quando leu suas brilhantes resenhas sobre livros no jornal estudantil de Harvard, mas era mentira. Era uma coisa física mesmo. Eles não tinham muito em comum.

Quando se passa dos 30, consegue ver melhor essas coisas. Tammy foi só fogo de palha, mas Ginger é diferente. Ela é especial. Com ela, ele pode sossegar. Morar na cidade. Ter mais alguns...

— Estava pensando em você — comenta ele quando Ginger entra no quarto de novo, com sua bolsa.

Seus cabelos ruivos caem encaracolados entre os seios.

Ele tem um impulso de jogá-la na cama e atacá-la.

— Ginger, essas portas têm tranca? Como tem crianças na casa, pensei... — começa ele, quando vê pelo canto do olho algo que chama sua atenção.

Ele se vira para olhar.

— O que é aquilo ali? — pergunta Marty a Ginger.

— O quê?

— Saiu alguém de trás da árvore. E a pessoa está vindo pra cá. É isso mesmo que estou vendo?

— Onde?

— Achei que tivesse visto alguém na neve. É isso mesmo. Olha... Meu Deus! Você não vai acreditar... mas... ãhn... acho que é a minha ex-mulher.

Ginger pega a Smith and Wesson .38 na bolsa e aponta para a cabeça dele.

— Eu acredito em você.

# 69

Rachel apoia a escopeta no ombro e mira no capanga.

— Não se mexe — diz ela.

O capanga dá meia-volta para olhar para ela.

— Ei! Calma, minha senhora. Acho que você não deve nem saber usar esse negócio aí.

— Acho que você não vai achar isso depois que eu rasgar você ao meio com um tiro — responde Rachel.

Pete pega seu .45.

— Larga a arma, cara — diz ele.

O guarda coloca a arma no chão e levanta as mãos.

— Deita de cara no chão — ordena Pete, e o sujeito lhe obedece, enquanto ele chuta a arma para longe.

— Não precisa me machucar. Tem corda e silver tape na garagem. O controle do portão está no bolso do meu casaco — vai logo dizendo o capanga.

— Tem quantos homens armados na casa? — pergunta Pete.

— Só eu...

— Ninguém se mexe! — diz alguém, e ouve-se um tiro.

Um clarão. De pé na porta estão Ginger e um homem mais ou menos da idade dela: o irmão gêmeo dela, deduz Rachel. Ambos armados.

— Rachel, é você? O que está acontecendo? — pergunta Ginger toda inocente.

*É a Ginger? Que história é essa?* Rachel é tomada pela dúvida. Será que o sinal do rastreador de Erik acabou cruzando com o do GPS que eles colocaram no tênis de Kylie? Será que Kylie transferiu os chips com GPS para o tênis novo e essa caçada ridícula pelo pântano não passou de um enorme equívoco?

*Meu Deus, é isso mesmo! Se isso tudo é um engano, Kylie está bem. Isso mesmo!* Rachel tem de se explicar rápido, antes que alguém acabe ferido.

— Me desculpa, Ginger. Você deve estar achando isso tudo uma loucura. Eu estava dizendo a esse senhor aqui...

O portão da garagem se abre e aparece um velho magro e de cabelos brancos segurando um fuzil de assalto.

— O que vocês estão fazendo na minha propriedade? — pergunta o velho.

— Vovô, está tudo bem! — diz o irmão de Ginger.

— O Olly tem razão, Red, estamos cuidando disso — reforça Ginger. — Rachel, é melhor você e o seu amigo largarem as armas.

— Por favor, presta atenção todo mundo. Acho que cometemos um enorme erro. Me desculpa. Eu coloquei um rastreador no tênis da Kylie. Achei que ela tivesse sido sequestrada.

— Larga a arma, Rachel, por favor. Mas por que você achou que ela tinha sido sequestrada? — pergunta Ginger.

— É meio complicado — responde Rachel.

Ginger está bem embaixo do refletor instalado sobre a porta, e Rachel vê seu rosto.

Pela primeira vez ela a vê bem nitidamente.

Aqueles cabelos avermelhados. Os olhos azuis. Aqueles lindos olhos azuis. Um azul frio. Um azul gelado do fundo de um abismo. Olhos azuis que estão assistindo a essa cena toda com um frio desdém.

Ginger parece até estar gostando disso.

Então os olhos de Ginger encontram os de Rachel, e as duas se encaram pelo que parece uma eternidade, mas que na verdade não passa de pouco mais de um segundo.

Esse segundo é suficiente.

Elas se reconhecem

*Você.*

*Você.*

Rachel sabe, e Ginger sabe, e Ginger sabe que Rachel sabe.

Não foi nenhum erro do aplicativo de Erik.

A Corrente leva até aqui, e Ginger não vai deixar ninguém sair deste lugar vivo. Eles descobriram o segredo, e, para protegê-lo, Ginger terá de matar todo mundo. Rachel, Pete, Marty, Stu e Kylie.

Rachel estava prestes a dizer a Pete que eles deviam largar as armas e pôr as mãos para o alto. Mas, se eles fizerem isso, Ginger os mata ali mesmo.

Rachel se vira para Pete. Olha para o refletor acima da porta. Pete acompanha seu olhar.

— Ela é a Corrente e vai matar a gente — avisa Rachel.

Pete assente.

Os gêmeos estão atrás de um batente. Será difícil acertá-los, então ele ergue o .45 e atira no refletor.

# 70

Escuro, confusão. Gritos. Um arco de chama amarela sai da garagem quando Daniel dispara com sua arma automática.

— No chão! — grita Pete.

Rachel se joga no chão.

Projéteis traçantes voam do cano da arma e acertam o espaço onde Rachel estava sete décimos de segundo antes. Eles não atingem o alvo e continuam girando por seus longos eixos, viajando por centenas de metros na noite.

Então todas as armas são disparadas ao mesmo tempo. Um .38, uma 9 milímetros e o enorme fuzil de assalto de novo. Tiros de várias direções quase atingem a cabeça de Rachel.

Ela enterra o rosto na neve e grita.

Nada disso importa. As armas, o tiroteio, o cheiro enjoativo de pólvora. O que importa é Kylie. Ela está em algum lugar da casa, e Rachel vai buscá-la. Pete está fazendo uma contagem mental. Dez segundos, e o pente de balas do fuzil de assalto na garagem se esgota.

Dez segundos depois, ele levanta a cabeça. As duas pessoas que estavam na varanda entraram na casa. A munição do velho acabou, e ele está recarregando.

Pete dá três disparos na direção da garagem, para deixar o sujeito na defensiva, e se arrasta para outra posição. Atirar e mudar de posição. Atirar e mudar de posição. É o que mantém você vivo num tiroteio com poucos lugares para se proteger, e a essa distância os tiros de uma automática como aquela derrubam qualquer um. Até acabam com você.

Ele rola na neve para a direita, se arrasta para trás de um arbusto e atira mais uma vez. Seu corpo todo dói pela necessidade de um pico, mas ele vai lutar contra a dor e contra todos os que estão ali também.

— Rachel? Você está bem? — pergunta Pete.

Nenhuma resposta.

Ele precisa traçar um plano. Qualquer plano. No treinamento de infantaria, Pete aprendeu que um plano ruim executado imediatamente é melhor que um grande plano executado uma hora depois. Eles têm razão em relação a isso. Aqui fora, ele vai morrer. Precisa dar um jeito de entrar.

Quinze segundos devem ter se passado desde o início do tiroteio. *Vamos nessa*, pensa ele.

— Calma aí, espertinho — diz alguém, agarrando-o. Ele se esquiva de um punho na direção de seu rosto e de uma faca na direção das costelas.

É o capanga que os flagrou na propriedade. Ele se esquecera completamente do imbecil. O sujeito havia agarrado sua mão que empunhava a arma e agora está tentando matá-lo com uma enorme faca. A faca vem na direção de seu rosto; Pete se esquiva, a faca corta sua bochecha esquerda. Pete dá um chute forte no escuro e atinge carne humana. Consegue liberar a mão da arma e atira.

Ouve-se um horrível baque surdo, e depois silêncio.

— Pete? — chama uma voz perto dele.

— Rachel?

— Vou entrar na casa — sussurra ela. — Pela garagem, é o único jeito.

— Qual é o plano?

— A gente entra, pega as crianças e mata todo mundo que não seja a Kylie, o Marty e o Stuart — diz Rachel.

— Pra mim está ótimo.

# 71

Eles entram na garagem. O atirador se foi, mas várias caixas contendo algo inflamável estão pegando fogo e lançando labaredas violentas perto de uma dúzia de latas de tinta. Eles não podem ficar ali.

— Tem uma porta que dá pra casa — diz Rachel.

Ela está pronta para isso. Este é o momento para o qual inconscientemente veio treinando a vida inteira. A radiação, a quimioterapia, os dias difíceis na Guatemala, os longos turnos como garçonete, as corridas de Uber até o Logan à meia-noite... Tudo isso foi uma preparação para esse momento. Ela está pronta. Tudo pela família, não é? Tudo é pela família. Qualquer imbecil sabe que não se pode se interpor entre uma ursa-cinzenta e seu filhote.

Pete pega uma das granadas no bolso do casaco.

— Vou abrir a porta e atirar uma granada. Fecha os olhos e cobre os ouvidos — sussurra ele para Rachel, abrindo a porta para arremessá-la. Um segundo depois, a granada explode com um barulho ensurdecedor, em meio a um violento clarão branco. É uma arma basicamente inofensiva, para imobilizar a curta distância. Não vai machucar as crianças, mas vai assustar qualquer um que não esteja esperando por isso. — Espera aqui — diz Pete, passando pela porta.

Vários alarmes de fumaça são disparados. A casa é antiga, mas foi reformada, e, numa das reformas, foi instalado um sistema de sprinklers para proteger a coleção de obras de arte dos netos. Rachel nunca esteve numa casa com sistema de sprinklers próprio e se assusta quando é atingida por uma chuva de água fria. Ela não tem a menor ideia do que está acontecendo.

Pete bota a cabeça no portal.

— Não tem ninguém aqui. Podemos ir. Essas latas de tinta vão começar a explodir já, já.

— Em qual direção? — pergunta Rachel, tossindo.

Pete não tem a menor ideia.

— Vamos procurar num cômodo de cada vez. Fica atrás de mim. Presta atenção nos meus pontos cegos — orienta ele.

Pete segue em frente, mas se pergunta quanto ainda consegue aguentar. Está com dificuldade de respirar. A adrenalina adia o colapso, mas isso não vai durar muito. *Aguenta firme, Pete*, pensa ele, *até Kylie estar em segurança*.

A casa foi ampliada de um modo não muito bem planejado e parece um labirinto de quartos, corredores e cômodos.

Um corredor.

Uma sala.

Uma TV grande, um sofá, troféus de caça.

Outra porta.

Mesa de jantar, cadeiras, quadros

Um grito ao longe.

— Kylie! — berra Rachel.

Nenhuma resposta.

De volta ao corredor.

Pete abre outra porta com um chute e aponta a arma para o canto de uma cozinha.

— Kylie! Stuart! — chama.

Nada.

As luzes piscam à medida que todo o térreo vai sendo tomado pela fumaça do incêndio na garagem. Continua pingando água dos sprinklers, e uma poça se forma aos pés deles. O cheiro é forte, azedo, neolítico.

Num dos quartos, Rachel encontra o casaco de Kylie, mas não há sinal da filha.

As luzes se apagam e voltam a se acender. Está mais fraca, amarelada e meio demoníaca.

O quarto dá para outro cômodo.

Pete empurra a porta e verifica o interior do cômodo.

Vazio, mas eles ouvem passos no corredor. Rachel aponta para a porta e leva o dedo aos lábios. Pete pega a outra granada no bolso, abre a porta com um puxão e atira a granada no corredor.

Outra forte explosão e um clarão de luz branca seguidos de tiros de metralhadora. Pete espera até que os tiros parem e então, num movimento rápido e premeditado, sai dali com Rachel, jogando-se para a direita enquanto ela se joga para a esquerda.

Ali, na frente dela, no fim do corredor, um homem recarrega um fuzil de assalto. Não é nenhum dos gêmeos, é o velho de novo. Tem cabelos brancos; ele esta mais afastado, mas parece confiante. É o sujeito que Olly chama de vovô e Ginger chama de Red.

Rachel aponta sua escopeta.

Lembra-se do que aprendeu no campo de tiro: espere até que seu alvo esteja próximo; caso contrário, ele pode fugir. Mas o homem não está vindo em sua direção nem fugindo dela. Está parado no fim do longo corredor.

Ele acabou de recarregar a arma. Olha para Rachel e aponta uma longa arma negra para ela.

Rachel puxa o gatilho.

Em pontaria desviada.

A parede à sua direita se incendeia. O coice do disparo atinge seu ombro. O homem grita, deixa a arma cair e vai cambaleando para um quarto próximo. Pete se vira, verifica se Rachel está bem e sai apressado pelo corredor atrás do homem, mas ele sumiu.

Pete pega a MP5 caída no chão. Uma arma perfeita para mirar de perto. Limpa o mecanismo e a pendura no ombro.

— Acho que estou sem munição — diz Rachel.

Pete lhe entrega a 9 milímetros, e ela deixa de lado a escopeta, que já cumpriu sua finalidade tchekoviana.

As luzes da casa param de piscar e finalmente se apagam.

A escuridão é quase total.

Escuridão. Fumaça. Poças de água imunda.

Resta seguir em frente usando a lanterna do iPhone.

Eles chegam a uma ampla sala de estar onde há dezenas de troféus de caça nas paredes, e não são só de animais locais: antílopes, guepardos, leões, um leopardo. Predadores e presa juntos.

Ela está tomada pelo medo, mas o medo também é uma libertação. O medo libera energia e é o percursor da ação.

Pete está encharcado de suor.

— Tudo bem? — pergunta ela.

— Tudo — responde ele.

Pete, na verdade, não está nada bem, mas o MP5 é reconfortante em seu ombro, restam nove balas no pente e ele ainda tem seu leal .45. Tudo certo.

— Mamãe! — chama uma voz distante.

Eles abrem as portas de vidro e se veem na neve. Vem um vento forte e gelado do norte, que rodopia em torno deles.

— Lá, eu acho— diz Rachel, apontando para uma construção abandonada. Na neve, há pegadas que levam na direção dela.

Eles seguem as pegadas até a entrada de um velho abatedouro. Provavelmente fora um lugar usado como matadouro antes, mas agora as paredes e o telhado estão esburacados, e tudo está coberto de hera.

Eles apagam as lanternas dos celulares e entram.

Imediatamente sentem cheiro de sangue e putrefação.

O chão está cheio de cacos de vidro, que estalam sob seus pés.

É difícil enxergar qualquer coisa, uma vez que a única luz vem das chamas que envolvem a casa atrás deles.

O vento uiva atravessando as paredes e o telhado em ruínas.

Rachel quase morre de susto ao esbarrar num porco pendurado numa viga presa ao teto. Os olhos sem vida do animal estão na altura dos seus.

À medida que sua visão se adapta à escuridão, ela vê outros animais pendurados em ganchos: faisões, corvos, um texugo, um veado.

O abatedouro tem dois níveis, ligados por uma escadinha.

— Devem estar lá em cima — sussurra Pete. — Escada é um lugar perfeito pra emboscadas. Cuidado.

Rachel assente e tenta não fazer muito barulho ao andar.

Eles avançam lentamente.

Cacos de vidro, neve, fedor. Ferrugem, sangue seco, morte.

Chegam apenas até a metade dos degraus de concreto quando alguém começa a atirar.

— Pistola, do seu lado direito! — grita Pete, revidando com a MP5 e chegando ao alto da escada. Ele faz mais três disparos mas seu alvo se abaixa atrás de uma máquina e desaparece.

Ele sorri, satisfeito. Os filhos da mãe perderam a oportunidade.

Olha então para o pente da arma. Agora a MP5 está vazia. Ele a abandona e saca seu fiel .45.

— Pegou alguém? — sussurra Rachel.

— Não.

— Cuidado com as crianças — diz ela, subindo as escadas atrás dele.

Suas mãos estão tremendo, e ela se força a empunhar a pistola com mais firmeza. Não dá para vacilar agora, justamente quando eles estão...

Uma lâmpada de arco voltaico se acende no alto.

Rachel gira 360 graus com a 9 milímetros em punho. O matadouro é uma ruína de concreto imunda com sucata de maquinaria agrícola velha e lixo para todo lado. Perto dela, mais dois porcos pendurados. Um deles foi abatido recentemente e seu sangue está pingando num balde.

Mas nada disso interessa.

O que interessa é o que ela vê a dez metros de distância, no fim do piso superior: Ginger de pé com o irmão gêmeo, Olly, ambos com Kylie e Stuart na mira de suas pistolas.

Kylie e Stuart estão chorando, apavorados; estão com as mãos algemadas na frente deles. Marty está caído no chão perto deles, aparentemente apenas semiconsciente. Sua cabeça está sangrando, e ele respira com dificuldade, gemendo de dor. Ginger segura Kylie pela gola da camiseta, apontando o revólver para a cabeça dela. Olly está com o braço em volta do pescoço de Stuart e tem o cano da arma encostado na orelha do garoto.

Pete e Rachel ficam paralisados.

— Mãe! — grita Kylie.

— Solta ela! — berra Rachel para Ginger.

— Acho que não vai rolar — rebate a outra.

Rachel aponta a 9 milímetros para o rosto de Ginger.

— Eu te mato — diz.

— Tem certeza de que vai me acertar daí? Quantas vezes você já atirou na vida, Rachel? — pergunta Ginger.

— Não vou errar, sua piranha.

— Larga a arma ou eu atiro nas crianças.

— Não vamos fazer isso — diz Pete. — Não é assim que funciona. Vocês soltam as crianças e nós vamos embora. Aí vocês terão bastante tempo pra juntar o dinheiro e arrumar passaportes falsos e todo mundo sai ganhando.

Ele cambaleia ligeiramente, mas se firma e recupera o equilíbrio.

— Força aí, marinheiro. Aguenta firme! Por que não se senta e dá uma acalmada? — sugere Ginger, lançando um olhar significativo para Olly.

— É melhor você escutar o que estou falando — resmunga Pete, se aproximando.

Eles formam mesmo uma dupla confiante. Confiante até demais. Mais alguns centímetros e ele tem Olly na mira. Stuart bate na altura de seu peito, então, se ele mirar no alto da cabeça de Olly, o tiro do .45 o mata na hora. Mas tem de ser logo. A adrenalina no seu organismo decididamente chegou ao máximo, e daqui para a frente é só ladeira abaixo.

— Puxar o cão para trás é tão clichê — diz Ginger. — Você vai querer mesmo que eu faça isso? Será que é tão tapado que vou ter que desenhar? Eu vou matar essa garota se você não largar a arma agora.

— E aí você morre — diz Pete, agora ele está a uns seis metros dos irmãos. Um tiro rápido resolveria tudo.

— Larga a arma agora, seu imbecil! — rosna Olly com ar frio e imperioso.

Pete mira no alto da cabeça de Olly. Ele tem de atirar. Tem de agir imediatamente. Mas está tudo doendo. Da cabeça aos pés. As mãos estão tremendo.

— Se você não largar a arma agora... — começa Olly.

Ouve-se um forte estampido, e uma bala do .38 de Ginger atinge Pete no tronco e ele cai.

Rachel mergulha atrás de um cocho de coleta de sangue, escapando de outra bala por pouco.

— Você atirou nele — diz Olly a Ginger.

— Esse teatrinho já estava me dando nos nervos — retruca ela. — Agora é a sua vez, Rachel. Larga a arma e bota as mãos pra cima ou vamos matar a Kylie. Olly, bota sua arma no rosto dela, mas não tira o braço do pescoço desse garoto.

Olly encosta o cano da pistola na bochecha direita de Kylie.

— Mãe! — geme ela.

Rachel sente o estômago embrulhar. Seus olhos estão cheios de lágrimas. Pete foi alvejado; Marty está caído no chão. E ela está exausta. Muitas semanas disso. Anos. Tudo deu errado desde o primeiro diagnóstico da oncologista no Hospital Geral de Massachusetts.

Não tem mais saída. Uma parte dela quer se deitar naquele chão imundo, fechar os olhos e dormir.

Mas ela está vendo o rosto de Kylie, e Kylie é o seu mundo. Agachada atrás do cocho, ela aponta a 9 milímetros para Ginger por cima da borda.

— Larga a arma e bota as mãos pra cima! — grita Ginger no meio de um redemoinho de neve.

— Não! Larga a arma você — responde Rachel, lágrimas correndo pelo rosto.

— Mãos pro alto e a gente deixa você ir embora. Com as crianças. Como o seu amigo sugeriu. A gente sabe que a brincadeira terminou — diz Olly. — Essa aqui acabou estragando tudo. E não foi a primeira vez. A gente deixa vocês irem e vocês deixam a gente fugir. Podemos fazer um acordo. Você nos dá vinte e quatro horas, e a gente vai pra América do Sul.

O coração de Rachel dá um salto. Aí está uma nova possibilidade. Um fiozinho de esperança.

— Promete! Promete que vai deixar a gente ir embora — pede Rachel. — Se vocês... Se vão fugir do país, não tem necessidade de matar mais ninguém.

— Bota as mãos pro alto, larga a arma e eu dou minha palavra de que não vamos fazer nada com você nem com as crianças — diz Olly.

— Vocês vão deixar eu ir embora com as crianças?

Quando estiver segura com as crianças, ela pode chamar a polícia e voltar para buscar Marty e Pete.

Olly faz que sim com a cabeça.

— Eu não sou um monstro. Você pode levar a sua família embora. Em troca, você espera um dia antes de chamar a polícia. Você só precisa largar a arma e botar as mãos pra cima. Vamos, Sra. O'Neill, vamos resolver isso logo pro bem de todo mundo!

A cabeça dela está zunindo. Uma colagem de imagens e instintos conflitantes. *Não confia neles, pega as crianças, não confia neles, pega as crianças...*

Ela tem de escolher, então decide acreditar nele.

*Pega as crianças primeiro, depois se preocupa com as intenções dele,* pensa ela.

Ela se levanta, põe as mãos para o alto e joga a 9 milímetros no chão.

— Sai de trás daí, bota as mãos na cabeça e ajoelha — ordena Ginger.

Rachel lhe obedece, e Ginger empurra Kylie na direção dela. Kylie cai nos braços da mãe e Rachel a abraça.

— Dessa vez nunca mais vou desgrudar de você — sussurra Rachel.

Olly empurra Stuart na direção da *Pietà* improvisada. E se vira para a irmã.

— É assim que se faz, Ginger. É assim que deve ser. E não com isso — diz, balançando a arma na frente dela. — Com isso — acrescenta, batendo na lateral da própria cabeça. — Viu o que eu fiz aqui? Eu conversei com ela. Só isso. Sem armas, nem violência... Um mecanismo que vai se corrigindo sozinho. Basta um telefone e uma voz. E um pouquinho de inteligência.

— Então você vai deixar mesmo eles irem embora? — pergunta Ginger.

— É claro que não! Como a gente pode se dar ao luxo de fazer uma coisa dessas? Meu Deus do céu, Ginger, às vezes fico preocupado com você.

— A gente vai matar eles?

— É claro! — retruca Olly, exasperado.

— Então é melhor a gente fazer isso agora — diz Ginger. — Parece que a gente passou metade da noite aqui brincando de gato e rato na neve. Melhor vocês fecharem os olhos, pessoal. Pra vocês a guerra acabou.

# 72

Não tinha como um presente antecipado de Natal ser mais *geek* do que um kit de mágica do Houdini, e Kylie está numa idade em que os amigos não perdoam uma coisa dessas. *Mágica? Para com isso, quem quer saber de mágica?*

Então ela não contou para ninguém. A não ser para o Stuart, claro. Para o Stuart ela contou.

E acabou aprendendo alguns truques. Como havia prometido a si mesma quando estava acorrentada àquele fogão de ferro no porão, ela de fato aprendeu a se livrar de algemas. Assistiu a vários vídeos no YouTube e praticou. Muito. E ficou boa naquilo. Tão boa quanto possível no prazo de algumas semanas. Agora consegue se livrar de uma algema simples em menos de trinta segundos. Mas com braçadeiras já é outra história. O que importa é que qualquer algema de metal pode ser aberta com uma chave universal, se a pessoa souber o que está fazendo. Como se fosse um talismã, passou a sempre carregar um abridor de algema no chaveiro.

Sempre.

Sem que ninguém veja, ela abre o fecho que mantém seus punhos atados à sua frente.

E agora? A neve entra pelos buracos no telhado. Sua mãe a envolve em um abraço, Stuart está chorando e, ali no chão, bem na sua frente, está a pistola que Rachel descartou.

Ela estende o braço e pega a arma. Parece pesada. Muito pesada. Os gêmeos estão conversando.

— Então é melhor a gente fazer isso agora — diz Ginger. — Parece que a gente passou metade da noite aqui brincando de gato e rato na neve. Melhor vocês fecharem os olhos, pessoal. Pra vocês a guerra acabou.

Kylie levanta a 9 milímetros, mira e puxa o gatilho.

# 73

O rosto de Olly afunda, explodindo seu crânio, que respinga na parede de concreto atrás dele. Kylie nunca viu nada parecido com aquilo. É muito mais do que assustador. Mas ela só tem uma fração de segundo para ficar horrorizada. Ginger empunha a arma e a aponta na direção dela.

— Sua piranha! — grita Ginger, atirando cegamente em Kylie.

Kylie dispara de novo, mas dessa vez mira alto e a bala retine no teto.

Um pedaço enferrujado da estrutura cai no chão entre Ginger e o corpo do irmão. Assustada, ela se vira para ver o que foi o barulho. Kylie empurra a mãe e Stuart para trás do cocho de concreto.

Ginger se recompõe e faz quatro disparos em rápida sucessão.

Quatro tiros atingem o cocho.

Ginger muda de posição, fecha um olho e mira cuidadosamente no ombro de Kylie, exposto devido a uma rachadura no concreto, mas não sai mais nenhum tiro. A arma está descarregada.

— Merda! — xinga ela.

*Ela está sem munição*, pensa Rachel, e pega a 9 milímetros da mão de Kylie, se levanta, mira e puxa o gatilho. Mas nada acontece. A 9 milímetros está vazia, ou, o que é mais provável, emperrada, e ela não tem a menor ideia de como resolver isso.

As duas mulheres se encaram.

Outro olhar de reconhecimento.

*Espelho Rachel, espelho Ginger, você poderia ser eu, eu poderia ser você.*

Rachel balança a cabeça. Ela não vai cair nessa de você-e-eu-não--somos-assim-tão-diferentes. *Todos nós temos opções.*

Ginger sorri e deixa sua arma cair.

— Vou acabar com você — rosna Rachel, correndo até ela.

Ginger rapidamente entra na defensiva, mas a fúria de Rachel derruba as duas no chão.

Ginger se levanta de um salto, e Rachel encontra algo metálico no chão, que joga na direção da outra mulher, mas ela erra o alvo e o objeto bate na parede de concreto.

Rachel se levanta e tenta dar um soco em Ginger, mas é muito lenta, e a outra acaba se esquivado do golpe com facilidade. Os olhos azuis de Ginger brilham de prazer quando ela dá uma cabeçada no rosto de Rachel.

Rachel nunca havia quebrado o nariz, e a dor é tão forte que ela fica cega por um momento. Ginger a esmurra nas costelas, na barriga e no seio esquerdo.

Rachel recua, cai com um joelho no chão, mas de alguma forma consegue se levantar de novo.

— Gostou, piranha? Então toma mais — diz Ginger, dando-lhe um soco na garganta, mais um no seio esquerdo e outro bem no meio do nariz já sangrando.

Murros fortes e certeiros que machucam.

Rachel cai no chão.

Ginger pula em cima dela e a vira de barriga para cima.

Ginger é muito rápida e eficiente, e Rachel não tem a menor chance contra ela.

— Não, hhrrr... — Rachel está sufocando, o pescoço é esmagado pelas mãos de Ginger.

— Eu sabia que você ia dar problema. Sabia desde o início — diz Ginger, com um olhar selvagem, extático e tresloucado fixo em Rachel, bem perto de seu rosto. Ginger está espumando pela boca. Ela tem um sorriso nos lábios, está gostando disso. — Eu sabia! — repete ela, apertando ainda mais o pescoço de Rachel. Nas aulas de defesa pessoal do FBI, ela aprendeu a asfixiar uma pessoa em apenas alguns segundos.

A visão de Rachel começa a ficar turva.

Tudo vai ficando branco.

— Você vai morrer, piranha! — berra Ginger.

Visão turva.

Branco.

Nada.

Rachel sabe que está desaparecendo para sempre.

Sente que sua vida está se esvaindo naquele chão imundo de concreto.

Como dizer a Kylie que ela a ama, mas que não vai conseguir sair dessa?

Não tem como. Ela não consegue falar. Nem respirar.

Não há nada que ninguém possa fazer.

Agora Rachel entende tudo.

A Corrente é um método cruel de explorar o sentimento humano mais importante — a capacidade de amar — para ganhar dinheiro. Não iria funcionar em um mundo no qual não houvesse amor entre pais e filhos ou entre irmãos ou entre casais, e só uma sociopata sem amor, ou que não entende o amor, conseguiria usá-la para alcançar seus objetivos.

Foi o amor que arruinou Ariadne e Teseu.

E o Minotauro também, na história de Borges.

O amor, ou uma desastrosa tentativa de amar, foi o que quase acabou com Ginger.

Rachel consegue ver tudo isso.

Ela entende.

A Corrente é uma metáfora para os elos que nos prendem aos amigos e à família. O cordão umbilical entre mãe e filho, o caminho a ser percorrido pelo herói em sua jornada, o delicado novelo de fio vermelho que vem a ser a solução que Ariadne encontra para o problema do labirinto.

Rachel entende tudo isso.

Conhecimento é dor.

Ela fecha os olhos e sente a escuridão envolvê-la.

O mundo está diminuindo, perdendo contornos, desaparecendo...

Então ela sente outra coisa.

Algo afiado. Cortante. Algo que machuca. Um longo e fino caco de vidro.

Ela o arrasta pelo chão com o polegar e o envolve com a mão.

As mãos estão ensanguentadas, mas ela segura firme o caco de vidro.

Rachel Klein, a mulher que evita espelhos, caiu dentro do espelho e saiu dele com um pedaço de vidro.

E vai dá-lo de presente a Ginger.

É isso.

E com o resto de força que lhe resta no corpo, ela enfia o estilhaço de vidro na garganta de Ginger.

Ginger grita, solta Rachel e leva as mãos ao próprio pescoço.

Ela apalpa o caco de vidro e tenta se salvar, mas Rachel atingiu a carótida, e um grande fluxo de sangue arterial já está brotando da ferida.

Rachel rola para longe dela, fazendo um esforço enorme para respirar. Ginger arregala os olhos.

— Eu sabia que você... — começa a dizer, mas cai morta no chão.

Rachel respira, fecha os olhos e os abre de novo.

E agora só há Kylie abraçada a ela.

Ela abraça a mãe por vinte segundos e depois se levanta, pega um pedaço de pano e pressiona a ferida no abdome de Pete.

De alguma forma, a bala não acertou nenhum vaso sanguíneo importante, mas ele precisa de cuidados médicos. E rápido.

Kylie encontra o celular da mãe e liga para a emergência. Pede à atendente que mande a polícia e uma ambulância.

Kylie entrega o aparelho a Stuart e corre para ajudar o pai.

Stuart explica à atendente como chegar ao local pela Rota 1A. Ao ver que a casa atrás deles está pegando fogo, diz que precisam dos bombeiros também.

— Fica na linha, benzinho, já estamos mandando ajuda — diz a atendente.

Kylie pega pedaços de lona e cobre seu tio Pete e o pai com um deles e usa o outro para proteger a mãe e Stuart do vento e da neve que castigam o matadouro.

— Venham pra cá — Rachel chama Kylie e Stuart, puxando-os para perto de si.

Diz aos dois que vai ficar tudo bem naquele tom de voz que as mães usam há dezenas de milhares de anos para tranquilizar os filhos.

— O que eu posso fazer pra ajudar? — pergunta Marty, rastejando para perto deles.

— Ajuda o tio Pete. Pressiona a ferida dele — pede Kylie ao pai.

Marty assente e pressiona o pedaço de pano com força na barriga do irmão.

— Aguenta firme, irmãozão. Tenho certeza de que você já enfrentou coisa pior — diz Marty.

O ferimento de Pete parece grave, mas ainda há chama em seus olhos escuros. A morte terá de enfrentar uma força xamânica, forte, hostil.

Começam a cair brasas do que restou do telhado do matadouro.

— Pessoal, a gente vai ter de sair daqui — observa Marty.

Rachel olha para as grandes chamas que tomam toda a ala oeste da casa.

— Será que a gente consegue tirar o Pete daqui? — pergunta.

— Acho que a gente vai ter que dar um jeito de fazer isso — responde Marty.

As chamas engolem o andar superior da casa, fazendo a varanda de madeira desabar.

Neve e brasas se misturam no abatedouro, caindo do céu negro.

— Acho que eles estão chegando — diz Rachel, ouvindo na noite o som das sirenes.

Kylie sorri, Stuart assente e Rachel tenta protegê-los melhor com a lona. Vai ser difícil algum dia se separar de novo de sua filha. Impossível. Rachel beija Kylie no alto da cabeça.

Pete fica feliz em ver a cena.

Pisca devagar.

Tenta dizer alguma coisa, mas, naquele momento, não há palavras.

Ele sabe que está entrando em estado de choque. Já viu isso um milhão de vezes. Precisa de um médico rápido se quiser sobreviver.

Marty está falando com ele, mas ele precisa da... Onde está?

Ele tateia o chão até os dedos tocarem o Colt .45 do avô, supostamente disparado num acesso de fúria em uma missão no *USS Missouri*.

Pete de alguma forma consegue levantá-lo.

O .45 do avô... O amuleto que manteve o velho a salvo no Pacífico e que protegeu Pete em cinco missões de combate.

Pete espera que ainda haja alguma pitada de sorte dentro dele.

# 74

D esde que era pequeno, todo mundo o chamava de Red. Ele foi batizado como Daniel, o nome do pai, mas o velho é violento demais para ser popular com o menino.

Nas forças armadas, todos o chamam de Red. Ou Sargento. Ou sargento Fitzpatrick. Ele prefere Red.

O Exército é bom para ele. O Exército o ensinou a ler.

Lá está Red nas aulas de suporte à leitura para adultos. Red dando uma olhada rápida nas tirinhas de jornal. Red mergulhando nas histórias em quadrinhos. Um enorme sol vermelho em Krypton. O Superman caminhando pela estrada vermelha.

O Exército o manda para fora do país.

Red na floresta.

Red no delta.

Red em um puteiro em Nha Trang.

Red em um puteiro em Saigon.

Ele sabe que as putas têm medo dele. As putas não gostam de seus olhos nem do sinal de nascença que parece uma escama em seu pescoço. As putas não o chamam de Red nem de Daniel nem de Sargento. Pelas costas, elas o chamam de *ông ma quy*, que significa "demônio do mar".

Red num helicóptero.

Red num tiroteio no vale de Ia Drang. Red mantendo a calma sob os morteiros. Red sendo condecorado com a Estrela de Prata.

Red de volta aos Estados Unidos sendo presenteado com um menininho pela namorada de Boston.

Red entrando para a polícia de Boston.

Estamos em meados da década de 1960, e não faltam oportunidades para um jovem a fim de se dar bem. Às vezes é necessário sair dando uns tapas em algumas pessoas por aí.

Às vezes é necessário fazer algo bem pior do que isso.

Manchas vermelhas no chão de um boteco em Dorchester.

O vermelho toma as paredes do casebre de um dedo-duro num porão.

Mãos vermelhas. Olhos vermelhos. Quartos tomados pelo vermelho.

A mulher de Red foge para Michigan com outro homem. Pegadas vermelhas na neve em frente a uma casa em Ann Arbor.

O filho de Red cresce e entra para a polícia, seguindo o exemplo do pai.

Dias de glória.

Em letras vermelhas.

Antes da queda. Antes de aquela piranha hippie entrar na vida de seu filho.

Agora ele é um homem velho. Cabelos brancos. Mas o velho Red ainda é o mesmo.

*Eles acham que podem me matar?*

*Eu sou osso duro de roer.*

Red consegue se levantar do chão do armário de toalhas e de roupas de cama onde estava se recuperando. Vai mancando até o quarto ao lado da biblioteca. Há fumaça por todo lado. A casa está pegando fogo. Ele encontra o kit de primeiros socorros. Olha para a ferida perto das costelas, onde foi atingido pelo tiro. Já passou por coisas piores. Naquele tiroteio com gangues em 1977. Pior foi quando uma cobrança deu errado em Revere em 1985.

Era um homem jovem à época. Muito mais jovem.

Está sangrando muito. Manchando ataduras e gazes de vermelho. Ele vai mancando até o armário de armas. Gritos e tiros vindos do matadouro lá fora.

Ele pega uma M16 com um lança-granadas M203 acoplado.

A única arma que serve quando se precisa de algo mais convincente.

Segue cambaleando até a cozinha, tossindo na densa fumaça negra.

A dor é inimaginável. Pelo menos quatro costelas quebradas e provavelmente um pulmão perfurado. Mas ele vai conseguir. Red teria conseguido, e ele ainda é o Red de antes, apesar dos cabelos brancos.

Vai se arrastando para a nevasca lá fora e segue na direção dos fundos do velho matadouro.

Com essa dor excruciante, dá um passo de cada vez.

Pisca para tirar a neve dos olhos.

São só uns quinze metros, mas parece que são cinquenta.

Ele só aguenta rastejar. Está espumando sangue quando expira. Com certeza está com um pulmão perfurado.

Chega à porta dos fundos do matadouro. A entrada da morte.

A terra está vermelha. O corrimão e a neve também.

É difícil respirar. Só lhe resta um pulmão, que também está se enchendo de sangue.

Ele sobe o último degrau de concreto e espia pela abertura da porta.

A luz está acesa e ele vê tudo.

Lá estão seus dois netos amados mortos no chão. As crianças que ele resgatou há tantos anos. As únicas pessoas que realmente o amaram e que o entenderam. Olly e Ginger no mundo vermelho.

Aquela mulher está lá, encolhida com as duas crianças debaixo de uma lona. Marty e outro homem estão caídos no chão perto deles, ambos aparentemente vivos ainda. Mas não por muito tempo.

Red levanta a M16 e leva o dedo ao gatilho do lança-granadas. Está carregado com uma granada antiblindagem de alto teor explosivo que vai matar todo mundo ali. Inclusive ele, provavelmente.

*Ótimo*, pensa, e puxa o gatilho.

# 75

Gente falando ao longe. Algo frio e molhado caindo em seu rosto. Onde ele está?

Ah, sim.

Apagou por um segundo. Marty está falando com ele. Tentando levantá-lo. Rachel está com Kylie e Stuart.

Pete segura seu .45. Olhando pela linha do chão, vê Daniel na entrada dos fundos do matadouro, ao mesmo tempo em que Daniel o vê. O velho está com uma M16 com um lança-granadas acoplado à arma.

Rachel estava errada. É algo profundo *sim*. É mitologia *sim*. Velho contra novo, Exército contra Marinha, catarse contra caos. É evidente que o deus da guerra está mantendo um deles vivo só para se divertir.

Os dois puxam o gatilho. O velho puxa o dele primeiro e, por um breve instante, fica confuso quando o gatilho de metal não sai do lugar. Então logo vem a constatação: ele se esqueceu da trava de segurança manual do lança-granadas da M203. A M203 é uma arma perigosa. Não dá para disparar-la assim do nada. Ela tem de ser armada, e a trava precisar ser destravada manualmente.

Merda.

Ele se atrapalha com a arma por uma fração de segundo, tentando encontrar a trava de segurança, mas a arma de Pete dispara um clarão, e o peito de Daniel explode em dor e fogo, e sua alma é atingida por um .45 da Segunda Guerra Mundial.

# 76

Formas. Sirenes. Neve.

Um cobertor.

— Desculpa, Pete, mas esse lugar aqui vai explodir. Precisamos tirar você daqui.

Rachel, Kylie e Stuart ajudam Marty e Pete a sair do abatedouro.

Eles saem cambaleando da construção em chamas e caem na neve. Atrás deles, botijões de gás começam a explodir abaixo da cozinha.

— Vamos! — grita Rachel, arrastando-os para o mais longe possível da construção.

Chamas azuis.

Flocos de neve.

Luzes de lanternas.

Um carro dos bombeiros do vale do rio Miskatonic se aproxima pela estrada. A palavra *Bombeiros* aparece escrita de trás para a frente por cima de uma grande flecha amarela.

Rachel faz que sim com a cabeça.

Finalmente, três raposas mortas e a flecha amarela. A libertação chegando.

Pete pede a Rachel que se aproxime.

— O que foi?

— Se eu não sobreviver, não deixa botarem nenhum babaca pra fazer o meu papel no cinema — resmunga ele.

Ela dá um sorriso e o beija.

— Só mais uma coisa — diz ele, mas a voz morre na garganta.

— Eu também — diz ela, beijando-o novamente.

# 77

Ninguém vai interpretar Pete na adaptação cinematográfica desta história. Pete é uma figura polêmica demais para um filme. Depois de confessarem, ele e Rachel são formalmente acusados de sequestro, cárcere privado e exposição de crianças a risco. Só por isso já somam cinquenta anos de prisão.

E há também a breve expedição a Innsmouth. Terá sido uma tentativa de resgate ou invasão de domicílio?

Demorou um bom tempo para que tudo fosse esclarecido.

Uma equipe de agentes federais passou semanas analisando os documentos da Corrente encontrados no disco rígido de Ginger.

Foi preciso um gesto heroico da família Dunleavy, que voluntariamente informou à polícia que Rachel levou Amelia com o consentimento deles, por ter dito que ia quebrar a Corrente. O que também explica o dinheiro. Os policiais não acreditam numa só palavra, mas é evidente que os Dunleavys não serão testemunhas de acusação num eventual processo.

A essa altura, uma onda de compaixão envolve Rachel, Pete e todas as vítimas da Corrente. A opinião pública está em peso com eles; Rachel e Pete são réus carismáticos, e há grande possibilidade de nulificação por júri. O procurador-geral de Massachusetts consegue ver perfeitamente para que lado o vento sopra. Rachel e Pete são colocados em liberdade durante as investigações. Sem o depoimento da família Dunleavy contra eles, com a opinião pública a favor deles e o lado oculto de Ginger ficando cada vez mais evidente, os advogados dizem a Rachel que, a essa altura, é bem pouco provável que as autoridades optem por um julgamento caro e impopular. Rachel matou o monstro. A Corrente foi quebrada para sempre, e todas as pessoas que tinham qualquer ligação com ela foram libertadas.

A história da Corrente propriamente dita está sendo investigada por dezenas de jornalistas. Um repórter do *Boston Globe* descobre que suas origens remontam a um esquema de troca de reféns originado no México.

Existem centenas de vítimas da Corrente, mas o medo de retaliação e as eventuais represálias brutais e sangrentas conseguiram manter quase todas elas caladas ao longo dos anos.

Pelo menos é o que Rachel leu na imprensa. Essa é a versão do *Globe*. Há relatos sensacionalistas nos tabloides e na internet. Mas, para se preservar, Rachel não lê os tabloides e praticamente não entrou na internet desde que foi solta.

Rachel não dá entrevistas; não quer aparecer; não faz muita coisa além de buscar a filha na escola e preparar suas aulas de filosofia para a faculdade comunitária, esperando até que, um dia, acabe virando notícia velha.

Aos poucos ela deixa de ser o assunto do momento no Twitter e no Instagram. Outro pobre-diabo tomou seu lugar. E depois dele virá outro. E depois outro. Tudo muito familiar...

Em Newburyport, ela ainda é reconhecida nas ruas. E como poderia não ser? Mas, quando vai a algum shopping em New Hampshire ou a algumas regiões de Boston, volta a ser uma pessoa anônima, e ela prefere assim.

Uma manhã ensolarada no fim de março.

Rachel está na cama com o laptop. Apaga os vinte novos pedidos de entrevista que chegaram por e-mail e fecha o computador. Pete está tomando banho ali do lado. Cantando. Bem desafinado.

Ela sorri. Pete está ótimo agora. Seu tratamento com metadona está indo muito bem e ele tem um novo emprego como consultor de segurança numa empresa de tecnologia avançada em Cambridge. Ela vai descalça até a cozinha, acende o gás, enche a chaleira de água e a põe para ferver.

De vez em quando escuta um ping do iPad de Kylie lá em cima. A filha está acordada, encolhida debaixo das cobertas, conversando com os amigos. Kylie também está ótima. Sempre ouviu dizer que as crianças são resilientes e que conseguem superar os traumas, mas mesmo assim é incrível ver que ela está se saindo tão bem.

Às oito horas, Stuart aparece e ela lhe dá um abraço; ele se senta para fazer carinho no gato, esperando pacientemente até que Kylie esteja pronta. Stuart também está ótimo, e de todos eles parece que é quem mais curte a fama. Muito embora Marty também esteja gostando de ser alvo de atenções. Já apareceu várias vezes na televisão para relatar sua experiência. E, a cada relato, seu papel no resgate vai ficando um pouco mais exagerado. Marty está bem, e sua nova namorada, Julie, *bem mais* jovem, aparentemente acha que eles todos estão participando de uma comédia romântica na qual Rachel, a melancólica primeira mulher, acabará levando a melhor por seus irresistíveis encantos.

Rachel se senta à mesa da sala de jantar e abre o laptop de novo. Deixa os pensamentos fluírem. Folheia *No Café Existencialista*, de Sarah Bakewell, e se surpreende com uma belíssima foto de Simone de Beauvoir usando um broche em forma de labirinto.

Fecha o livro e acena para o Dr. Havercamp, que segue em direção ao bambuzal para bombear a água do fundo do barco.

— Estou querendo começar a aula com uma piada, Stuart. O que você acha dessa? "Meu amigo abriu uma livraria especializada em filosofia alemã. Eu disse que não vai dar muito certo: é um Nietzsche de mercado muito restrito", conta Rachel, com um olhar de triunfo.

Stuart faz uma careta.

— Não gostou? — pergunta Rachel.

— Não sei se sou a pessoa ideal pra opinar...

— Mãe, ele está querendo dizer que o seu estilo de fazer piada está mais pra uma faixa etária bem avançada — explica Kylie, se reclinando sobre o parapeito da varanda.

Pete sai do banho sacudindo a cabeça.

— Espero que seu plano B não seja uma carreira de comediante — diz.

— Ah, vão pro inferno então! — solta Rachel, fechando o laptop.

Assim que todos estão prontos, eles vão para o carro e, como ainda é cedo para entrar na escola, param no Dunkin' Donuts da Rota 1.

Rachel olha para a filha enquanto ela dá uma mordida em um pastel de amêndoas. Kylie e Stuart estão debatendo os *spoilers* da terceira temporada de *Stranger Things*. A filha é quase a velha Kylie tranquila e meio maluquete de sempre. É claro que a ferida vai estar sempre lá. Aquela coisa sombria. Eles nunca vão conseguir se livrar completamente daquele trauma. É parte dela agora, é parte de todos eles. Mas ela parou de fazer xixi na cama e tem pesadelos com menos frequência. O que já é alguma coisa.

— Tá, essa agora é muito boa. Quantos hipsters são necessários para trocar uma lâmpada? — pergunta ela.

— Mãe, por favor! Para com isso! — implora Kylie.

— Quantos? — Stuart quer saber.

— É um número muito obscuro, você provavelmente nunca ouviu falar dele — diz Rachel, e Pete enfim abre um sorrisinho.

Ela deixa as crianças na escola, e Pete, na estação de trem em Newburyport. Ele tem de usar terno no emprego novo, e odeia isso. Fica o tempo todo ajeitando a gravata.

— Para com isso! Você está lindo — elogia ela, e está sendo sincera.

Quando o trem dele chega, ela volta para o Volvo, dirige até o centro e vai direto para a Walgreens. Checa se Mary Anne, a caixa que ela conhece, não está trabalhando e segue para a sessão de testes de gravidez como quem não quer nada.

A quantidade de opções é inacreditável. Ela escolhe um kit de forma aleatória e vai até o balcão.

A caixa é uma adolescente com idade para estar no ensino médio, e, segundo seu crachá, ela se chama Ripley. Ela está lendo *Moby Dick*.

Não parece estar no trecho sobre *"Rachel, errante"*. Os olhares das duas se encontram.

— Em que capítulo você está? — pergunta Rachel.

— Setenta e seis.

— Um sujeito uma vez me falou que todos os livros deviam acabar no capítulo setenta e sete.

— Cara, eu queria que esse aqui acabasse. Ainda falta um bocado. Olha só, ééé... se eu fosse você levaria o Clearblue — diz a garota.

— Clearblue?

— As pessoas acham que estão economizando com o FastResponse. Mas é mais comum o FastResponse dar falso positivo. — Ela baixa a voz. — E eu falo isso por experiência própria.

— Vou levar o Clearblue — diz Rachel.

Ela paga, toma outro café no Starbucks da State Street e dirige de volta à ilha.

Entra no banheiro, tira o kit da caixa, lê as instruções, urina em cima da fita e o coloca dentro da caixinha de novo.

Está bem quente para um dia de março, então ela pega a caixa, vai lá para fora e se senta na beirada do deque com os pés balançando sobre a areia.

A maré está cheia. O cheiro do mar é forte. Ao longe, o calor forma ondulações quase imperceptíveis sobre os casarões à beira do Atlântico. Uma garça branca avança lentamente pelo mato baixo enquanto um falcão voa em direção ao continente a oeste.

Barcos de pesca. Pescadores de caranguejos. O latido preguiçoso de um cão lá embaixo, perto da loja de conveniência.

Ela sente a força das metáforas: conforto, estabilidade, segurança.

Thoreau chamava Plum Island de "o lúgubre Saara da Nova Inglaterra", mas hoje não é isso que se vê.

Ela olha para a caixa em suas mãos. A caixa que contém dois possíveis futuros. Dois futuros que vêm desabando sobre ela a sessenta segundos por minuto, sessenta minutos por hora.

Uma batida do coração de cada vez.

Ela sorri.

Qualquer futuro estará bom.

Todos os futuros são bons.

Ela resgatou sua filha da escuridão.

Acabou com o monstro.

Há desafios pela frente.

Um milhão de desafios.

Mas ela conseguiu Kylie de volta.

E ela tem Pete.

Ela sobreviveu.

A vida é frágil, passageira e preciosa.

E o simples fato de viver já é um milagre.

# POSFÁCIO E AGRADECIMENTOS

Bastam dois espelhos virados um para o outro para se construir um labirinto.

Jorge Luis Borges, *Sete noites*

Escrevi a primeira versão de *A Corrente* na Cidade do México, em 2012, depois de ficar sabendo de um esquema inventado por mexicanos, no qual um membro da família se oferece para trocar de lugar com uma vítima de sequestro mais vulnerável. Associei essa ideia a um acontecimento do final da década de 1970, a época das terríveis correntes por carta. A parte da Irlanda onde eu cresci era tão supersticiosa que nós acreditávamos completamente na força dos feitiços escritos. Certo dia, quando eu estava na quinta série, a professora pediu a nós que levássemos qualquer carta que tivesse nos aborrecido, e eu lhe entreguei uma carta de corrente que estava me preocupando. Ela a rasgou, junto com outras, desafiando as ameaças de olho grande, catástrofes e má sorte, rompendo assim a corrente. O episódio me marcou profundamente na infância, e eu nunca o esqueceria. Passei as três décadas seguintes perguntando de tempos em tempos a minha mãe como a Sra. Carlisle estava, e ficava aliviado por saber que ela estava passando relativamente incólume pela vida.

Em 2012, "A Corrente" era um conto, mas achei que tinha tudo para se transformar em um romance, então acabei guardando o manuscrito inacabado em uma gaveta por cinco anos. Em 2017, finalmente contratei um agente literário, Shane Salerno, fundador da Story Factory. Eu estava escrevendo a série do detetive Sean Duffy, que se passava na Belfast da minha juventude e, embora esses livros estivessem ganhando boas críticas e alguns prêmios, não eram o sucesso que eu esperava. Shane me telefonou perguntando se eu não teria alguma história americana na cabeça, então comentei sobre a versão que eu tinha de *A Corrente*. Ouvi alguma coisa cair e se quebrar na cozinha dele, e ele disse que era para eu parar imediatamente o que quer que estivesse fazendo e começar a escrever um romance com o enredo de *A Corrente* naquele minuto. E foi o que eu fiz.

Todo livro é um processo colaborativo, e eu gostaria de agradecer a Don Winslow, Steve Hamilton, Steve Cavanagh, John McFetridge e Shane Salerno por terem lido as primeiras versões de *A Corrente* e terem me dado sugestões inteligentes.

Ao meu brilhante editor na Mulholland, Josh Kendall, que examinou o manuscrito com o olhar aguçado de médico-legista. Ele fazia com que eu me perguntasse o tempo todo se uma ideia ou um conceito estava tão amarrado e convincente quanto possível. Na Mulholland e Little, Brown eu também gostaria de agradecer à incansável e brilhante Tracy Roe, a Pamela Marshall, Katharine Myers, Pamela Brown, Craig Young, Reagan Arthur e Michael Pietsch e a toda a equipe comercial. Na Orion, devo agradecer também a Emad Akhtar, Leanne Oliver, Tom Noble, Jen Wilson, Sarah Benton e Katie Espiner por terem dado seu sangue, seu suor e suas lágrimas. E na Hachette Austrália, meu agradecimento especial a Vanessa Radnidge, Justin Ratcliffe e Daniel Pilkington.

Quero agradecer à equipe da Biblioteca Pública de Newburyport, onde fiz boa parte das pesquisas para *A Corrente*, e à equipe da seção George Bruce da Biblioteca Pública de Nova York no Harlem, que me proporcionou um lugar tranquilo para escrever. Por uma mera coincidência ou uma espécie de mágica, eu estava em Praga escrevendo um artigo sobre bloqueio criativo e acabei finalizando os últimos capítulos de *A Corrente* no antigo escritório de Franz Kafka (atualmente um hotel), no número 7 da Na Poříčí.

Para concluir, gostaria de agradecer a Seamus Heaney, Ruth Rendell, Don Winslow, Ian Rankin, Brian Evenson, Val McDermit e a Diana Gabaldon, que ao longo dos anos me estimularam e me aconselharam, me dizendo que segurasse as pontas, quando muitas vezes eu me perguntava se havia sido mesmo talhado para essa bobagem de escrever.

E finalmente quero agradecer a minha esposa Leah Garrett, que sempre foi minha primeira e a mais criteriosa leitora, e a minhas filhas, Arwynn e Sophie, não só pela ajuda em relação aos costumes e à linguagem adolescentes mas também por me ensinarem o que você é capaz de fazer quando o bem-estar dos seus filhos e a segurança deles estão ameaçados.

*Sláinte.*

Este livro foi composto na tipografia Palatino
LT Std, em corpo 11/16, e impresso em
papel off-white no Sistema Cameron da
Divisão Gráfica da Distribuidora Record.